JN195514

不審人物　故人　自叙伝

ブラニスラヴ・ヌシッチ

奥彩子・田中一生＝訳

幻戯書房

目次

ロゴ・イラスト――丸山有美
装丁――小沼宏之[Gibbon]

不審人物

序文

『不審人物』という小品が書かれたのは四十年以上も前のことで、ロマン主義からリアリズムへの転換を果たした当時の潮流のおもかげが色濃く残っている。そのころもっとも人気があったロシアの作家は、チェルヌィシェフスキ、トゥルゲーネフ、ゴーゴリであった。チェルヌィシェフスキは新しい人たち、つまりスヴェトザル・マルコヴィチ[001]の後継者たちに人気の作家であった。トゥルゲーネフは文学インテリ層のお気に入りで、ヴラダン[002]の『コチャの国境』、ズマイ[003]の『ヴィドサヴァ・ブランコヴィチ』、ジュラ[004]の『セルビアの羊飼い』などがある。ゴーゴリは当時の全若者にとっての作家で、鋭い諷刺、なかでもロシアの官僚制度への諷刺に、若者たちは熱狂した。彼らはゴーゴリの登場人物のなかに自らの国の官僚主義を見てとった。わが国の官僚制度は、建国初日から古びていたし、当時すでに廃れつつあったが、なおも社会生活にくっきりと痕跡を残していた。ゴーゴリの直系の弟子のミロヴァン・グリシッチ[005]は、リアリズム方面を代表する作家かつもっとも人気のある作家であったし、若者の一番の愛読書はゴーゴリの『検察官』であった。そうした強い影響下から抜け出すのは難しく、また、喜劇作家にとって当時の社会はさらに難しいものだった。とくに官僚制度は、『検察官』に見られるのと瓜二つで、ゴーゴリはわが国の作家ではないかと思われるほどであった。このようにゴーゴリの影響を大きく受けて、八〇年代のわたしの作品『国会議員』、『庇護』は書かれた。なかでも影響を強く受けているのが『不審人物』であり、あらゆる点で、多くの人びとに『検察官』を想起させるだろう。劇場のパンフレットでは「二幕の喜劇」となっているが、もとの原稿では「二幕のゴーゴリもの」であった。

以上、批評家が自分の発見として発表する前に、自ら述べておく次第である。

先ほど、この小品は四十年以上も前に書かれたと話した。一八八七年か八八年のことだと思う。訝《いぶか》しく読者もいるだろう。四十年かそこらも前に書かれた作品なのに、上演されるのがどうしてこんなに遅くなったのだろうと〔原註――『不審人物』がベオグラードの劇場で初めて上演されたのは、一九二三年五月二十九日である〕。それは余計なお世話というものので、その間ずっと、わたしのほかの作品は観客に謹聴され、頻繁に上演されてきた。それではなぜ、一九二八年に上演しうる作品が、執筆された八〇年代に演目にならなかったのか。オリジナルの演目が稀少で、どこででも、弱小の新聞ででも歓迎された時代なのに。

この問いのなかに、読者にこの小品の歴史を知ってもらいたいと思う理由がある。興味を持ってもらえるものと信じている。作品だけでなくその歴史もまた、親の時代に遡り、前世代の人びとが抱いた熱気を感じさせるだろうから。

一八七〇年代の終わりから八〇年代の初めは、消えゆく時代と新たな時代という二つの時代をめぐって、最後の、そしてもっとも命がけの闘いがあった。闘いはあらゆる戦線、あらゆる前線、政治、文学、そして人生において行われた。まさに、争い、摩擦、衝突に満ちていた。ある国民、ある社会が発展途上の段階にあるときに起こる現象をすべて見ることができた。過去は粘り強く防衛する。新しい生活、新しい人びと、新しい見方、新しい方向は容赦なく押し寄せて乗っ取ろうとする。その努力たるや熱気にあふれ、社会生活におけるその熱は、当時まる十年は、正常域に下がることなく、頻繁に四一度まで上がり、ときにはその線を越えることもあった。とくに政治には感染力があった。全国民が政治に感染していた。文学に政治がしばしば現れることは何ら不思議ではなく、そうでないなら、文学者が政治の場に現れた。当時のもっとも物静かな抒情詩人、吐息とか「あの女《ひと》の瞳」しか書かないような詩人でさえ、政治的な詩や、少なくとも、エピグラムを書かずにはいられなかった。そんな時代に、自分の時代の年代記作者を志す喜劇作家が、社会現象に意見せずにいられようか。そういう状況にあって、ゴーゴリの直接の影響を受けた作家が、当時の官僚制度を揶揄しようと思って書いたのが、『不審人物』である。

しかし、『不審人物』の罪状はそれだけではない。そうした要素は『庇護』にはいくらか少なく、『国会議員』にはずっと多く含まれているが、二作品ともすでに上演されているのに対して、『不審人物』は今日まで上演されなかった。『不審人物』の罪が重いのは、作中に二、三度、「王朝」という言葉が言及されるためである。それも慎重さに欠け、作品が執筆された時代に相応しい畏まった語調がないことにある。当時は、王朝が始まったばかりで、あらゆる体制からの信奉を集めていた。

想像してみてほしい。四十年以上も前の「セルビア王国国立劇場」の支配人が、当時の社会現象にどれほど驚き、茫然としたかを。当時の支配人は故ミロラド・シャプチャニンで、王朝への忠誠心は宗教上の教義みたいなものだった。

シャプチャニンに原稿を渡したとき、わたしは当然受理されるものと思っていた。すでに作品の一つを演目として受理されたことがあったからだ。すぐに目を通すという約束どおりに、数日も経たないうちに連絡が来て、支配人に会いに行くことになった。

読者にはわからないだろう。若い作家が自分の作品の運命を聞きに行くときの気持ちがどのようなものか。少女が自分に求婚する相手と初めて会うときの気持ちに似ているかもしれない。それも、もう何度も会っているとか長い手紙をやりとりしているとかではない場合。なんとも説明できない、よくわからない興奮に駆られながら、国立劇場の長い長い階段を上り、現在の第三ギャラリーの裏手にある、当時最上階にあった支配人の部屋に向かった。階段を三段飛ばしで上りながら、想像が目に浮かぶ。作品が分冊され、稽古が行われる、稽古づくめの日々、そして舞台稽古、ボックス席と一階席にいる観客、幕が上がる合図をいまや遅しと待っている自分。そんな光景を思い描きながら、支配人室の扉までちょうど百二十七段の階段を上った。この百二十七段という数字は、若く恵まれない作家たちが協力して確認したものである。

シャプチャニンはあの愛想の良さと気遣いで迎えてくれた。それが彼の美点の一つだ。それでも裁判官から判決を言い渡される被告のような心地だった。

「作品を読みましたよ、気に入った、と言わずばなりますまい。」とシャプチャニンは切り出した。「いくらか荒っぽいところもあって、そこは和らげる余地がある。ですが、おおむね、良い作品で、気に入りました。劇場でもすばらしい成功を収めるでしょう。」

導入を聞いてわたしの顔には満足の表情が浮かび、稽古づくめの日々、舞台稽古、観客が目をよぎり、耳には開幕を知らせるベルの音が聞こえた。

「ですが」とシャプチャニンは続けて、手を抽斗《ひきだし》に入れて原稿を取り出した。「ですが、わたしからの忠告は、お若いの、この原稿は持って帰って、家で暖炉にくべてしまいなさい！」

シャプチャニンが「ですが」という言葉を発した瞬間、額をなにか冷たい流水のようなもので叩《たた》かれた気がした。その「ですが」になにやら嫌なもの、辛辣《しんらつ》なもの、荒々しいもの、薄情なものを感じたからだ。それからシャプチャニンは滔々《とうとう》と長い演説を始めた。その口調には親が子に忠告するような響きがあった。王朝の神聖さ、その不可侵が必要であることを語り、国家機関への忠誠心の必要性を説諭し、国家機関は王朝の主導と協力によって作られたことを説いた。それから、わたしの若さと将来について語った。将来を築くにあたっては、取る方法や機会の捉え方を変えなければならないとのことだった。朗々たる演説を終えるにあたって、シャプチャニンはもう一度繰り返した。

「そういうわけで、お若いの、この作品は燃やしてしまいなさい！」

上るときに三段飛ばしだったとしたら、下りるときは五段飛ばしくらいだっただろう。第三ギャラリーから地上階に一瞬で落ちていた。原稿を脇に抱えて。

もちろん、シャプチャニンの助言には従わなかった。生みの子供を火にくべて、炎が紙に広がっていき、若者の決意と燃えさかる野心が灰になるのを見るのはしのびない。わたしは原稿を抽斗の底の、紙束の山の下にしまいこんで、ほかの作品を書きはじめるために新しい紙束を取り出した。

何年か経ったが、『不審人物』は抽斗の底で、静かに邪魔されることなく安置されていた。何年か経って、事態が転換した。われわれ劇場関係者にとっては大きな転換で、ある日、ミロラド・シャプチャニンが劇場を去った。後を継いだのはニコラ・ペトロヴィチである。単に人が変わったということではなく、劇場の体制が変化することを意味していた。進歩党は、法を整備して、社会生活のあらゆる面に自由をもたらそうとしており、ペトロヴィチはその党を支持していた。社会運動が活気づき、新鮮な息吹が感じられはじめる。昨日まで神聖不可侵であった無数の物事が、より一般的な、通常のことになっていった。

そのとき、何年も抽斗の底に眠っている原稿のことを思い出し、いまだと思った。それで、ある日原稿を取り出して、埃《ほこり》を払い、読み直して手を加え、紙束を脇に抱えて、新しい監督のもとに向かった。そのとき監督室はドシテイ通り側の一階にあったので、行きやすくなっていた。

判決を待つあいだの気持ちについてもう一度語るつもりはない。ただ、そんなに長くは待たずに済んだ。故ニコラ・ペトロヴィチは勤勉で親切な人だったから。

二、三週間後のある日、ヒランダル通りを歩いていたら、故ニコラ・ペトロヴィチが道の向こうにいるのに気がついた。当時、その通りに住んでいたのだ。まだ二〇メートルも離れていたのに、ペトロヴィチは大笑いを始め、わたしが前に立つまで笑っていた。そして、笑い終えると、こう言った。

「おお、あの作品には大笑いした。それで遠くから見かけて、思い出してしまって。おお、あれは素晴らしい、ただただ素晴らしい！　何日か前に寝床で読んだが、笑いすぎて寝床から転げ落ちた。すばらしい作品だ、おめでとう！」

心からの握手をし、わたしの顔には満足の表情が浮かび、稽古づくしの日々、舞台稽古、観客がまた目をよぎり、耳には幕が上がることを知らせるベルの音が聞こえた。

「こう言うのは辛いんだが、まあ、つまり、その、今日中にわたしのところに来て、原稿を持って帰ってくれ……」

「なんですって？」ぽかんとした。

「原稿を持って帰ってほしいんだ。自分の抽斗に置いておきたくないんだよ。刑務所に行くには歳を取りすぎているもんでね。早く家に持って帰ってほしい。」

ヒランダル通りと府主教の園《ミトロポリトヴァ・バシュタ》[006]が一緒にひっくり返ったような気がした。興奮と失望をこらえ、その日の午前のうちに原稿をしまい、ほかの作品を書きはじめるために新しい紙束を取り出した。

また年月が過ぎた。『不審人物』は取り調べられることも捜査されることもないまま、軟禁されていた。わたし自身、原稿のことを忘れかけていた。

一九〇〇年、ニコラ・ペトロヴィチの後任として、わたしが劇場支配人になることになった。自分自身が劇場の作家でもあることから、わたしは、新しいオリジナルの演目をできるだけ豊富に上演するという野心を持っており、失敗を恐れなかった。それがオリジナルの戯曲にチャンスを与えることになるだろう、力量に乏しい作家は失敗から結果を引き出すだろう、力量のあるより良い作家は刺激に元気づけられて、新しい創作を始めるだろうと信じていた。そうした抱負を抱いているときに、あのどこか、自分のデスクの抽斗に、忘れられた作品が一つあることを思い出したのは不思議なことだろうか？　そして、新体制（その代表は自分自身だけれども）はこれまでの体制とは違って親切なのではないかと期待するのは不自然なことだろうか？　いまほど時期が適していたことはこれまでない。いまこそ、『不審人物』が日の目を見るときだ。

わたしはまた抽斗の底から作品を取り出して、埃を払った。そしてある日持参して、劇場支配人のデスクに置いた。原稿が目を通されるまで長くはかからなかった。早々に座って、読み直してみた。

支配人室のデスクは大きく、広々としていて、デスクの上には書類、書類の上には番号、ベル、そして、肘掛け椅子、後ろの壁には立派な額に入った国王の肖像があった。職員が署名入りの書類を持って部屋に入って来る。国印が押された書類、印字された称号の下の署名、そうしたすべて、身の回りのすべてが公務気分を作り出し、執務室特有の雰囲気が作られて、なんとなく肘掛け椅子にも真っすぐ座ってしまう。後ろを向けば、頭上には、国王陛下の肖像が入ったどっしりとした額がかかっている。

作品を読んでいて「王朝」という語がでてきたときに、振り返って、国王陛下の肖像をじっくりと眺める。先を読む。肘掛け椅子に背をもたせかけて読んでいると、なんということだろう、最後まで読み終えたときには、作家として自宅で読んだときとはまったく違う印象を受けた。そしてついに、もう一度読み終えたときに、起こるべきことが起こった。わたしは肘掛け椅子から立ち上がり、デスクから原稿を取って、作家としての自分に返却した。そして、こんな賢明な言葉をかけた。

「友人たるヌシッチ君、この原稿は家に持ち帰りなさい。すばらしい作品だ、いい作品だ、お祝いの言葉を言いたい。けれども、これは家に持ち帰りなさい。ここに、わたしのオフィスの抽斗にあるのを見られたくないから。」

「ですが、お願いです」作家ヌシッチは抵抗しようとする。「以前の体制ならわかります……ですがいまは……それに演目を新しくしたいという抱負をお持ちでは……」

「まったくそのとおり……そう、そのとおり」支配人ヌシッチは答える。「だが、友人として心から忠告する、君の将来のために、この原稿は家に持ち帰ったほうがいい。君は若い、わたしの言うことを聞きなさい！」

デスクの前にある大きな鏡を見ながら、この会話をした。わたしの前には、作家ヌシッチが悲しげに座っていた。作家ヌシッチをなだめるために、いつかのシャプチャニンの説教を編集し、長い話をした。そうしてようやくついに、鏡の中の人物に原稿を引き取らせ、家に帰らせることができた。原稿はもとあった場所、抽斗の底の、ほかの原稿の分厚い束の下にしまわれた。

ここに記している歴史と『不審人物』の初演のあいだには、大きな動乱があった。わたしたちも見てきた過去は、はるか彼方に去っていった。過去が重く緩慢な足取りで残した痕跡は、道中で埋もれたり消えたりした。あの暗い日々から現在まで、多くの物事が通り過ぎ、国民精神も著しく変化した。いまや王朝のことで逮捕の心配をするということが、まるでトウェインのユーモア話とかゴーゴリの諷刺話のように思える。それゆえに『不審人物』は三十年前、四十年前には意味があった部分が失われてしまったかもしれないが、年代記としての特徴は失われていない。

もしそれでもこの喜劇に古びていない引喩があるとすれば、現在でも言えるような言葉がいくらかあるとすれば、現在でも指さしうるような現象があるとすれば、それは、全人類の、あらゆる国の、あらゆる人種の官僚制度には不変の共通要素があるということの証明であり、未来の喜劇作家にも素材を提供することだろう。過去にそうであったように。

　ここで筆を擱《お》くこともできるが、『不審人物』には別の後日談がある。人も物も、しばしば事件に遭遇する。不思議な事件、ときには冒険にも。本作『不審人物』もそうした事件を生きのびた。

　一九一五年、わたしは劇場支配人としてスコピエにいた。破壊が始まり、アルバニアに逃げることにした。抽斗の中身をすべてデスクに開けて、未完成の原稿やノートの一部を捨て、完成しているものと場面のスケッチは持っていくことにした。そのとき、抽斗の底にみつけたのは、無期懲役を宣告された『不審人物』。わたしは持っていくことにした。なんとかプリシュティナまで鉄道で逃げた。原稿の包みもすべて携えていて、全部で一〇か一五キロはあっただろう。ところが、プリシュティナからプリズレンへの道は歩いていかなければならない。背負っている荷物は重すぎた。しかたなく、プリシュティナで、また原稿を減らさなければならなかった。価値が低いものを捨て、特に重要と思うものだけを持参することにした。そうやって選び、犠牲にすると決めたものを床に捨てていき、『不審人物』の番がやってきた。ためつすがめつ眺め、ついに心を決めて、原稿を床に捨てた。床には犠牲になった原稿、自分で捨てた原稿、永遠に失われるであろう原稿の山があった。「さらばだ、哀れな奴！」捨てながら思った。「これまで舞台に上げてやることができなかったのに、アルバニアに連れていったところでどうなる？」

　そうして一番貴重な原稿の小さな包みを背負って出発した。死刑宣告した原稿をプリシュティナで滞在していたアルバニア人の家に残して。

　ところが、プリズレンにも留まることができず、さらに旅を続けるにあたって荷物があまりに重いと感じ、原稿の一部を残していくことにした。プリシュティナで床に捨てて廃棄を宣告したようにはできず、プリズレン在住の親切なセルビア人女性を信じて、原稿を屋根裏の床下に隠してもらった。

わたしたちは祖国を離れ、三年もの長い年月を他国で過ごし、一八年の終わり、軍隊のすぐ後を追って、スコピエに戻った。それから少しして、悲しい知らせを聞いた。プリズレンのブルガリア人たちが武器狩りのためにセルビア人の家を捜索して、屋根裏の床下に隠した貴重な、選び抜かれた原稿をみつけ、火をつけたのだという。

祖国を離れている間に、プリシュティナに残していった父は亡くなった。旅行ができるようになるとすぐ、妻は父の墓を探しにプリシュティナに向かった。プリシュティナの通りを歩いているときに、匿ってくれたあのアルバニア人と出会い、呼びかけられた。「ああ、奥さん、うちに寄ってください。ここを逃げていくときに、紙を捨てていかれたので、拾い集めて、保管しておきましたよ！」

妻は立ち寄り、受け取って、スコピエにいたわたしに届けてくれた。それが『不審人物』である〔原註――一九三一年から三六年刊行の全集で発表された（編者註）〕。

ブラニスラヴ・ヌシッチ

登場人物

イェロティィエ・パンティィチ……とある郡の長。
アンジャ……その妻
マリツァ……その娘
ヴィチャ
ジカ
ミリサヴ
（ヴィチャ、ジカ、ミリサヴ）……書記官
タサ……職員見習い
ジョカ
アレクサ・ジュニッチ……郡スパイ
店主スパサ
店主ミラディン
ヨサ……巡査

一世代前の、国境の小さな町での出来事。

第一幕

田舎風の部屋。側面と奥に扉がある。

第一場

郡長イェロティィエ、妻アンジャ

イェロティィエ　(興奮して歩き回る。後ろ手に手紙を持っている。)

アンジャ　(左の部屋から入ってくる。) なんのご用?

イェロティィエ　(妻の鼻先に手紙を差し出す。) 嗅いでみろ!

アンジャ　あら、いい匂い！
イエロティイエ　何の匂いだ？
アンジャ　（思い出そうとする。）ちょっと待って！……ミントの飴の匂い。
イエロティイエ　その通り！
アンジャ　それで？
イエロティイエ　ジョカの匂いだ。
アンジャ　ジョカってどこの？
イエロティイエ　どこかのだ！
アンジャ　なんのこと？　訳がわからない。
イエロティイエ　おまえ、親戚にジョカという男がいるか？
アンジャ　（考えながら）いません！
イエロティイエ　おまえにいなくても、おまえの娘にはいるらしい。
アンジャ　まあ、いったいなにを言っているの？
イエロティイエ　わしは何も言っとらん、アンジャ、言っているのはやつだ、やつなんだ！
アンジャ　まあ、だれ？
イエロティイエ　だから、ジョカだ！

アンジャ　もう！　わかるように、ちゃんと話して。
イェロティィエ　わかりたいか？　なら、ほら、これを読め、そうすりゃわかるだろう！（手紙を渡す。）
アンジャ　（手紙を読む。）「ジョカ」
イェロティィエ　そこはいい。最初から読んでみろ。
アンジャ　（最初から読む。）「マリツァ、可愛い人！」
イェロティィエ　どうだ、ミント玉の匂いがしてきただろう？
アンジャ　（読み続ける。）「きみのかわいらしい手紙を受けとった。何百回も口づけをしたよ。」
イェロティィエ　郵便配達人とか郵便局長に口づけしなかったのは驚きだな。
アンジャ　（続きを読む。）「手紙に書いてくれた指示どおりにする。」
イェロティィエ　すばらしい！　おまえの娘が指示を送ったんだ。そんなに急いでいるなら、記録台帳に書きこみかねないぞ、それで番号を……
アンジャ　（続きを読む。）「幸せな瞬間が待ち遠しい、きみの……」
イェロティィエ　（ぎょっとする。）きみのなんだ？
アンジャ　（続ける。）「唇に口づけをするのが」
イェロティィエ　招待状に署名するのが、じゃないのは驚きだな。
アンジャ　（読み終える。）「死ぬまで忠実な、きみのジョカ」（びっくりしている。）

イェロティィエ　ジョカ！　これが、やつの考え、人格だ！　ジョカがだれか、わかっただろう。

アンジャ　（十字を描く。）ああ、なんて、罰当たりな！　指を切り落として、手紙なんて書けなくしてやる。

イェロティィエ　そうするがいい、そうしたらきっと鼻で書きはじめるぞ。書きたくなったら、鼻で書くに決まっておる。

アンジャ　この手紙、どうしたの？

イェロティィエ　郵便配達が持ってきた。

アンジャ　あの子宛でしょう？

イェロティィエ　そりゃそうだ！

アンジャ　それを開けたの？

イェロティィエ　開けた。

アンジャ　開けなけきゃよかったのに、もうほんとうに、困っちゃう。手紙を開けちゃったこと、あの子になんて言えばいいの？

イェロティィエ　いいか、言っておくが、わしはお偉いさんの手紙だって開けてきたんだ、ジョカがなんだ。

アンジャ　そうね、でもそのせいで解雇されたんでしょう。

イェロティィエ　解雇された、だから何だ？　しばらく大人しくしていたら、そんなことはきれいさっぱり、また仕事に就けたじゃないか。

アンジャ　まあそうだけど、でもお願いだから、もう手紙は開けないで。

イエロティイエ　開けねばならん。したいからじゃない、せずにはいられんのだ。わかるだろう、人間の生まれ持った性質というやつだ。他人の料理を食べたくなるやつもいれば、他人の嫁さんを好きになるやつもいる。わしは他人の手紙が好きなんだ。手紙を手にしているのに、内容がわからないんだぞ。そうしたら知りたくなるだろう、おまえだって。他人の手紙を読むのは、シナモンをかけたミルク粥三人前より美味い。わしがどれほどシナモンのミルク粥を好きか、おまえ、知っているだろう。それでだ、今朝、手紙がたくさん届いた。中央庁からも、郡からも、区も。そのなかで、一通の手紙に匂いがした。中央からの手紙は匂わん、郡からのも匂わん、区からのも……もうわかるだろう！　この手紙を摑《つか》んで、見てみたら、「マリツァ・パンティチ様へ」。おお、これだ！　開けて、匂いを嗅いだら……ジョカの匂いがした。というわけだ！

アンジャ　ほんとうにもう、この国はどうなってるの！　女の子が読み書きを学ぶのは結婚してからのほうがいいんじゃない。

イエロティイエ　そうしたらどうなる。メレンゲやクッキーを作るには、料理本を読まねばならん。夫がメレンゲを食べたかったら、妻に作り方を読んでやることになるな。

アンジャ　たしかにそうね！

イエロティイエ　手紙がどこから来たか、見なかったか？

アンジャ　（手紙を見て）「プロクプリェ」。

イエロティイエ　アンジャ、子どもをおばさんのところに行かせたりするもんじゃない。それなのにおまえは少しだからと行かせてしまった。それでどうなった、これからはおまえも行けるようになるぞ。

アンジャ　（考えこみながら）でもまあ、ねえ、あなた、いいご縁なんじゃない？

イエロティイエ　ふん、いいご縁か、ジョカが、いいご縁か！　本気か、おまえ！　いいご縁はヴィチャ君だ、ジョカじゃない！　おまえが母親らしく、ちゃんと教えないとだめじゃないか。ヴィチャ君はあいつと結婚したがっている、したくないわけではない。数日前にも言っていた。「郡長、もしお嬢さんと結婚してわたくしが親戚になったら、わたくしたちは無敵です！」

アンジャ　あの子には話したわ、話はしてるわよ、でも好きじゃないって。

イエロティイエ　好きになんぞなる必要はない。おまえだって、わしを好きになって結婚したわけじゃあるまい、それで何か困ったか？　それより、おまえ、ちゃんと勧めたのか？

アンジャ　勧めたりしません。あんな不正をしたのよ、そんなことできるわけない。わたし、言ったでしょう、さっさとあの件の始末をつけるように、話はそれからだって。

イエロティイエ　おい、不正ってなんだ、まったく！　そのせいで役人が頭を痛めたりしたか？　あの男はな、何をすべきかわかっている、賢いやつだ。書類を全部盗んだ。書類がないんだから、不正もない。大臣も何もできないさ、せいぜい解雇するだけだ。そうなったとして、あの男が気にすると思うか？　あの金はちびちび使っていたから、仕事がなくてもやっていける。一、二年はじっとして、百姓に金を貸していればいい。もしまた働き口が欲しくなったら、政権が倒れるのを待っていれば、別の政権で昇進にありつくだろう。

アンジャ　でも、お金を持っているのはほんとう？

イェロティイエ　もちろん、持っとるさ！　まったく、たんまりとな。二等書記官だし、この郡ではまだ十四カ月にもならないのに、鉄砲玉みたいに昇ってきた。いやはや、賢いやつだ。ジカ君などは一生貧乏なままだろう。奴さんにはワインが二リットルほどあれば十分。だが、ヴィチャ君ときたら！　細かなことで手を汚したりしない。販売、値付け、オークション、そんな仕事もしたがらない。「ジカさんにしてもらってください」と言ってな。大事な仕事だけ引き受ける。あの男は政治が得意で、それでいい稼ぎをえている。一番のお得意さんは王朝だ。王朝はあの男にとっては乳牛みたいなもんだ。金を絞りとるのが、そりゃあうまい。いいか、どこかの店主を逮捕する。「反体制的なことを口にした！」と言って。書類を山ほど積んでみせる……七人、八人、十二人の証人……懲役五年。ところがある日、書類が消える、あるいは、証人が最初とはがらっと違うことを証言する、そうしたら、その店主は……わかるだろう、自由の身だ。そうやって仕事を回してるんだ。どうだ、わかっただろう、一家の主たる人物だ、そんな婿がいい、ジョカでなくてな。

アンジャ　どうしましょう、なにができるかしら、あの子は嫌っているのよ、雄鶏みたいって言って。

イェロティィエ　なんと夢見がちな！　何を期待しておるんだ！　わしだっておまえと結婚したときは雄鶏みたいだったぞ、それで何か困ったか？

第二場

ヴィチャ氏、前場の顔ぶれ

ヴィチャ　(電報を手に役場からやって来る。) 失礼します！
イェロティィエ　ああ、君か、ヴィチャ君。ちょうどいま、君のことを話していたんだ。
ヴィチャ　電報が届きまして、あの……
イェロティィエ　郡からか？
ヴィチャ　いいえ、中央庁からです。
イェロティィエ　(強い関心を示して) 中央庁から？　なんだ？
ヴィチャ　暗号です。
イェロティィエ　暗号？　機密か？

ヴィチャ　最高機密です。
イェロティィエ　アンジャ、下がってくれ。最高機密は女には関係ない。
アンジャ　ええ、もちろんです。（去ろうとする。）
イェロティィエ　その手紙も持っていくか？（妻が握っている手紙を見る。）それを鼻に突きつけて、わしが我慢ならんと言うていると伝えてくれ。わしを待つことはない……
アンジャ　（出ていく。）

第三場

イェロティィエ、ヴィチャ

イェロティィエ　暗号だって？　何か重要なことか？
ヴィチャ　わかりません！
イェロティィエ　解読したか？
ヴィチャ　しました。

イェロティエ どういう内容だ？

ヴィチャ わかりません！

イェロティエ おい、わからんとはどういうことだ？

ヴィチャ こちらです。ご自分でお読みください。（電報を渡す。）

イェロティエ （読んで驚く、電信をためつすがめつ眺め、ヴィチャを見て、それからまた読もうとする。）よろしい、なんだ、これは？

ヴィチャ わかりません。

イェロティエ （声に出して読む。）「青い魚」つまり「青い魚」だな。頼んだぞ！（また読む。）「青い魚、膨れた王朝」（たじろいで）いやはや、ヴィチャ君、なんだ、これは？（続きを読む。）「機関車、地区、すりこむ、すりこむ、すりこむ……」（ヴィチャを見て、続ける。）「……夜明け、銃床、主教、角灯、義妹の腿、ドラム、判子、年金、司祭！」（中断して）頼むよ、これは何だ？

ヴィチャ わかりません、さっぱりです。もう一時間も格闘しているのですが。

イェロティエ （考えながら歩き回る。）わからんとな、よろしい。だが、わしにもわからん。一言もわからん。ほら、この「王朝」とこの「すりこむ、すりこむ、すりこむ」は、つなげてみると、まあ、なんとなくわかる気がする。たとえば、王朝に対する「畏敬を国民にすりこみなさい」とか。だが、ほかの、この司祭やら、青い魚やら、義妹の腿ときたら、何のことやらさっぱりわからん。（もう一度読む。）わからん！（考える。）いやはや、まったく、ひどく持って回った言い方だな、ええ？　しかもこれが重要事項なんだろう？

ヴィチャ　と思います。

イェロティィエ　暗号を使っているのだから、きわめて重要なはずではある。偽の遺言の一件で君を解雇するという話だったら、わざわざ暗号になどせんだろうからな。

ヴィチャ　もちろんですとも！　他人の不動産のために借金をしてしまった男の一件で、あなたが年金暮らしになるのだとしても、暗号はいりません。

イェロティィエ　（ぐっとこらえて）そうだな、暗号にはしないだろう！　もっと大事なことにちがいない。動員でもあるまい、それとも……何のことかわかる奴がいるのか？　おい、君、ちゃんと解読したんだろうな？

ヴィチャ　一語ずつやりましたとも。一目で重要だとわかりましたから、慎重にやりました。

イェロティィエ　（考える。）「青い魚」！　よろしい、「青い魚」としておこう、だが、「膨れた王朝」。熟考してみると、中傷だな、これは！　きっとそうだ。君が何か間違えているんじゃなければな。

ヴィチャ　どうぞ、暗号を持ってきましたので、ご自分でご覧ください。

イェロティィエ　下のやつで解読したのか、一般暗号で？

ヴィチャ　そうです！

イェロティィエ 上の、特別のは試していないのか？
ヴィチャ あっ！　しまった！
イェロティィエ 試してみたまえ、試してみたまえ、ヴィチャ君！　早くやるんだ、待ちきれん！　役場に行こう！
（右に出ていく。）

第四場

アンジャ、マリツァ

マリツァ （外、左側で、地面が割れる奇蹟のような音がする。それからすぐに登場。興奮している様子。）
アンジャ （追いかけてきて）お鍋を割ったりして、なんなの？
マリツァ 手に持ってたから割っただけ！
アンジャ そう、じゃあ、どうして割るの？
マリツァ 前にはっきりと言ったじゃない、あのヴィチャさんのことなんてもう聞きたくないって。それなのに放っておいてくれない。わたし、決めてた、お母さんがあいつのことを言い出したら、最初に手にしたものを壊そうって。逃げ出すにはそれしかない。

アンジャ　そんなひどい態度じゃ話せないでしょう。

マリツァ　お母さんが何を話そうが、聞くつもりなんてないからね。わかる？　あいつのことを一言でも言ったら、手当たり次第に壊してやる。

アンジャ　（十字を描く。）ああ、なんてこと。悪い人だって決めつけて。お父さんとついさっきお話したんだけど、お金持ちだし、あなたを好きだって、お父さんにそう言ったそうよ。

マリツァ　（食卓の花瓶を摑み、床に投げつける。）

アンジャ　ちょっと、頭がおかしくなったの、ねえ！

マリツァ　言ったじゃない、そうするって、それなのに何さ！

アンジャ　今日はどうしちゃったの？

マリツァ　どうした？　まだ聞く？……勝手に人の手紙を開けて、世間に晒すみたいにして、それで今日はどうしちゃったなんて聞く？

アンジャ　いいわ、じゃあ、人間らしく、理性的に話しましょう。

マリツァ　（水差しを持って、きっぱりと）何について？　だれについて？

アンジャ　それは……ジョカについてよ。

マリツァ　（水差しを置く。）何を？

アンジャ そうね、話して、どこのだれで、なにをしていて、どんな人か……?

マリツァ どんな人か? わたしが好きな人よ!

アンジャ わかってるわよ、でもそれじゃ済まないでしょ!

マリツァ もう、あっちへ行って! 十九になるまで結婚なんて考えもしなかった。十九から二十一までは、お父さんとお母さんに、だれか探してって言ってきた。二十一歳が終わってもだれもみつけてきてくれなかったから、わたし、自分でみつけるって言ったよね。それで、ほら、自分でみつけたの!

アンジャ でも「自分でみつけた」なんて……それに……そんなんじゃ……なんて言ったらいいの……

マリツァ はい、はい、もう決まったことだから。聞きたかったのはそれ? 信じないんなら、ジョカに書いた手紙を読んであげる。(エプロンから紙を取り出す。)お父さんとお母さんが勝手に開けて読んだ手紙はこの手紙への返信だから。聞いてて! お父さんやお母さんに関係あるのは、あっちじゃなくて、こっちのほうよ。(読む。)「前にも言ったけど、お父さんは……」(話す。)ここはお母さんには関係ない! (読む。)「ヴィチャさんは……」(話す。)ここも関係ない! (読む。)「この郡に残さず……」(話す。)ここも関係ない!

アンジャ じゃあ、どこが関係あるのよ?

マリツァ ここ! (読む。)「だから、もしほんとうにわたしのことを愛しているのなら、すぐに旅支度をして。

こっちに来て、到着したら、ヨーロッパというホテルに泊まって。でも、どこにも出かけないでね。小さな町だからすぐに人目についてしまう。部屋にいたまま、書きつけで到着を知らせて。そうしたら父と母の前に出ていって話をするから。もし承諾をえられたら、あなたを呼ぶからすぐに事を終わらせましょう。もし承諾をえられなかったら、あなたのホテルに行くわ。そして、前代未聞のスキャンダルを起こしましょう。そうしたら父だって母だってもう……」(読むのをやめる。)ここからは関係ない！　さあ、これでわかったよね！　のみこめた？　わたしの手紙への返事がこれ。「手紙に書いてくれた指示どおりにする。」これでわかった？　だから、お父さんもお母さんも、そのうえでどうするかを考えて。

アンジャ　(十字を描く。)まあ、いったい、なんてこと言うの、悪い娘を持ったもんだ。宿屋に行くと男の人に約束するなんて。最近の若い人たちときたら！

マリツア　若者はいつだってそんなものじゃない……

アンジャ　まったく、冗談じゃない……そんなの、聞いたこともない、一度も！　すさんだ世の中になって、なにもかもめちゃくちゃ、すっかり変わってしまった……

マリツア　変わったのは場所だけ……

アンジャ　なんの場所？

マリツア　だから、いま女の子たちが待ち合わせするのは宿屋だけど、お母さんのころは屋根裏だったたってだけじゃない。
アンジャ　そうじゃないわ。それにそうだとしても、全然意味合いが違うでしょ。
マリツァ　何が違うのよ？
アンジャ　家を出て逢引するなんてもってのほかよ、屋根裏は家の中ですからね。
マリツァ　ああ、それが大事ってわけ！
アンジャ　それなのに、宿屋だなんて、自分の娘が男と宿屋で会うのを見るなんて……
マリツァ　そういうの、やめて！　認めてくれたら彼がここに来る、わたしは行かなくていいんだから。
アンジャ　でも、そんなの認められるわけないでしょう。だれかも知らない、なんにも知らないのに……
マリツァ　聞けばいいじゃない、そしたら教えてあげる。
アンジャ　（十字を描く。）なんてこと！　いいわ、じゃあ聞くけど。教えて、ジョカの仕事はなに？
マリツァ　薬剤師の助手。
アンジャ　薬剤師の助手？　だから手紙からミント飴の匂いがしたのね！
マリツァ　当たり！
アンジャ　とにかく、匂いがしたってだけ。いいわ、薬剤師の助手の収入でどうやって暮らしていくつもり？　まじめに考えてみたの？
マリツァ　お母さんの知ったことじゃない。

アンジャ　母だからこそ聞いているんでしょう？　ミント飴ではお腹はふくれないし、包帯を着るわけにいかないのよ。
マリツァ　それはわたしたちが考えることで、お母さんたちが考えなきゃいけないのは、まず、スキャンダルが起きて手遅れにならないようにすること。わたしが手紙になんて書いたかは話したよね。そうなってもいいの？　今日はまだ来ないかもしれないけど、明日にはきっと来る、そしたら……
お母さん、決心して、お父さんに全部話して。スキャンダルは避けられないって！
アンジャ　そんなこと、お父さんに言えるわけないじゃない！　とても言えない……
マリツァ　お母さんが言わないんなら、わたしが自分で言う！
アンジャ　やめて、やめて。怒らせたら、もっと大変なことになる。お母さんに任せて。時間をかけて、遠回しに、うまく言ってあげるから。自分で言うのはやめて！
マリツァ　そうしたいなら、それでもいいけど。わたしはどっちでもいいんだからね！

第五場

イェロティィエ、前場の顔ぶれ

アンジャ (右の扉からイェロティィエが現れるとすぐに)お話があるの……
イェロティィエ (さも重大そうに、指を唇にあてる。)しっ!
マリツァ (きっぱりと)お父さん、話を聞いて!
イェロティィエ (先ほどと同様に)しっ! 大事な用がある! この部屋から出ていきなさい。
アンジャ 内々にお話したいことがあるの、急ぎで。
イェロティィエ お国にもわしだけに話すことがあるのだ、お国のほうが重要だ。
マリツァ それならいい、だけどあとで泣き言を言わないでよ!(左の部屋に出ていく。)
アンジャ 一大事なの……
イェロティィエ こちらも一大事なのだ、大変な一大事だ。あとで呼ぶから、いまは出ていってくれ、あとで呼ぶから!(左の部屋に押し出す。)
アンジャ (出ていきながら)ちゃんと聞かないとあとで……(出ていく。)

第六場

イェロティィエ、ヴィチャ

イェロティィエ　（扉のところで）入りたまえ、ヴィチャ君。
ヴィチャ　お一人ですか？
イェロティィエ　一人だ。この家では、安心して話をできる場所がみつけられん。役場ときたら、口を開こうとすると、だれかが押し入って来る。ここでなら、続きができるだろう！（座る。）さて、ヴィチャ君、もう一度電信を読み上げてくれ、ゆっくり、一言ずつな。（手を耳にあてる。）。
ヴィチャ　（聞いている者がいないかとあたりを見回す。）「極秘。これまでに判明したことによれば……」
イェロティィエ　ははん！……
ヴィチャ　（続ける。）「……貴郡に一名の不審人物がおり……」
イェロティィエ　いいか、君、「不審人物」だ。
ヴィチャ　（続ける。）「……革命を目す反王朝的な文書、書簡を所持し……」
イェロティィエ　そこ、もう一度、読んでくれ！（両耳に手をあてる。）

ヴィチャ （繰り返す。）「……革命を目す反王朝的な文書、書簡を所持し……」

イェロティィエ （電信を取る。）貸せ、わしが読む（読む。）「……革命を目す反王朝的な文書、書簡を所持し……」（電信を返す。）続きを読め！

ヴィチャ （読む。）「国境を越えんとす……」

イェロティィエ ははん！　それで！

ヴィチャ （読む。）「不審人物の人相は当局にも定かにあらず！　判明しているのは若い男とのみ。何としてもその人物を貴郡で見つけ出し、文書と書簡を没収、厳重な監視のもとベオグラードに連行すべし。国境の監視を二倍にして越境を防げ。助力が必要とあらば、我が名で周辺地域に要請せよ。」

イェロティィエ ははん、ヴィチャ君。青い魚やら義妹の腿ではなかったな。これは重大かつ深刻な事態だ。どうだ？　その電信を寄こしたまえ！（てのひらに置いて、重さを測るように上にあげる。）君、どう思う、この電信はどれほど重いかね？

ヴィチャ 非常に！

イェロティィエ 重さを測るためには、内容を知らねばならん。どう思うかね、ヴィチャ君、この電信の内容を。

ヴィチャ （肩をすくめる。）

イェロティィエ 昇進だよ、君、昇進だ！

ヴィチャ 郡長のですね！

イェロティイエ　わしのだ、もちろん！　それに、君は昇進など眼中にないのだろう、ヴィチャ君。昇進などどうでもいいんだろう？

ヴィチャ　どうしても昇進したいとは申しませんが、そうなるならありがたく、嬉しく……

イェロティイエ　言いたいことはわかっておる。心配せんでいい、この仕事が終わったら、わしには昇進、君には花嫁だ！

ヴィチャ　そうおっしゃいますが、お嬢さんの気持ちは？

イェロティイエ　娘は両親の言うことを黙って聞くさ、この人物を捕まえるのを君が助けてさえくれたらな。

ヴィチャ　お任せください。

イェロティイエ　よろしい、君に任せよう。だが、どうやってみつけるつもりだ？　どうするつもりか教えてくれ。

ヴィチャ　そうですね、電信にもとづいて、店主のスパソィエ・ジュリッチを捕まえようと思います。

イェロティイエ　店主のスパソィエを捕まえる?!　なんでまたそんなことを思いついたんだ、ヴィチャ君。正直者で、温厚で、金も持っている男だぞ……

ヴィチャ　だからこそです！

イェロティイエ　だが、何でだ？

ヴィチャ　実害は何もありません。二、三日留置して、それから放免します。

イェロティイエ　放免するのはわかっているが、だめだ、だめだ！　スパソィエ氏が不審人物になるか？　ここに

「若い男」と書いてあるだろう。スパソィエ氏は六十だぞ。それに、捕まえたとして、革命的な反王朝文書をどうするつもりだ？　スパソィエ氏の書類を捜し回ったところで、何がみつかる？　君の勘定書き、わしの勘定書き、そんなもんは不審文書にはならん。

ヴィチャ　（刃向って）ですが、あれは……

イェロティィエ　たしかに、あれは不審文書ではある、君に払う気がないんだからな。正確に言ってほしけりゃ、わしだって払う気はない。やつは十分に儲けとるし、われわれの仕事はそうした集金屋から国民を守ることだ。そうしようと思ったら、スパソィエ氏からはいくらか差し引かんといかん。だがな、ヴィチャ君、われわれの勘定書きは不審文書にはなっても、反王朝文書にはならん。われわれの勘定書きを没収して、大臣閣下に反王朝文書ですとお送りするわけにはいかん！　そうだろう？　聞きたまえ、ヴィチャ君。これは重大で深刻な事態だ。国家の存亡がわれわれにかかっている。深刻に受け止めねばならん。職員はみなそろっているか？

ヴィチャ　そろっています、ジカさんだけが「出張中です」。

イェロティィエ　なんだ、出張中って？

ヴィチャ　いいえ、出張ではなくて、昨晩飲みすぎたらしく、職員のあいだでは、飲みすぎて出勤してこないやつのことを、「出張中」と言い慣わしておりまして。

イェロティィエ　そういうことなら、あいつはしょちゅう出張しとる。大きな入札とか借入金の査定のときに飲みすぎるのはしかたないが、このところ、住民に関する些細《ささい》な仕事でも飲みすぎるようになってしまった。だれかに偽の畜産許可証を発行したと言っては飲み、借金を認めていない男に支払いをさせたと言っては飲む。いやはや、そんな些細なことは飲むには値しない。そのせいで国家が苦しんでいる。なんとかせねばならん。

ヴィチャ　本当に、なんとかしないと！

イェロティィエ　ヨサ巡査が漬物用の塩水を持っているから、一杯持っていくように言いたまえ。酔いが覚めたらここにくるだろう。ほかの者は？

ヴィチャ　みなここにいます。

イェロティィエ　ジカ君が来たらすぐに、全員ここに来るのだ。役場では内密の話はできない。見習いたちが耳をそばだてていて、すぐに町全体に知れ渡ってしまう。さんざんやめるように言ってきたが、どうしようもない。さあ、ヴィチャ君。ジカ君が来たら、みなでここに来るんだ。それでみなで相談しよう。何せ、重大事だからな。

ヴィチャ　スパイのアレクサをすぐに送りこんで、少し町をうろつかせてはいかがでしょう？

イェロティィエ　不審人物が町にいるとは思えん。どこかに潜んでいるだろう。まあいい、行かせろ。覗けるところはどこでも覗けと伝えたまえ。宿屋という宿屋は全部だ。上の井戸のカタのところにも行けと言っておけ。一人者に部屋を貸しているからな。店主のヨツァのところにも立ち寄っておくといい。あいつはいくらか革命よりなところがある。不審人物を隠すこともあるやもしれん。

ヴィチャ 婦人服の仕立て屋ですか？

イェロティィエ そうだ！　請求書を持ってきたもんで、役場から追い出させたら、反体制的なことを叫びおったから、革命寄りだとピンときた。やつも調べさせろ。

ヴィチャ ご心配は無用です、アレクサはうまくやりますよ。（出ていく。）

イェロティィエ （見送りながら）さあ、ヴィチャ君、急ぎたまえ。

第七場

イェロティィエ（一人）

イェロティィエ 「青い魚」……いや、青い魚を捕まえねばならん。うまく餌をつけて、針を水に放って、それから、そうっと……黙って、息を止めて……それで、浮きが動いたら、よし、ほれ！……針を引っ張り上げて、針についているのは――昇進？　昇進だぞ！　これまでは逃してきたが、今回は逃さん。ほかに手がないときは、住民の半分を捕まえて、ふるいにかけてやる。正直者はふるいを通り抜ける。だが、不審なやつはのたうつしかない。網にかかった魚。わしはつまみ上げるだけだ。（ふるいからつまみ上げるふりをして）「さあ、いいか、まずはおまえだ！」首の後ろを摑んだら、子どもみたいにゲロゲロ吐くぞ。認めるはずだ。認めなければ――「おまえが不審人物だろう？」――「そうでございます、わたくしです！」――「そうだろうとも！」、それから、すぐに電報を送りに行く。（押しボタンを叩くような動き。）「内務大臣閣下。不審人物を手中にしました。あなたの手には私の昇進が握られています。早く交換しましょう！」さすがは我輩、イェロティィエ様だ！

第八場

イェロティィエ、マリツァ

マリツァ　（部屋から出てくる。）お父さん、いまひとり？

イェロティィエ　いや。

マリツァ　（あたりを見る。）だれもいないけど？

イェロティエ　一人じゃないと言っとるだろう……考え事で忙しいんだ……非常に重要なことを考えておる。
マリツァ　どんな問題だか知らないけど、わたしはいまお父さんに話さないといけないことがあって。
イェロティエ　だめだ、時間がない！
マリツァ　いま話さなかったら、手遅れになっちゃう。聞いてよ、あとで泣き言を言われたくない。
イェロティエ　よかろう、話しなさい、ただし、短く、わかりやすくな。姓名、年齢、出生地、有罪判決を受けた回数と理由、それからすぐに申し立てに入れ。
マリツァ　聞いてよ、お父さん、わたしのことはよく知っているでしょう。娘の面倒をみるのは親の務めじゃない。
イェロティエ　（聞いていない。自分の計画にふける。）管内に警官を送らねば。騎馬警官の数は？（指で数える。）
マリツァ　お父さんが仕事を終えるまで、いままでずっと待った。
イェロティエ　（自分に言う。）区長たちに出す通知がいるな……
マリツァ　お父さん、聞いてる？
イェロティエ　聞いとらん。自分でも見りゃわかるだろう、おまえの話を聞いている暇なんぞない！
マリツァ　もういい、だけど、あとで泣き言を言わないでよ。
イェロティエ　いいか、言いたいことがあったらお母さんに言え、わしは……自分で見てわかるだろう、仕事で頭がいっぱいだ！……不審人物……反王朝文書、青い魚、昇進、警官、ジカ君の塩水、それに角灯、それで司祭、それで昇進、村長への通知……いいか、そんなこんながわしの頭のなかで混ざって、いまにも沸騰しそうだ……放っておいてくれ、頼むから、放っておいてくれ……いや、そうだ、おまえはここに座ってろ、わしが出ていく。（右から出ていく。）

第九場

マリツァ、あとからヨサ

マリツァ　（一人で）こんなの耐えられない。（花瓶が置いてあった皿をデスクから取る。）家中のものを叩いてやる、そしたらきっとうんざりさせられる。そうじゃないと話が進まない。うっかり何かを壊すたびに、ぼうっとして恋でもしているの、なんて言われてきたけど、ほら、それが現実になるんだ。次から次に壊してやる。（皿を床に投げる。）

ヨサ　（後ろの扉から入ってくる。）あの……先ほど若い男性が一人やってきまして、ヨサ巡査はどちらですか？　と言いますので、私がヨサ巡査です！　と言いますと、この手紙を！　と言うので、私が受け取りますと言いますと、お嬢さんの手に渡すようにと言うので、私は……

マリツァ （手紙を摑んで）もういい、わかった、わかった！……

ヨサ それでその男性は……

マリツァ もういいから！（興奮して手紙を開け、署名を読む。）ジョカ！（聞こえる声で）ありがとう、ヨサ！

ヨサ それで、私は言いました……

マリツァ もういいから、下がってちょうだい、ヨサ！

ヨサ それでは、失礼します！

第十場

マリツァ、あとからアンジャ

マリツァ （嬉しそうに）ああ、ジョカ。もう、どきどきする！（読む。）「到着したよ。ホテル・ヨーロッパの四号室にいる。きみから連絡があるまで、どこにも出かけない。ホテルの主人にだって、一件落着するまで名前も言わないつもりだ。見てのとおり、きみが望むとおりにした。愛しているよ、きみのジョカ。」

アンジャ　（左手から入って来る。割れた皿が床に散らばっているのを見て、扉のところで立ちどまる。）あなた、お父さんと結婚の話をしたのね？
マリツァ　だれに聞いたの？
アンジャ　だって、お皿が割れて、ガラスも……
マリツァ　お母さん、大好きなお母さん、キスさせて。（キスをする。）
アンジャ　（びっくりして）どうしたの？　なにがあったの？
マリツァ　一言でぜーんぶわかるわ。
アンジャ　一言って？
マリツァ　ジョカ！
アンジャ　なんなの？
マリツァ　言ったとおりだってば――ジョカ！（アンジャが出てきた部屋へ上機嫌で駆けていく。）
アンジャ　（背中を見送って、十字を描く。）

第十一場

イェロティィエ、アンジャ

イェロティィエ　（役場からやってくる。）アンジャ、ここから出ていって、扉を閉めてくれ。だれにも盗み聞きされないようによく注意していてくれ。

アンジャ　でも、今日はいったいどうしたっていうの？

イェロティィエ　聞いてくれるな、大事なことだ！　全職員を呼んで、ここで相談することになっている。

アンジャ　でもそれならどうして役場じゃないの？

イェロティィエ　あそこでは無理だ。役場で話し始めたとたんに、町中に知れわたる。ここのほうが安心だ。さあ、行って、ちゃんと扉を閉めてくれ。

アンジャ　わかったわ！（出ていき、扉を閉める。）

第十二場

イェロティィエ、全職員

イェロティィエ　（もう一つの扉のところで）さあさあ、入りたまえ。（ヴィチャ、ジカ、ミリサヴ、タサが入ってくる。ヴィチャは痩せて、ひょろ長い。異様に短いコートを身につけ、乗馬ズボンと拍車つきのブーツを履いている。髭《ひげ》は刈りこんでおり、額には髪がふさのようにかかっている。ジカはずんぐりしていて、ぼさぼさの大きな頭、腫れぼったい目と分厚い唇をしている。着古して薄汚れた服を着ており、ベストが短いせいでシャツが下からのぞいている。ズボンは太腿周りは幅広で、下に行くほど狭く、ひだになっている。ミリサヴ氏は中背で、髪型は整っており、髭をひねり上げている。古い軍服を着ており、徽章をはぎ取ったあとがまだ残っている。軍人風に短く刈り上げられた髪に、ズボンはゴムバンドで靴底まで伸びている。タサは小柄で猫背、髭は灰色で、禿《は》げている。すりきれた長いオーバーコートを着て、汚れてかかとの曲がった靴を履いている。イェロティィエはまず全員を見渡して、それから厳かな口調で話しだす。）諸君、非常に重要で深刻な事態だ……われわれは……（ジカのところで視線を止める。）調子はどうだ、ジカ君？

ジカ　（もごもごと）務めを果たしております！

イエロティイエ　そうだ、そうでなくてはな！　われわれはみな務めを果たさねばならん。事態は深刻だ……何と言えばよいか……諸君、われわれがここに集まったのは……つまり、わしが君らを集めたのだ、諸君！……ヴィチャ君、何か言いたそうな目で見ているが、そんな目で見られては、どんなにうまい話し手でも頭が混乱してしまう。

ヴィチャ　申し上げたいことがございます。

イエロティイエ　何かね？

ヴィチャ　アレクサはもう送りこみました。

イエロティイエ　うむ、よくやった！　さて、わしは何を言おうとしたんだったか？（思い出す。）ああ、そうだ！おい、タサ、この電信を読みあげろ。（渡す。）諸君、電信は極秘だ。内務大臣閣下から来た！……読みたまえ！

タサ　（読む。）「青い魚、膨れた王朝……」

イエロティイエ　（ぎょっとして取り上げる。）いや、これじゃない、だれがこれを渡したんだ？　ヴィチャ君、これは廃棄しておくべきだったな。（ポケットに突っこみ、もう一つのポケットから紙を取り出してタサに渡す。）こっちを読みたまえ……

タサ　（読む。）「極秘。」

イェロティィエ　諸君、聞いたか、「極秘」だぞ。タサ、みなの前で言っておくが、町に行って読んだことを口走りでもしようもんなら、おまえの足をぶっつぶすからな。

タサ　ああ！　ご容赦を！……

イェロティィエ　「ああ、ご容赦を」じゃない。おまえときたら、蒸留酒《ラキヤ》一杯で国家機密を全部ぺらぺらしゃべってしまう。まったくけしからん。一般人の女でも自分の秘密を隠せるのに、お国は隠せないなんて。それも一杯の蒸留酒《ラキヤ》でとは。いいか、わしはこの秘密を自分の妻にも言うとらん、それなのにおまえは町中に言うのか。舌がむずむずしてきたら、靴ブラシで擦《こす》れ、お国に迷惑をかけるんじゃない。わかったか？

タサ　わかりました！

イェロティィエ　ここにいるわれわれはみな官憲の者だ。いいか、おまえを一緒に呼んだのは、栄誉を与えようと思ったからだ。なぜか？　なぜなら、おまえはもうここで三十年も職員として働いているし、歳をとっている。だから……さあ、続きを読め！

タサ　（読む。）「これまで判明したことによれば、貴郡に一名の不審人物がおり、革命を目す反王朝的な文書、書簡を所持し、国境を越えんとす。不審人物の人相は当局にも定かにあらず！　判明しているのは若い男とのみ。何としてもその人物を貴郡でみつけ出し、文書と書簡を没収、厳重な監視のもとベオグラードに連行すべし。国境の監視を二倍にして越境を防げ。助力が必要とあらば、

イェロティイエ

我が名で周辺地域に要請せよ。」

(読み上げている間、その場にいる者たちを注意深く見ている。)聞いたか? ……どれほど重大事かわかったか? 国家の命運がわれわれにかかっている。いまこのとき、お国も王朝もわれわれを見ている。(一同、沈黙。その場にいる者たちを見渡し、それから、考えこみながら二、三歩進み、続ける。)事態は簡単ではない。どうすればお国の役に立てるかを、みなが真剣に考えねばならん。これまでとは違うぞ。盗賊だと言って、山に登っていって、それから、さあ、区長のところで晩飯だ。次の日には眠りこけているジカ君を置き去りにして、別の区長のところで飯にありついたあと、帰ってきて、ベオグラードに電信を送る。「当郡の官憲の精力的な追跡により、あれとそれの盗賊は他の郡に逃げ去りました!」なんてのとはな、まるきり違う。不審人物だ! 不審人物とは何だ? 言ってみろ、タサ、不審人物とは何だ?(タサは肩をすくめ、職員たちを見る。)知らんのか! 不審人物というのは、何よりもまず、人相書きのない人物で、次に、探し出すのが困難な人物だ、そういう人物を国家権力がみつけよと要請している。さて、どうやって、これだけ多くの人間の中から、不審人物を特定するか? じゃあ、聞くが、ジカ君は不審人物か?(ジカが否定する。)違う! タサは不審人物か?(タサはへつらって笑う。)では見定めて言ってくれたまえ、タサは不審人物か? 諸君、たとえば、祝宴の翌日、女どもが集まっている。十人、二十人、三十人いる。さあ、そのなかで、身持ちの悪いのを見極められるか? 身持ちのよいのが

ジカ　だれかもわからんだろう、ましてや、身持ちの悪いのときたら！（息をついて、歩く。）それじゃあ、こんなときにどう行動したらいいと思うか、言ってくれ。ジカ君、君はどう考える？

イェロティィエ　（郡長の話を聞かず、眠気で落ちてくる瞼《まぶた》と闘っていた。）わたしですか？　何も考えていません！

ジカ　なんだと？

イェロティィエ　すきま風が吹いていて、気を取られちまって、何も考えられません。

ジカ　だが君はしょっちゅうすきま風に気を取られるようだ。そんなことではいかん。治さんとな。硫黄の温泉にでも行くのがよかろう。腐った卵のような匂いがする温泉だ、そこに行ってこい。

イェロティィエ　はい！

ジカ　諸君、わしは思うのだが、何よりまず、郡内の区長全員に通知を出してはどうか。ミリサヴ君、君が書きたまえ！

ミリサヴ　極秘なのでは？

ジカ　もちろん、極秘だとも！　通知の最後にはこう書いてくれ。「万が一を考えて、返信は区長が自ら送るべし。」これで区長たちにはわかる、この文言が意味するのが同意不要の二十五日間の拘禁だとな。わかったかね、ミリサヴ君、そんなふうに書いたら、区長たちは読むなり、動きはじめるだろう。それから、ジカ君、区長たちは騎馬警官を見回りに送るだろうね。

イェロティィエ　送るでしょうとも！

イエロティエ　うむ、騎馬警官を送りこんで、四方八方、探索できるところを、森、農場、井戸、全部探索させるだろう。騎馬警官は少し嫌がるだろうが、いつもは村を回って、仲間のために卵を集めるしかしていないうえに、闇市で儲けてるんだ。もう少しお国のために務めを果たしてもよかろう。

ミリサヴ　そうですとも！

イエロティエ　諸君、手分けして取り組もう！　ミリサヴ君、君はそうだ、通知を書く……よろしい！　ヴィチャ君、君はそうだ、町を引き受けたまえ……よろしい！　ジカ君、君は、そうだな……（眠そうな顔を見て）寝たまえ！

ジカ　はい！

イエロティエ　タサ、おまえは、そうだな、通知を書き写せ。よろしい！　だが、だれが管内に出向く？　管内を回る人間が必要だぞ！

ジカ　（もごもごと何かを言う。）

イエロティエ　何か言ったかね、ジカ君？

ジカ　その……奥様がお越しになるのはいかがでしょう。

イエロティエ　またそんなことを。あれがどうして公務に出かけられる？

ジカ　区長たちがもっとも恐れている人です。

イエロティエ　たしかに怖い、そのことは知っとる、だがだめだ、行かせるわけにはいかん。わしも行くわけにはいかん。新しい電信が大臣閣下から届くかもしれんからな。ここにおらねば。だが、ジカ君、なんとか目を覚ますことはできんかね？　われわれ全員が目を覚ますことをお国が求めておるときだ。

ジカ　できますが……ただ……

イェロティィエ　ただ最初に行った先で寝入ってしまい、いつ目が覚めるかわからんか。この町なら寝てしまっても、だれかが起こす。しかたない、ミリサヴ君、急いで通知を書いてしまって、管内を回ってきたまえ！

ジカ　はい！

第十三場

ヨサ、前場の顔ぶれ

ヨサ　（名刺を持ってきて、ヴィチャに渡す。）

イェロティィエ　何だそれは？

ヴィチャ　アレクサです。
イェロティィエ　おいおい、わしが名刺を持っていないのに、アレクサは持っとるのか。
ヴィチャ　ご存じでしょう……ベオグラードで警官をしていたんです、大臣室の扉を警護していたもので。
イェロティィエ　見せてみたまえ！（名刺を取って、読む。）「アレクサ・ジュニッチ、郡スパイ」（話す。）おい、頭がおかしいのか？　自分はスパイだというやつがどこにいる？
ヴィチャ　まず最初にそう言うんです、そうしたらみんなが互いの告げ口をしはじめるんです。
イェロティィエ　（ヨサに）どこにいる？
タサ　待っています。
ヴィチャ　町を嗅ぎまわっていました。何か手がかりがあったに違いありません。こんなに早く戻って来たんですから。
イェロティィエ　（ヨサをどなりつけながら）何をしておる、中に入れろ！
ヨサ　（出ていく。）
イェロティィエ　君もだぞ、ヴィチャ君、すぐに呼ぶかわりに、話しはじめたりしおって。ベオグラードで警官をしていたとか、名刺を持っているとか！　時間は貴重だ、たとえ一時でも祖国にとっては損失だ。

第十四場

アレクサ、前場の顔ぶれ

イェロティィエ、ヴィチャ、ミリサヴ　（アレクサが入ってきたときに声を揃えて）どうだ？
アレクサ　（ひそひそと）いました！
イェロティィエ　（恐ろしい事実に啞然《あぜん》として）その人物が？
アレクサ　お探しの人物です！
一同　（ジカを除く。）あああ？
イェロティィエ　（困惑して）だが……不審人物が？
アレクサ　お探しの人物です！（全員がアレクサの周りに集まる。）
イェロティィエ　（真似をして）「お探しの人物です！」「お探しの人物です！」……いや、だが、君、こんな重大事だ、もっと何とか言えんのかね？
アレクサ　ええと、それなら、何を言えばよろしいので？
イェロティィエ　どこにいる？

アレクサ　宿屋「ヨーロッパ」に、今朝到着しました。
イェロティィエ　今朝？　それで……何だったかな？　おい、君、順々に答えたまえ。「今朝到着しました」なんてのはやめてくれ。まずはだ、ええと……（混乱して）ヴィチャ君、まず聞こうとしていたのは何だったかな？
ヴィチャ　いつ着いたか？
イェロティィエ　だが、それはもう聞いた！　ああ、そうだ！　タサ、電信を読め。
タサ　（読む。）「これまで判明したことによれば……」
イェロティィエ　そこは飛ばせ！　そこからだ、そこから読め！
タサ　（読む。）「不審人物の人相は当局にも定かにあらず！　判明しているのは若い男とのみ。」
イェロティィエ　待て！　そうだ、君、人相はわかるか？
アレクサ　わかりません！
イェロティィエ　そうか、まあいい、人相は当局にも定かではないからな。若い男か？
アレクサ　はい！
イェロティィエ　若い？　たしかに若いんだな？
アレクサ　そうです、若い男です！
イェロティィエ　よろしい、それでは……（職員たちに）何でも聞きたまえ、ほかに何を聞くべきか思い出せん。

ヴィチャ　（アレクサに）どうしてその男が不審人物だと？
イェロティィエ　そうだ、どうして不審人物だと？
ミリサヴ　その男と話をしたか？
イェロティィエ　そうだ、話をしたか？
アレクサ　えーっと、順々にお話したほうがいいんですよね？
イェロティィエ　そうとも！　順々に話してくれたまえ。君らもそんな質問で邪魔をするんじゃない。困っとるじゃないか。
アレクサ　今朝は早起きをしました。時計が壊れていたんで、何時かはわかりませんが、五時か五時半くらいでした。もう少し後かもしれませんが、六時は過ぎていません。起きたときに、なんだか腹の調子がよくない気がしました。数日前にラム肉のつけ合わせのほうれん草を食べたんですが、それからなんだか腹の調子がよくないんです。急な腹痛で、夜に二、三回起きて、薬草入りの蒸留酒《コモヴィツア》を少し飲んで……
イェロティィエ　ええい、まだるっこしい！　そんな調子じゃ、話が終わる前に逃げられてしまう。もっと早く話したまえ！
ヴィチャ　短く！
ミリサヴ　聞くほうの身になってみろ。

イェロティエ　そうだ、聞くほうの身になって話したまえ。
アレクサ　（教師に当てられた生徒のように緊張して）名前はアレクサ・ジュニッチです。職業はスパイで、四十歳です。訴えたことも訴えられたこともありません。被告人とは何の関係もありません……
イェロティエ　（アレクサの口を手で塞いで）いや、待ちたまえ！　頭がおかしいのか、管内全員、頭がおかしいぞ。
ヴィチャ　町を探索に行けと言われてからのことを話せ。
イェロティエ　そうだ、そこからだ！
アレクサ　そこからでいいんでしたら、簡単です。ヴィチャさんに最初に見回るように言われたのは宿で……
ヴィチャ　町中の宿を一つ残らずだ。
イェロティエ　おい、話の邪魔をするな！
アレクサ　はい、町中の宿を一つ残らず。最初に行ったのがあそこです、「ヨーロッパ」です。主人に、ここ二、三日に客が来たかを聞いたら、もう三週間もここの敷居をまたいだ客はいないと言います。
イェロティエ　どこのどいつがこんなところに旅をしに来ようと思うかね？
アレクサ　それで……うーん、えーっと、どこまで話したかわからなくなりました！
イェロティエ　まったく！　話の邪魔をするなと言っとるだろう。もう三週間も敷居をまたいだ客はいない、というところだ。
アレクサ　そうです！　それで宿を出ようとしたら、主人が言うんです、そういえば今朝……

イェロティィエ　ほほう、で……？
アレクサ　主人が言うには、今朝一人やってきたと。
イェロティィエ　今朝、いいか、諸君、覚えておきたまえ、今朝だ！
アレクサ　主人に、その客の名前はと聞くと、わからないと言います。聞いたときに、言いたがらなかったそうです。
イェロティィエ　ははん、それだ！　名前を言いたがらない。覚えておきたまえ、ヴィチャ君！
ヴィチャ　それは極めて不審ですな！
ミリサヴ　そいつだ！
タサ　そいつだ！
アレクサ　さらに聞きました。どこに出かけたか、だれと話したか、何をしていたか？　主人が言うには、部屋に引きこもって、どこにも出かけないそうです。
イェロティィエ　ははん！
ヴィチャ　ははん！
ミリサヴ　ははん！
タサ　ははん！
アレクサ　部屋に行こうかと思いましたが、目につかないほうがいいぞと思いまして。扉まで行って、耳を当てて、中の様子を聞きました。動く音がしました。

イェロティィエ 動く？

アレクサ そうです、動く音です！　それで、さあ、これは急いでお知らせしたほうがいいぞ、と思いまして。

イェロティィエ 諸君、そいつだ！

ヴィチャ 間違いない。

ミリサヴ 今朝到着した、若い男、名前を言いたがらない、部屋に潜んでいる……

イェロティィエ そして、動いている！……

タサ さあ、急いで捕まえましょう！

イェロティィエ そうだ、まだ捕まえていないからな。

ヴィチャ 逃げられる可能性もあります。

イェロティィエ そりゃそうだ、こいつがまだるっこしく、腹が痛むとか、夜に起きてしまうとか話しているうちにな。さあ、どうする？　慎重にせんとな。ああいう人間はすぐには降参しないぞ、抵抗するだろう。発砲するかもしれん。

ヴィチャ そうですとも！

イェロティィエ うむ、ミリサヴ君、君は以前は軍曹だったな、君が計画を立てたまえ。さあ、君の実力を見せてくれ！

ミリサヴ　（重々しくアレクサに）何号室だ？
アレクサ　四号室です。
ミリサヴ　（まず考えこみ、それからアレクサの杖を取って、床に杖で描きながら、計画を説明する。）こうするのはいかがでしょうか。ヴィチャさんがリスト巡査と一緒に右翼を担います。ここから、ミリチェヴ通りを通って、ミレティン庭園を抜けて、「ヨーロッパ」の向こう側から押し入ります。（全員、杖の先を眺めながら、真剣にミリサヴの話を追いかける。）僕はヨサと一緒に左翼を担いましょう。イェフタ公の井戸のところ、ミラのスリッパ工房の横に出て、町の計量所の裏、「ヨーロッパ」のこちら側から押し入ります。郡長は、中央を……
イェロティィエ　（ぎょっとして）だれが中央だって？
ミリサヴ　郡長です！
イェロティィエ　よろしい！　だが、わしが狙われるんじゃないかね？
ミリサヴ　とんでもない、中央を指揮するだけです。タサがご一緒します。
イェロティィエ　タサだと？　おお、わしには軍隊を選んでくれたのか。
ヴィチャ　郡長、連れていくのが良いと思います。郡長に助けが必要だからではなくて、役場に残していくと、逃げ出して、町に行って、全部しゃべってしまいます。
タサ　まさか、とんでもない！

イェロティィエ　たしかに！　おまえはそういうやつだ！　わしと一緒に、中央におらんとな！

ミリサヴ　お二人はまっすぐ町に向かってください。

イェロティィエ　それでは、わしは市場に行ったようなふりをする。（タサに）おまえは、わしから離れるなよ。

ミリサヴ　そうやって「ヨーロッパ」を完全包囲して……

イェロティィエ　いいぞ、いいぞ、いいぞ、「ヨーロッパ」を完全包囲だ！　それでどうする？

ミリサヴ　それから、突入します。

イェロティィエ　（怖気《おじけ》づく。）突入だって？

ミリサヴ　全員が所定の位置に着いたら、郡長が合図の口笛を吹きます。

イェロティィエ　おい、それはだめだ！

ミリサヴ　なぜですか？

イェロティィエ　わしにはできん！

ミリサヴ　何がですか？

イェロティィエ　わしは口笛が吹けんのだ、その才能には恵まれんかった。犬を呼ぶとか、七面鳥に口笛で合図をするのはできるが、何か危険が迫っているときには、このあたりが何やらひきつって、唇を尖《とが》らせて吹いてはみるんだが、音がでないんだ。

ミリサヴ　（タサに）口笛を吹けるか？

タサ　吹けます。

ミリサヴ　よし、では、タサに吹いてもらいましょう。

イェロティイエ　よろしい、タサが口笛を吹く、それでタサにも使い道ができる。

ヴィチャ　ミリサヴさんの計画でいけるでしょう。

イェロティイエ　ミリサヴ君、君が軍隊に留まっていたらどこにいただろうな、こんなふうにヨーロッパを征服していたんじゃないか。君の計画は素晴らしい。ただ、ジカ君はどうするのかね？（椅子で眠りこけているジカを見やる。）そうだな、交代要員としてここに待機だな。

アレクサ　先に参りますので、あちらで合流しましょう。

イェロティイエ　それで、住民たちがどんなことを言うか、少し探ってくれ。文句を言うやつがいたら、名前を控えておくんだ。こんな重大事のときに文句を言うなど許されんと、住民たちに思い知らさねばならん。（他の者たちに）おい、さあ、始めるぞ、諸君。勇気をもって、賢明な行動を。タサ、門のところでわしを待っておれ！（全員が部屋を出ていく。ジカだけはその場で眠り続けている。）

第十五場

イェロティィエ、アンジャ、マリツァ

イェロティィエ　（左の扉で）アンジャ、マリツァ！
アンジャ　（マリツァと同時に）どうしたの？
イェロティィエ　帽子とピストルを持ってこい！
アンジャ　なんでまたピストルなんか？
イェロティィエ　言われたとおりにしろ！
マリツァ　でも教えてくれたっていいじゃない……
イェロティィエ　（叫ぶ。）帽子とピストルを持ってこい。これは命令だ。わかったか？
アンジャとマリツァ　（部屋を下がる。）
イェロティィエ　（興奮して独り言を言いながら歩き回る。）
アンジャ　（その後ろにマリツァが入ってくる。一人は帽子を持ち、もう一人はピストルを持っている。）でもまあ、なんでまたピストルを？

イェロティィエ　（帽子をかぶり、ピストルはコートの後ろポケットに入れる。）しっ！　わしは今日は中央だ。

アンジャ　なんですって？

イェロティィエ　中央だ！

アンジャ　（十字を描く。）ああ、神様！　いいわ、で、ピストルはどうするの？

イェロティィエ　狩りに行く！

マリツァ　狩り？

イェロティィエ　そうとも！

アンジャ　もう、どうしちゃったの、なに言っているの？

イェロティィエ　覚えておけ、わしは狩りに行く、昇進をな！（出ていく。）

アンジャとマリツァ　（呆然として後ろ姿を見送る。そのとき、ジカ氏が身の毛もよだつようないびきをかく。アンジャとマリツァは叫び声をあげて、部屋から逃げだす。）

幕

第二幕

役場の事務室。舞台の奥には外に続く扉、左側（上手）には見習い部屋に続く扉、右側（下手）には郡長の部屋に続く扉。部屋の隅には、ブリキストーブがあって、煙突がまず観客の方に壁を伝ってまっすぐ伸び、それからジカ氏のデスクの上でL字に曲がって左に進み、見習いがいる部屋の扉の上の壁を通り抜ける。下手の扉の右の壁際には古い木の長椅子がある。その上には書類が山積みされており、両側は煉瓦《れんが》で止められている。長椅子の上の壁にはミロシュ・オブレノヴィチ公の写真。写真の下には何かの布告、脇にはいくつかの書面が貼られている。左の壁には棚がつけられ、ファイルが置かれている。ファイルにはそれぞれ大文字の「F」と各種の番号が付けられている。そのファイルの下にデスクがあり、分厚い本（帳面）と記録台帳が載っている。帳面は開いており、薪を下に置いて斜めに立ててある。デスクにも書類の山がある。これがミリサヴ書記官のデスクで、右の、手前にあるのがジカ書記官のデスク。その上には、さらに大きな書類の山があり、煉瓦を載せてある。

事務室はひどく汚い。床には、紙やリンゴの芯など。壁には色あせた紙、コート、箒《ほうき》などさまざまなものがかかっている。

開幕時には、ミリサヴ氏は自分のデスクにいて、一番上の列からファイルを取ろうとしている。ジカ氏はデスクに座っている。襟のないシャツを着て、ベストのボタンを外し、頭に冷たい布を載せている。

第一場

ミリサヴ、ジカ、ヨサ

ジカ　（水を飲む。飲み干すと、横に立っていたヨサにグラスを渡す。）ほらよ！　だれか待っているか？

ヨサ　はい。
ジカ　どのくらいいる？
ヨサ　そうですね、五、六人は。
ジカ　うう！　まったく、世の中は当局の重荷になることに慣れてしまった、おまえもだ！　出ていけ！
ヨサ　（出ていく。）

第二場

ミリサヴ、ジカ

ミリサヴ　（ファイルを開き、ゆっくりとほどいていく。）今年のワインを飲んだだろう？
ジカ　なんで今年なんだ？
ミリサヴ　だって、今朝からもう水を二杯も飲んでるぞ。
ジカ　いや、いいワインだった、ただ飲みすぎたんだ。

第三場

ミラディン、前場の顔ぶれ

ミラディン　（毛皮の帽子を握りしめて、おずおずと入ってくる。）

ジカ　（不機嫌に）なんだ。

ミラディン　来ました！

ジカ　それは見ればわかる。何の用だ？

ミラディン　おわかりでしょうに。

ジカ　まったくわからん。

ミラディン　ですから……正義を求めてここに来ました！

ジカ　正義を求めてきただと。おれがパン屋で、正義を焼けるみたいな言い草だな。窓口に行って、「正義をください」と言えば、おれが抽斗を開けて「はい、どうぞ」と言うとでも思っているんだろう！

ミラディン　いえ、それは……法のことです。

ジカ　法に口出しするな、法は法、おまえはおまえ。それとも何か、法はおまえの親戚なのか、名づけ親か、伯父さんか何かか？

ミラディン　いいえ、違います！

ジカ　そんなら、親戚の伯父さんのように扱うな！　法が書かれたのはおまえのためじゃなくて、おれのためだし、どれくらいおまえに分配できるかを知るためさ。わかったか？

ミラディン　わかりました！　ですが……

ジカ　店に秤《はかり》があるか？

ミラディン　ありますとも！

ジカ　ほら、見ろ、おれも持っている。法は、おれの秤だ。秤におまえの要望やら訴状やらを置く。それで、もう一方の秤に一段落を置く。それで足りなければ、もう一段落、もしまだ足りなければ、斟酌《しんしゃく》すべき情状を足す。もし針が反対側に傾いたら、加重すべき事由を足す。もしおまえの側に針が振れなかったら、おまえは友達だからな、小さい針を小指でちょっと弾く。そしたら秤は飛び上がって、おまえの側に振れる。

ミリサヴ　（その間、ファイルをほどき、何かを探すが、みつけられずに怒っている。またファイルを整えて、結びなおし、デスクに上って、元の場所に戻す。それから別のを取り出して、デスクの上で開き、探す。）

ミラディン　その、そのことです、考えていたのは。

ジカ　何のことだ？
ミラディン　小指で弾く。
ジカ　ああ、そうしてほしいのか？　なるほど、なんでおまえさんが来たのかわかった。だれかに借金を二度払わせたいんだな！
ミラディン　そんな、とんでもない、一度だけです。
ジカ　ふん、一度だけのはずはないだろう！　一度だけだったら、おれの小指をあてにしなくていいはずだ。
ミラディン　神に誓って、そんなこと！
ジカ　神じゃなくて、だれか確かな証人がいるか？
ミラディン　いません。でも、ジカさん、あなたが頼りです。お願いです……
ジカ　なんだ、おまえ、そんなふうに、おれに頼めばいいと思ってるのか。自分の店でそんなふうにするか？　だれかが来て、言う。「来ましたよ、ミラディンさん、コーヒーを出してもらおうと思って！」それでおまえ、コーヒーを出してやるのか、ええ？
ミラディン　コーヒーは商売道具なんで。
ジカ　学問は商売道具じゃないのか？　おれの進学費用をだれが払ってくれるんだ？　おれは十年も教育を受けた。そんな長い時間を牢獄《ろうごく》みたいなところで過ごして、技術を学んだ。それに、おれが受けた教育は、いまの若いのが受けているのとは違うんだ。一年たったら、さあ進級しましょうなんてのじゃない。いいか、おれなんて、二年も三年も進級できなかったんだ。学問に習熟するまでな。それなのに、おまえさんときたら、こんなふうに言うんだ。……さあ、ジカさん、小指を動かして！……

ミラディン こういうことです、ジカさんはご自分の仕事をする……こっちはこっちで自分の仕事はよくわかってます。うちにはジカさんのも……

ジカ おっと、それは大ごとだ。たしかに俺はおまえさんに百ディナール借りがある。だからって毎日しつこく、てめえのだってある、てめえのだってあると言われたんじゃあ……

ミラディン そんな、ジカさん、いままで一度も言ったことがないのに。

ジカ 二度と言うな。（ベルを鳴らす。）

ミラディン 言いませんとも、ジカさん！

ジカ それで、何をしに来たんだ？

ミラディン こういうわけです、トゥルブシュニツァのヨシフが……

ジカ ヨシフなら知っている。（またベルを鳴らす。）

ミラディン そのヨシフがしょっちゅう店に来て……

ジカ ヨサの畜生め、またどこかに行ったな！　いいか、外の井戸に行って、この布を濡らしてきてくれ、そのあとでじっくり聞いてやるから。

ミラディン　わかりました、ジカさん。（布を受け取り、出ていく。）

ジカ　新しい水を汲めよ。

ミラディン　わかりました、ジカさん！

第四場

ジカ、ミリサヴ

ミリサヴ　（ファイルを全部散らかしている。）ああ、何てことだ、信じられない！

ジカ　どうした？

ミリサヴ　いや、いったいこの国はどうなってるんだ、役場のなかで職員が盗みにあうなんて！

ジカ　だが、盗まれたのはだれだ？

ミリサヴ　おれだよ、ここのファイルに衣類をしまっているんだが、新品の靴下がないんだ。

ジカ　なんだってファイルに入れてるんだ？

ミリサヴ　ここに置いておくほうが都合がいいんだ、だれも知らないし。それが、また盗まれちまった！
ジカ　それにしたって、世間並に家に置けばいいじゃないか。
ミリサヴ　家じゃもっとひどいんだ、とても置いておけないよ。
ジカ　女将さんが盗むのか？
ミリサヴ　盗まないさ、だけど、いいか、おれはタサと同じ部屋に住んでいるだろう。
ジカ　タサが盗むのか？
ミリサヴ　いいや、だが、勝手に着て、汚れたら放っておくんだ、それでおれが洗濯代を払う羽目になる。
一度着ると、一カ月は脱がないし。この間なんて、新品のパンツまで履かれちまって。
ジカ　脱がせりゃいいじゃないか、裸にしてしまえ！
ミリサヴ　できないよ、そんな心ないこと！　何も持ってなくて、かわいそうじゃないか！
ジカ　それじゃあしょうがない！　心があったら……パンツはなしだ。

第五場

ミラディン、前場の顔ぶれ

ミラディン　（濡らした布を持ってくる。）はいどうぞ、ジカさん！（渡して、話を続ける。）そのトゥルブシュニツァのヨシフがしょっちゅう店に来て……

ジカ　おい、こん畜生。おまえ、絞らなかっただろう。風呂にでも入ったみたいに水浸しになっちまったじゃないか。頼むから、外に行って、中庭で絞って来てくれ……ほら、頼むよ、それからじっくり話を聞こう。

ミラディン　わかりました、ジカさん。（出ていく。）

第六場

ジカ、ミリサヴ

ジカ　（書類に夢中になっている。）だれがここで流産したのかまったくわからん。あの見習いどもはまだうまく聴取できないんだ。これによれば、いいか、リュビツァ・パンティチがガヤ・ヤンコヴィチに無理やり流産させられたと言ったということなんだが。

ミリサヴ （デスクに上って、ファイルを元の位置に戻す。）カヤ・ヤンコヴィチじゃないか？

ジカ （じっと見る。）いやはや、そうに違いない……そうだ、カヤ・ヤンコヴィチだ。そうだよ！　だけど、おい、このKは文字には見えないぞ。井戸の釣瓶とか、ボートのオールとか、街灯みたいだ……だれにもわからん。細かい字ときたら散弾みたいだ。

ミリサヴ それに踊ってみえるんだろう？

ジカ もちろん、踊ってみえるさ。ミトロヴィチの二階建ての店全体が、今朝から俺には踊って見える、文字だけじゃないぞ。

ミリサヴ いったいいつまで飲んでたんだ？

ジカ 朝六時までさ。何度も何度も、ワインに熱い蒸留酒《ラキヤ》を入れたのは飲まないと誓ったのに、守れないときた。それが人生ってもんだ、まったく、誓いも守れない人間が、ほかのことなんか！（見習い部屋から物差しが飛んでくる、それから吸い取り紙も。怒鳴り声が聞こえる。）おい、どうしたんだ！　見習いがまた喧嘩《けんか》をしているぞ！　ミリサヴ、行って、軍隊式にちょっと怒鳴りつけろ！

第七場

タサ、前場の顔ぶれ

タサ　（駆けこんで、投げられた物を集める）すんません、ジカさん、お許しを！

ジカ　いや、おまえを許せるか、どうやって許せる！　ここは役場かそうでないか、ここでは秩序が保たれないといけないか、そうでないか？　市場に行って、それから喧嘩しろ、ここじゃなくてな！　国の備品を投げたのはだれだ？

タサ　わしです、ジカさん。

ジカ　この、とんまのおいぼれめ……

タサ　すんません、ジカさん、お許しを。だけんど、わしにはもう耐えられん。三日前にはわしの椅子に針を置きよったせいで、三メートルも飛び上がった。おとといはわしの帽子の内側にインクを塗りおった、おかげでインクまみれ。ほらこの通り、まだ落ちねえ。昨日はまた椅子に割りピンを四本、尖ったほうを上向けて置きよった。それでまた流血。いや、本当に、ジカさん、もうこんなのは辛抱ならん！　言わせてもらうが、わしは血まみれになって日々のパンを稼いでいるんだ。

ジカ　そんなのどうってことあるか！　洗面器に冷たい水を注いで、ちょいと座りゃ、しのげるさ。おまえさんは見習いなんだから、我慢するしかない。おれが見習いだったころ、苦労しなかったと思っているのか？　そんなことあるもんか！　おれも青い鉛筆の上に座ったさ。おれのときは秘書が置いたんだがな。大笑いしたもんさ、十日以上はかゆみがあったけどな。

タサ　わしだって、あんたがいたずらをしかけても気にならんよ、ジカさん！　ほら、前に、わしの頭で帳面を壊したことがあったろう、大笑いしたよ。だがな、若いのにやられるのは我慢できねえ。

ジカ　でもなあ、そういうことが起こらない職場はないぞ。そうじゃなかったらどうやって時間をつぶすんだ？　朝八時から正午まで、そのあと午後三時から六時まで職場に張り付いてるんだ。年寄りと若者でいたずらでもして、時間をつぶすしかないじゃないか？　そうするから、国家に関わる秘密を漏らさずにすむんだ。

タサ　だけんど、今日なんざ、封緘紙《ふうかんし》を濡らして椅子に並べやがったんだ。座ったら全部くっついちまった。ほらこのとおりだ、信じないんなら、見てくれよ！（ジカ氏に近寄って、コートの後ろ裾を持ち上げ、見せる。役場の赤い封緘紙がびっしり貼りついている。）

ジカ　（激怒し、椅子から飛び上がって、デスクにあった書類で殴りつける。）そんなのは女房にでも見せとけ、とんまのおいぼれめ！

タサ　すんません、ジカさん。（ジカが殴るのに使った書類を床から拾い集めて、眺める。）あれ、これは、ペリッチの没収の書類だ。ずっと探してたんだ、書類がなくなったせいで不服申し立て期間が過ぎちまって。

ジカ　次に、不服申し立て期間を過ぎさせたくなかったら、書類を俺のデスクに置くな。期限があるものは何も置くな、いいか？　期限は好まん、覚えておけ！　さあ、行け！

タサ　（集めた書類を持って出ていく。）

第八場

ミラディン、前場の顔ぶれ

ジカ　（仕事を始め、書類を叩きつける。）カヤなんか知らん！　他人の子どもなんて知ったことか！　頭がくらくらする！

ミラディン　（絞った布を持って）どうぞ、ジカさん！

ジカ　おお、布を絞るのに大西洋にでも行ったのかと思ったぞ。おまえさんのことをすっかり忘れてたよ。こっちに寄こせ！（布を取り、頭の周りに巻く。）

ミラディン　（話を続ける。）それで、そのトゥルブシュニツァのヨシフなんだが、しょっちゅう店に来て……

第九場

イェロティィエ郡長、前場の顔ぶれ

イェロティィエ　（帽子をかぶって外から来る。）ここにヴィチャ君はいないか？
ミリサヴ　おりません！
イェロティィエ　やはりおらんか、仲間をみつけると言っておったからな。仲間をみつけてどうするんだ、まったく。不審人物を探し、文書を探すのであって……（ミラディンに気づいて）ジカ君、ミラディンさんは何か君に大事な用があるのかね？
ジカ　ありません。待たせておきます。（ミラディンに）出ていってくれ、ミラディンさん、郡長がお帰りになったら、続きを聞こう。
ミラディン　わかりました、ジカさん！（出ていく）

第十場

前場の顔ぶれ、ミラディンを除く

イェロティィエ　(ミリサヴに) あそこでみつけた文書は君の抽斗にあるんだな?

ミリサヴ　ここにあります。

イェロティィエ　しっかり守ってくれ、目をよく光らせてな。機密業務の日誌は君のところにあるのか?

ミリサヴ　はい、郡長。

イェロティィエ　よろしい、出したまえ! (ミリサヴは抽斗から日誌を取り出す。) 書け! (ミリサヴはペンにインクをつけて待つ。)「当郡の郡長は、今月七日の機密電信で要請のあった人物を当郡で発見、逮捕したことを、内務大臣に電信で報告する。当該人物が所持せし文書は押収し、当該人物とともに厳重な監視のもとベオグラードに移送予定。機密U四七四二番関連。」書いたか?

ミリサヴ　はい

イェロティィエ　おまえは何番だ?

ミリサヴ　一一七番です。

ジカ ですが、まだ大臣閣下に電信は送っておられない？

イェロティィエ そう、まだだ。ヴィチャ君がこだわっておったのだ。協力者がいるかがわかるのを待って、それから報告してくださいと。逮捕から丸二時間、われわれがお国を救ってから丸二時間も経った、それなのに、わしはまだ大臣に報告しとらん。もう電信を出しに行くぞ。暗号は持ってきたから、向こうで書く。自分でせねばならん。新人の電信係は、しらふの時にはシンガーミシンみたいに打つが、ジカ君と一緒に飲み明かしたときは、暗号化された電信を見て、つばを吐く。まるで、ああなんてことだ、何か汚いものでも見せられたみたいにな。それから、わかるか、6の代わりに9を打ち、4の代わりに7と、もう大混乱だ。死ぬまでそんな調子だろう。というわけでわしは行ってくる。（出ていくが、扉のところで思い出し、戻ってくる。）そうそう、ヴィチャ君が来たら伝えてくれ。やつを牢屋から出して、取り調べを始めるようにとな。わしが戻ってくるまでに、聞いておくことは、名前は何で、どこから来たか、犯罪歴はあるか、などだ。そのあとでわしが続きをしよう……

ミリサヴ 何ですって、郡長ご自身でなさらないのですか？

イェロティィエ いや、するとも、ただ、はじめはヴィチャ君にまかせる。

ジカ ですが、お待ちすることもできます。

イェロティィエ 待つこともできるだろうが、先に始めたほうがいい。ああいう無政府主義者を知っているだろう。

爆弾を隠すのが非常にうまい。身ぐるみを剝いで調べて、何もないと思って、それで取り調べで丁寧に名前を聞く。質問への答えは爆弾で、ボン！……郡長も職員もみな木っ端みじんだ。しかしだ、だれかが生き残って捜査を続け、大臣閣下に事件を報告せにゃならん。だから、わかるか、君らが始めるんだ、それで何ともないことがわかったら、わしが引き継ぐ！

ジカ　それでわたしらは……こうですか！……（木っ端みじんの身振りをする。）

イェロティィエ　きっと大丈夫だろう、だが気を付けたほうがいい！　それで……忘れずにヴィチャ君に伝えてくれ。立会人として市民を二人呼ぶように、犯罪事件だからな、捜査には市民の立ち合いが必要だ。そう伝えて、すぐに始めてくれ。わしを待たんでいい。わしは電信を送らにゃならん。（出ていく。）

第十一場

ジカ、ミリサヴ

ジカ　やれやれ、郡長、びびってるな。

ミリサヴ　今朝からそうだったよ。

ジカ　今朝からって？
ミリサヴ　「ヨーロッパ」に突入したときさ。
ジカ　何だって？　どんなだったんだ？　話してくれよ。
ミリサヴ　いいとも。すばらしい計画を立てたんだ、ビスマルクだって褒めるようなのをな。だけど無駄だった。整えた手はずのとおりには行かなかったんだ。郡長その人が現場に現れなかったんだからな。行く途中で話しこんでしまったふりをしてさ。
ジカ　全員で部屋を急襲したんじゃないのか？
ミリサヴ　まさか！　そもそも、郡長が現場に来なかったんだ……

第十二場

ミラディン、前場の顔ぶれ

ミラディン　（ゆっくりと部屋に入りこむ。）
ジカ　（ミラディンに注意を払わずに）それでヴィチャは？

ミリサヴ　おれとヴィチャ君は同時に着いた。
ミラディン　（ジカのデスクに近づき）あの……ジカさん、郡長さんは出ていかれました。
ジカ　知ってるさ、だから何だ？
ミラディン　その、あの、ジカさん、申し上げたように、トゥルブシュニツァのヨシフがしょっちゅう店に来て、それで……
ジカ　ええい、聞いてなかったのか、なんという失敬なやつだ！　書記官が二人で会話をしているところに、そのトゥルブシュニツァのヨシフだと。もうちょっと考えてみろ。書記官たちは昏倒《こんとう》寸前まで働いているんだ、少し休んで、人間らしく一言二言会話をしたって罰は当たらん。
ミラディン　ですが、あの……
ジカ　ですが、なんだ？　待てばいいだろう！　おまえのヨシフとやらが一、二日でいなくなるわけじゃあるまいし、トゥルブシュニツァが消えるわけでもない。待てばいい！　いままで待ったんだ、もう何日かだって待てるだろ。
ミラディン　ですが、お話が……
ジカ　話すことなんてない。おれらの話が終わるまで外に出てろ。そのあとで呼んでじっくり聞いてやる。
ミラディン　ですが、この件でお伺いして、もう三カ月になります。
ジカ　三カ月、そうとも！　三日で終わるとでも思っているのか。子どもが一キロ増えるのに、九カ月は待つだろう。おまえときたら、トゥルブシュニツァの田舎者を三日で何とかしようなんて。おまえは、正義をなんだと思ってるんだ、熟れた洋梨みたいに摘むものだとでも思っているのか。正義ってのはな、忍耐だ。覚えとけ、子牛みたいにぺちゃぺちゃ正義を啜《すす》ろうとするんじゃない、待つんだ！

ミラディン　ですが、もうずっと待って……

ジカ　なら、もう少し待て！　死んで天国の門の前に着いたら、言われるだろうよ、待てってな。空の上にも仕切っている当局があって、順序があったらだけどな……さあ、出ていけ、話が終わったら呼ぶから。

ミラディン　わかりました！（出ていく。）

第十三場

ジカ、ミリサヴ、ヨサ

ジカ　それで？（ベルを鳴らす。）

ミリサヴ　おれとヴィチャ君だけで入っていった。

ヨサ　(扉のところに現れる。)

ジカ　だれも通すな！

ヨサ　(下がる。)

ミリサヴ　胸が高鳴った、わかるだろう、声をひそめて相談した。おれは袋を持っていって、部屋を急襲し、袋を頭にかぶせるのはどうかと言った。ヴィチャ君はトウガラシを手にいっぱい持っていって、部屋に突入して、トウガラシで目つぶしをするのはどうかと言う。そんなふうに相談していたら、女中が来て、言うんだ。「全然怖がらなくていいです、羊みたいにおとなしい人です。今朝、首元に触れたら、鳩みたいに柔らかくて、香水のいい匂いがしました！」おれらは首を振った。手袋みたいに柔らかい肌をした、香水の匂いがするやつだって、ポケットに拳銃を持っていることはあるからな。そうしたら女中が言うんだ。「わたしが襲撃の先頭に立ちますよ！」男に襲いかかろうっていう、勇敢な女中もいるんだな。女中が扉を叩くと、中から鳩みたいな返事がした。「どうぞ！」心臓が高鳴って……

ジカ　縮みあがった！

ミリサヴ　縮んださ！　恐怖に駆られたってわけじゃないが……死にたくはないからな。敵の大隊相手に素手で戦うことだってできるが、でも、隠れるところがあって、敵に殺されないで済むなら隠れるさ。撃たれるのが怖いんじゃなくて、死にたくないだけだ。
ジカ で、最初に入ったのはだれだ？
ミリサヴ 女中だ。
ジカ それでやつは？

第十四場

ヴィチャ、前場の顔ぶれ

ミリサヴ ああ、来たぞ、ヴィチャ君に話してもらえ。
ヴィチャ 何をだ？
ミリサヴ 郡長が今朝びびった話をジカ君にしている。
ヴィチャ 臆病者が！　いや、失礼、重要人物一名が郡長の手中に落ちた。少なくとも十五人は捕まえられたのだがな。それで、郡長はどこだ？
ジカ 大臣に電信を送りに行った。

ヴィチャ　なんだって、要点を説明しようと思っていたのに、待たなかったのか？　内容をだれか知っているか？

ミリサヴ　いや、電信のことはあまり言っていなかった。自分が居ない間に取り調べをしておけってさ。

ヴィチャ　なんだって、郡長は来ないのか？

ジカ　来ない。やつが爆弾を持っていたら、ボン！　だからな。ミリサヴ君が言うように、郡長は死にたくないんだ。自分抜きで取り調べを始めろと言っていた。

ヴィチャ　実際、いなくたっていい。自分で全体を取り仕切るほうがいい。ミリサヴ君、被告のところでみつけた文書を渡してくれ。

ミリサヴ　（渡す。）郡長が言っていたぞ、市民も二人、立会人として必要だって……

ヴィチャ　たしかに、そうだ。だれを連れてこようか。

ジカ　一人はそこにいる、もう一人は……そうそう、もう一人もいるぞ、昨日、宿屋の主人のスパサを逮捕したんだ。

ヴィチャ　留置所にいるやつを連れてくるのか？

ジカ　留置所にいたって、市民には変わりない。犯罪をしたってわけじゃないんだ、贋金《にせがね》を流通させたんだ。自分で偽造したんじゃなくて、流通させただけだ。おれのポケットからみつかったら、おれが流通させたことになるんだぞ。郡長も、鉛の贋硬貨を見て、教会の寄付に使うのにおあつらえ向きだと言っていた。

ヴィチャ よし、その市民を連れてこい！

ジカ （ベルを鳴らす。）

ヨサ （戸口に現れる。）

ジカ ミラディンさんを中へ入れろ、それから看守に言って宿屋のスパサを連れてこさせろ。

ヨサ （下がる。）

ヴィチャ （ミリサヴに）ミリサヴ君、書記をするか？　機密案件だから、そのあと書記が大臣のところに行くことになる。

ミリサヴ いいとも、やろう！

第十五場

前場の顔ぶれ、ミラディン、あとからスパサ

ミラディン （入ってきて、ジカ氏に近づき、自分の話を始める。）そのトゥルブシュニツァのヨシフがしょっちゅ

う店に来て……

ジカ　（ペンとインクが入った箱を摑んで）いいか、もう一度でもトゥルブシュニツァのヨシフの話をしたら、この箱で頭をぶん殴るぞ！

ミラディン　ですが、聞いてやるとおっしゃっ……

ジカ　おい、なんだって？　おまえさんのことは市民としてここに呼んだんだ、市民は、何も言うな！

ヴィチャ　おい、ジカ君、場所を代わってくれないか。

ジカ　いいとも！（立ち上がって）ほら、座れ！

スパサ　（入ってくる。）

ジカ　ほら、来たぞ、留置所の市民だ。

スパサ　無実です、ジカさん、無実です。

ジカ　わかってる、信じてるさ、だが、贋金を流通させるってのは、冗談じゃすまないぞ。

スパサ　慌てていたんです、ジカさん、わかるでしょう、慌てていたんです！

ジカ　そう、慌ててたんだよな。慌てて受け取って、慌てて人に渡す！

スパサ　そうです！

ジカ　わかってるさ！　だがな、おまえさんの抽斗に、百ディナール以上も贋金があったってのはまずいんだ。

スパサ　集まってくるんです。毎日集まってしまう。お客が来て、ワインを一リットル飲んで……

ジカ　おまえさんは悪い酒を売って、相手は悪い金を渡す。

スパサ　そうです、ジカさん、そのとおりです。

ジカ　いいさ、いいさ、今回は見逃してやろう。いま必要なのはな、わかるか、前科のない市民なんだ。この町で、前科のないやつはめったにいない。これでおまえさんまで前科もちになったら……さあ、今回は見逃してやる、ワインだけは変えろ、おまえさんのところのワインは良くない。

スパサ　変えますとも、ジカさん。明後日いらしてください、違うのを開けますから。

ジカ　よし、じゃあ、ヴィチャさんのところへ行け。

ヴィチャ　（それまで書類を見ていた。）あんたたちはどうしてここにいるかわかっているか？

ミラディン、スパサ　（声を合わせて）わかりません、ヴィチャさん！

ヴィチャ　これから非常に重要な政治犯の取り調べを行う。ついては法に則り、二名の市民の立ち合いが必要だ。（ベルを鳴らす。ヨサが現れる。）見習い部屋から椅子を二脚持ってこい。（ヨサが見習い部屋に行く。）

スパサ　立ったままで大丈夫です、ヴィチャさん！

ヴィチャ　いや、すぐ終わるもんじゃない。一時間半はかかる。（ヨサが椅子を持ってきて置く。）

ミラディン　（腰を下ろし、唸《うな》り声をあげて飛び上がる。尻を手で摑んでいる。）

ジカ　おい、どうした？
ミラディン　何か刺さりました、うう、ぐさっと刺さりました！
ジカ　おお、いや、そうか！　ヨサのとんまがタサの椅子を持ってきたんだな。（椅子を眺めて、何かを取る。）見ろ、針が置いてあったんだ。
ミラディン　うう、ズキズキする、心臓までズキズキする！
ジカ　ええい、そのくらいでよかったじゃないか。いたずらさ。わかるか、見習いがいたずらしあってるんだ。おい……座れ、大丈夫だから座れ！
ミラディン　（びくびくしながら座る。）
ヴィチャ　ミリサヴ君、紙は畳んだか？　そこに「完了」と書いて、出席者の名前を書け。（ベルを鳴らす。ヨサが戸口に現れる。）留置所からあの男を連れてこい。
ヨサ　どの男ですか？
ヴィチャ　あいつだ、朝に逮捕した。刑務所が溢れかえっているわけじゃあるまいし、わからんのか。
ヨサ　わかりました！（出ていく。）
ヴィチャ　（ミリサヴに）見出しは書いたか？
ミリサヴ　書いた！
ヴィチャ　ここにも書いたか？

ミリサヴ　書いた！
ヴィチャ　（市民に）いいか！　ここで見聞きしたことは他言しないこと。国家機密である。一言でも漏らそうものなら、国家の名において、猫のようにぶちのめされると心せよ。
ミラディン、スパサ　（声を合わせて）言いません！　まさか。そんな！
ヴィチャ　言われたことを忘れないように！

第十六場

ジョカ、前場の顔ぶれ

ヴィチャ　（一同、ジョカの到着にざわつく。ヴィチャは咳《せき》ばらいをし、厳しい口調で始める。）近寄れ！
ジョカ　（髪をなでつけ、めかしこんだ若い男。びくびくして近づきながら）ごきげんよう！
ヴィチャ　名前は？
ジョカ　ジョルジェ・リスティチ。
ヴィチャ　生まれは？

ジョカ　パンチェヴォです。
ヴィチャ　ミリサヴ君、書いているか？
ミリサヴ　書いた、書いた！
ヴィチャ　職業は？
ジョカ　薬剤師の助手です。
ヴィチャ　(何かに気づいたふりをして) ああ、なるほど、薬剤師の助手か。ミリサヴ君、こう書いてくれ、そのように男は言っているがいずれわかるだろう。(ジョカに) 年齢は？
ジョカ　二十六歳です。
ヴィチャ　書いておいてくれ！　有罪判決を受けたことがあるか？　あるとしたら……
ジョカ　ありません。
ヴィチャ　待て、邪魔をするな！　有罪判決を受けたことがあるか、あるとしたら理由は？
ジョカ　ありません！
ヴィチャ　(ミリサヴに) 書いておいてくれ、ミリサヴ君！ (ジョカに) なぜ逮捕されたかわかるか？
ジョカ　わかりません！
ヴィチャ　言ってもらおうか、どうして、何の用があってこの町に来たんだ？
ジョカ　言えません……それは秘密です！

ヴィチャ　（重要そうに）秘密？　ははあ、そうか！　そうこないとな！　ミリサヴ君、書いておいてくれ。「どうしてこの郡の町に来たのか問われて、当局に知られたくない秘密の仕事で来たと供述した。」

ジョカ　そんなことは言っていません！

ヴィチャ　そうじゃなくてどう言ったというんだ？（市民に）そう言ったよな？

スパサ、ミラディン　（声を合わせて）その通りです、ヴィチャさん！

ジョカ　お願いです、ぼくが言ったのは、それはぼくの秘密だってことです。

ヴィチャ　おまえの、もちろんおまえのな！　おまえを捕まえたときから、われわれの秘密になるんだ。そう書いてくれ、ミリサヴ君、言ったとおりに。

第十七場

郡長、前場の顔ぶれ

郡長　（用心しながら入ってくる。ジョカと目線が合うとたじろぎ、危険がないことを見てとると、ジョカの方にまっすぐ突進し、彼だとわかって止まり、まじまじと見る。）これがあれか？　うん？　おまえが、わしの鳩か？　つまり、おまえなんだな？　こっちの方角を選んで、わしの郡に来た、だな？　若造め、わしの目から逃れるには百年早かったな！　ほかのやつらもわしから逃れることはできんかった、ましておまえなんぞ！　ヴィチャ君、始めておるかね？

ヴィチャ　はい！

郡長　姓、名、年齢は言ったか？

ヴィチャ　はい！

郡長　（ミラディンとスパサに気づいて）あいつらはここで何を？

ミラディンとスパサ　（声をそろえて）市民です！

郡長　いや、市民だということはわかっとる、そうじゃなくて何をしているんだ？

ヴィチャ　立会人が必要です。

ジカ　そのようにご命令でした。

郡長　（思い出す。）ああ、そうだ！　ヴィチャ君、この市民にぺらぺらしゃべるなと言ったかね？

ヴィチャ　そう言っておきました！

郡長　（市民に）いいか、もしこの国家機密を町で売っているのを耳にしたら、おまえらの舌を吊るしてやるからな！　（またジョカを見て）だから、おまえがそうなんだな、わしの鳩だ、な？　（ヴィチャに）認めたか？

ヴィチャ　認めました！
ジョカ　ぼくは何も認めていません！
郡長　黙れ！　一言も話すな。あっちを見ろ！　おまえは認めているんだ、それじゃなくて何だ！　もし認めていなくとも、認めるさ、わしはもう大臣におまえが認めたと電信をしたからな。おまえがいまさら当局の主張を変えられると思うのか？（ポケットから電信文を取り出して、ヴィチャに渡す。）あいつに読んでやってくれ、ヴィチャ君。大臣閣下にどんな電信を送ったかを。そうしたら、自分の証言もそれに合わせられるだろう。（ジョカに）よく聞け、それでわしの取り調べに一言一句そのまま言うんだぞ！
ヴィチャ　（読む。）「ベオグラード、内務大臣閣下。未曾有の努力と犠牲のうえに、四七四二番の機密電信にあった人物を逮捕できました。逮捕に際しては私自身も生命の危険に晒されました。犯罪者に襲われ、もみあったすえに、取り押さえることができました……」（反対して）ですが、郡長……
郡長　何か問題があるか、だれが中央だった？　さあ、だれが中央だった？
ヴィチャ　そうですが、現場にいらっしゃいませんでした。
郡長　犯罪とは何の関係もないぞ、わしが現場にいようといまいと。大事なのはだ、当局が現場にいたということだ。
ジョカ　ですが、ぼくは抵抗していません。

郡長　していないから何だっていうんだ！　抵抗しなかったことをだれも咎《とが》めとらん！　読め、続きを読むんだ！……

ヴィチャ　（読む。）「取り調べで認めたところによれば、この男は無政府主義者で、国外最大の革命派勢力と関係があり……」

ジョカ　ぼくは犯罪者ではありません。やましいことは何もない！　抗議します！……

郡長　黙れと言ったら黙れ！　連れてこられたのは話すためだとでも思っているのか！

ヴィチャ　（読む。）「……その意図は、王朝と国家全体を転覆しようというものでした。押収した文書からはその意図がはっきりと見てとれます……さらなる指示を望みます。」

郡長　（ジョカに）さあ、聞いたか？　もうおまえは、わしが大臣に報告したのと違うことを話してはならん！（ミリサヴに）そう書いたか、ミリサヴ君、全部認めたと？

ヴィチャ　まだ全部は聞いていません。

郡長　職業は聞いたか？

ヴィチャ　薬剤師の助手です。

郡長　（がっかりして）なんだと？　薬剤師の助手？

ヴィチャ　そう言っています。

郡長　もちろん、本人はそう言うだろう。聖マルコ教会で歌っているとだって言えるんだ。だがな、だからこそ、われわれはここにいる。証言を見極めるためにな……薬剤師の助手。薬剤師の助手がどうやって革命家になる⁉ ミリサヴ君、職業については、機械式の錠前師とか、元軍人とか、なんなら元ロシア軍人とか、あるいは、元スペイン水兵とか書いておけ。（ジョカに）いいか、おまえは間違っている。男らしく正直に認めろ、少なくとも機械式の錠前師だとな。元ロシア軍人とか元スペイン水兵だと認めるのは嫌だろう？

ジョカ　ぼくは薬剤師の助手です。

ジカ　郡長、それでもいいのでは。

郡長　ジカ君、君が言っていることはこうだろう、薬剤師は毒やエキスやベンガル花火やら危険なものを混ぜる。だが、わしには全然同じに思えん。薬剤師の助手と革命家。まったく、似ても似つかん！（ジョカに）まあいい、薬剤師の助手でいいだろう、だが、反王朝文書を所持したことは認めるな？

ジョカ　認めません！

郡長　認めないだと？　じゃあこれは何だ？（ヴィチャヤに）押収した文書はどこだ？

ヴィチャ　（渡す。）どうぞ！

郡長　じゃあこれは何だ、ああ？

ジョカ　それはぼくのです。ポケットから取られました。

郡長　おまえの、そりゃそうだ、おまえの紙束だ！　だがな、これはあれだ！　おまえを害するものだ、正直に認めたほうがいいぞ。
ジョカ　何を認めたらいいのかわかりません。
郡長　わからないんだったら、何を認めるのか教えてやろう。(ヴィチャに) この紙束を調べたか、ヴィチャ君？
ヴィチャ　調べていません、郡長。
郡長　そうか、じゃあ、まずそれをやってしまおう。(麻ひもでゆわえられた小包をほどく。)
ジョカ　開けることは許可しません、それはまったく個人的なものです。
郡長　ほら、ほら、個人的なもの。国家を転覆しようというのが、おまえの個人的なことか？　これは全部読まねばならん。
ジョカ　ですが、お願いです……
郡長　(耳を貸さずに) ミリサヴ君、書くんだ。(口述する。)「それから、文書と紙束を読むこととなった。これは被告が……」(ヴィチャに) これをどこに持っていたんだ？
ヴィチャ　コートの内ポケットです。
郡長　(口述を続けて)「……被告がわざわざコートの内ポケットにしまっていたものである。」書きとったか？　では、ヴィチャ君、一つずつな。(紙束を渡す。)

ジョカ　どうかお願いです！

郡長　おまえがわしに頼む、何をだ。わしもおまえに頼むことなどない。おまえは自分が当局の手中にあることをわかっとらん。当局の手中に落ちたら、黙るんだ。わかったか？　ヴィチャ君、読みたまえ。

ヴィチャ　（最初の一枚を開く。）これはなんだ、請求書か？

郡長　ただ読みたまえ！

ジョカ　ですが、後生です！……

郡長　（ジョカに）しっ！（ヴィチャに）読みたまえ！

ヴィチャ　（読む。）「サラばあさんに洗濯に出したもの。」

ジョカ　ほら、わかったでしょう！

郡長　（ヴィチャに）いや、わしが言うたとおりに読むんだ！　そこに何が隠されているかわかったもんじゃない。革命家たちはそんな暗号を使っている。書かれたことと意味していることが違うんだ。ジカ君、君も集中してくれ。

ヴィチャ　（読む。）「ハンカチ十二枚。」

郡長　ふむ！　ふむ！「ハンカチ十二枚」偽装だ！（ジョカに）さあ、正直に言え、この意味は何だ？

ジョカ　書いてあるとおりです。

郡長　読みたまえ、ジカ君、続きだ！

ヴィチャ　「シャツ六枚、タオル三枚、パンツ四枚。」

郡長　ふむ！　ふむ！「シャツ六枚、タオル三枚、パンツ四枚。」ジカ君、軍の部隊の配置か何かってことはないかね？　うん？

ヴィチャ　「イェーガーのセーター二枚。」

郡長　セーター二枚か！　何やら不審なものを感じる。セーター二枚。（ジョカに）おい、おまえ、正直に言え。「セーター二枚」って何のことだ？

ジョカ　書いてあるとおりです！

郡長　いいか、若いの。親として助言してやろう。おまえのこの犯罪では、銃弾が額を貫くことは避けられん。おまえが認めようが認めまいがだ。だったら、どうしてきれいにすべてを認めてしまわんのだ、認めてしまえば、おまえに斟酌すべき情状があることになる。斟酌すべき情状があるからといって、杭に括られないわけではないが、とはいえ、自分の良心にいくらか報いることになる。杭に括られたときに、穏やかな気持ちで、自分に言うことができるぞ。「ぼくは殺される、だけど斟酌すべき情状がぼくにはある！」とな。わしを信じて言うことを聞け。親として言っているんだ。おまえの未来のためにな。おまえはまだ若い。自分の未来のことを考えんといかん。

ジョカ　何のお話をされているのですか？　杭とか、銃弾とか、ぼくは何も悪いことはしていません！

郡長　よろしい、わしは説得しようとしたが、おまえが応じないんじゃしょうがない。あとで泣き言を言っても、もう遅いからな。（ヴィチャに）続きを読め！

ヴィチャ この紙はこれだけです。ここにメモ帳があります。

郡長 何か書いてあるか？

ヴィチャ （メモ帳をめくる。）最初の頁は空白で、日付が一つ書いてあるだけです。二頁目は何かの詩です。

郡長 ははん、詩か！　武器、血、革命、自由……それだ、それだ、読め、さあ、ヴィチャ！

ジョカ 後生です！

郡長 じゃあ、認めるか？

ジョカ 認めるようなことがありません。

郡長 読め！

ヴィチャ （読む。）「いいかい、だれでも、
それぞれに愛を抱く
けれども、君がいないと
僕の心は　空虚を抱く！」

郡長 チッチッ！　そりゃあ詩か何かじゃないか！（ジョカに）何かもっと危ないものがあるか？　これは何もない！（ヴィチャに）ほかにあるか？

ヴィチャ ほかに？（読む。）「愛している、君を、

全身全霊で、
君は僕の星
若い心の」

郡長　タンブリッツァを弾いてくれ、一、二！　こうか、ジカ君？
ジカ　まあそんな感じです。
郡長　（ジョカに）恥を知れ、おまえは革命家なんだぞ！　ハンカチ十二枚、タオル、パンツ。銃、爆弾はどこにいったんだ。「パンツ四枚」じゃない！　警察が足かせを喜んでつけてくれるような、人間らしい声明を書く代わりに、おまえときたら、「愛する君、若い命の、一、二！」……ほかに何がある、ヴィチャ君？
ヴィチャ　この頁に書きつけがあります。
郡長　読みたまえ！
ヴィチャ　（読む。）「留置との戦い」
郡長　なんだって？
ヴィチャ　「留置との戦い」
郡長　ははん、ははん、それは何かありそうだな。題名がまったく政治的だ。「留置との戦い」。ああいう新しい人間は、軍隊の廃止、官僚制度の廃止、留置所の廃止のためにいる。軍隊については、軍事的な事がよくわからん。だが、官僚制度については、廃止なんてできるものか、そうだろう？　おまえらは廃止しようとするが、わしは違う。わしは三十二年間も役所の仕事をしてきたんだ。あと八年頑張ったら、年金を満額もらえる。廃止するならそのあとにしてくれ。留置所の廃止？　まあよかろう、おい、おまえに聞きたい。（ジョカに）もし留置所を廃止したら、おまえを逮捕したあとどうする？　さあ、言ってみろ、ここのどこにおまえを置いておくんだ？（ヴィチャに）よし、続きを聞こう、留置との戦いについてどう言っているか。

ヴィチャ　（読む。）「お湯の入ったコップにエプソム塩を小さじ一杯入れる。それを混ぜて、飲み干し、それから少し歩く。」

郡長　（がっかりして）それはあの……便秘のときの……

ヴィチャ　（読む。）「留置便にもっとも適した治療法はひまし油で、ビール、牛乳などに入れて……」

郡長　やっぱりそうか。ジカ君は書きとめておくといいだろう。たまに困っているようだからな。（ヴィチャに）それで全部か？

ヴィチャ　（メモ帳を見る。）このメモ帳にはもう何もありません。

郡長　なんと、何もなしか？　よく見たのか？

ヴィチャ　ありません。

郡長　ほかに紙はあるか？

ヴィチャ　手紙が一通あります。
ジョカ　（怒り狂って跳びあがる。）それはだめです！（手紙を取ろうとする。）
郡長　おっと！（ミリサヴのデスクの後ろに逃げる。他の者たちは全員おびえて跳びあがる。）
ジョカ　それを読まれるくらいなら殺されたほうがましだ！
郡長　ははん！　ははん！　そこだ！　急所をみつけたぞ！（ベルを摑んで鳴らす。）つまり、われわれは急所に触れたんだな！（ヨサが戸口に現れる。）そこにだれかいるか？
ヨサ　アレクサがいます！
郡長　アレクサを呼んで、二人とも部屋に入れ！
ヨサ　（首で合図をする、アレクサも入ってくる。）
郡長　こいつを拘束しろ！
ジョカ　ですが、郡長！
郡長　言ってるだろう、こいつを拘束しろ！（二人が取り押さえると、郡長は大胆な気持ちになって近づく。）しっかり拘束しろ、危険だ！　ミリサヴ君、この男がわしを襲おうとしたと書いておけ。見たか、ヴィチャ君、大臣閣下への報告に、わしが命の危険を冒して捜査をしていると書いたのは正しいだろう！　さあ、読みたまえ、ヴィチャ君、ついに重要なものにたどり着いたようだ。（ジョカに）そうだろう？　おまえの急所は手紙だろう、違うか？　さあ、読みたまえ、ヴィチャ君、知っているだろう、わしは他人の手紙を読むのが大好きなんだ。頼んだぞ、一言ずつ読んでくれ、一言残らず聞こう。

ヴィチャ　(読む。)「いとしい人。」

郡長　(がっかりする。) また「いとしい人!」(ジョカに) いやはや、おまえ、いかれてるんじゃないか!

ジョカ　侮辱するのはやめてください!

郡長　なんだと! とんでもない言いがかりだ! いいか、わしは侮辱したりしていないぞ! おまえが国家を侮辱しているんだ、違うか? 読みたまえ、ヴィチャ君!

ジョカ　お願いします、どうかその手紙を読ませないでください。どうしても読むということなら、お一人で読んでください!

郡長　いや、だめだ! こうやって、公の場で読むんだ! おまえの手紙を個人的に読む理由は何もない。こうやって公の場で、みなが聞くんだ。無視しろ、ヴィチャ君、読みたまえ! みなも聞くんだ!

ヴィチャ　(読む。)「わかってもらうためには、ここの状況をすべて伝えないといけません。」

郡長　(満足して。) そうとも、ようやく革命らしいことになってきた。状況、だな? その状況を聞こうじゃないか。一言も聞き洩らさないよう、全員、心して聞きたまえ!

ヴィチャ　(読む。)「わたしのお父さんは、郡の長だけれど、時代遅れの人です。正直に言って、頭が悪く心の狭い人です。以前は郵便局員でしたが、そこで何かをしでかして、解雇されました。そのあとで、役所に入りました……」

郡長　（最初は興味津々、それから仰天して手紙の冒頭を聞きながら、物問いたげな視線を全員に順々に向ける。ついに、顔に合点がいったという表情が浮かび、必死に叫ぶ。）待て！（混乱している、どうしたらいいかわからない。）その、何と言うか！……ちょっと待て！　その手紙を書いているのはだれだ？

ヴィチャ　（手紙の結びを見て、意地悪く）書いたのはお嬢さんです、郡長！

郡長　なんだって？　ありえん、娘がそんな手紙をどうして書くんだ？

ヴィチャ　では、署名をご覧ください、信じられないのでしたら。（手紙を渡す。）

郡長　（署名を見る。）「マリツァ！」……（意気消沈して、あえぎながら、せかせか歩き回る。ついにヴィチャの前で立ちどまり、ひそひそと）それで……ヴィチャ君、これは、だれのことだと思う？

ヴィチャ　郡長のことのように思われます。

郡長　わしもそう思う。すぐにそう思った。（市民に）聞き耳を立てるんじゃない！　何もかも聞いていいと思うな！（手紙をポケットに入れる。）この手紙は、ヴィチャ君、読まなくてよろしい！

ヴィチャ　いけません、郡長。

郡長　この手紙は読まなくてよろしい！　わしの娘が書いた手紙を読む必要があるなどとどこにも書いてないぞ。

ヴィチャ　それは被告のポケットから発見された文書です。これは捜査です。わたくしが捜査を指揮する以上は、法の定めを守りたいと思います。

郡長　君は法の定めを守りたいと。法に祝福あれ、ただし、君はあの男を認めるってことか。

ヴィチャ　（意地悪く）この手紙から、お嬢さんがだれかを愛していることは明らかです。ですから、近くにいる男たちにあんな振舞いをなさるのです。こうなったら、スキャンダルになるしかない！

郡長　ははん、傷ついたんだな？

ヴィチャ　それはわたくしの問題です。わたくしとしましては、捜査を完遂するために、手紙を読むことを求めるだけです！

郡長　いや。ここでは読ませない。あとで、わしと君とで読もうじゃないか、二人だけになったときに。

ヴィチャ　（帽子を取る。）それでは、郡長、わたくしは行きます！（出ていこうとする。）

郡長　おい、どこへ行くんだ？

ヴィチャ　職務を放棄します。そして、大臣閣下に電報で辞職願を提出します。提出する理由も書きます。

郡長　だが、そんなことはせんでいい、大臣に言う必要などない、わしに言えばいい。

ヴィチャ　もうたくさんです。大変な思いをして、このならず者を捕まえました。それなのに、郡長は「命の危険を冒して自分が捕まえた」と電報を打った。わたくしはぐっと我慢しました。もう一つの約束があったからです。それなのに、お嬢さんは恋文を書いていた。それを郡長は読ませようとしない。そうしなければいけないのに。

郡長　いや、待て！　ちょっと待て！（市民に）おい、聞くなと言わなかったか！　気をつけろ、ツケを払うことになるぞ！（ジカに）ジカ君、手紙を読むべきだろうか？

ジカ　そりゃ、そうです！

ジョカ　やめたほうがいい、読まないほうがいいですよ。

郡長　おまえは黙っとれ、そう言っとるだろう。（ミリサヴに）ミリサヴ君、読むべきかね？

ミリサヴ　はい！

郡長　よろしい！　座りたまえ、ヴィチャ君、仕事を続けたまえ。手紙は、ジカ君、君が読みたまえ。（渡す。）ヴィチャ君には面白くなかろうがな。（市民に）おまえたちは聞いてはならん。悪魔に食われるぞ！

ジカ　はじめから読みますか？

郡長　なんではじめから？　聞いたところはいい！　続きから読め……

ジカ　「そのあとで、役所に入りました。」

郡長　そこからだ！

ジカ　（読む。）「お父さんとお母さんがわたしに結婚しろと言うのは郡の書記官で、最後から二番目に嫌な、雄鶏そっくりの人で、しかも、品性下劣で、一級の泥棒です。郡全体がその人のせいで……」

ヴィチャ　（カッとなって跳びあがる。）すみません、その手紙を読むのは許可できません。

郡長　おほう！

ヴィチャ　これ以上我慢できない、許可できません！

郡長　ほら、見ろ、若いの、どうなった？　君がこだわった、文書、法、捜査、それで何が出てきた！君が法を持ちだしたときから、何かまずいことになると思っておった。

ヴィチャ　恥ずかしい、未婚女性がこんな、それも上役の娘が……

郡長　（続ける。）その当の上役を非難する。

ヴィチャ　それとこれとは別です。

郡長　なぜ別なんだ？

ヴィチャ　それは、あなたのご家庭のことです。ですが、これは公務への侮辱です。侮辱罪での告発状を提出します。

郡長　まったくだ。それはわしに提出しろ！

ヴィチャ　だれに提出すべきかは知っています！（郡長の部屋から、食器が割れるときのような、ガシャンという音がする。急に扉が開いて、そこから事務室に物が飛んでくる。皿、鍋、花を生けた花瓶。みなびっくりして、自分の場所で跳びあがる。見習い部屋の扉が開き、見習いがみな扉に駆けてくる。）

郡長　（怖気づいて跳びあがる。）なんだ、おい？

第十八場

アンジャ、あとからマリツァそして前場の顔ぶれ

アンジャ　（取り乱した様子で戸口に現れる。）あなた！　夫なら、父なら、警察なら、助けて！
郡長　おい、この騒ぎは何だ？
アンジャ　あなたの娘が家中のものを壊しているのよ！
郡長　なんという不良娘だ！　わしら全員に恥をかかせただけでは飽き足らず、今度は家を壊すとは！
どこにおる？
マリツァ　（入ってきて、まっすぐ父に近づく。）ここよ！（ジョカに気づき、駈け寄って）ジョカ、ああジョカ！
郡長　（仰天して）なんだと？　ジョカ?!!
アンジャ　（同じく仰天して）あの人が……ジョカ?!!
マリツァ　そう、そうよ、この人がジョカ。
郡長　（ジョカの匂いを嗅ぐ。）なんてことだ、ジョカだ！　ミント玉の匂いがする。
アンジャ　（まだ我に返ることができずに）まあ、あれがジョカ？

郡長　あれがそうだ、それで、何を騒いどる？
マリツァ　そう、これがジョカ。お母さん、言ったでしょ、ここに来てくれるって。ほら、来た。わたしも宿屋に行ったの、ジョカに会いに。
郡長　だれが行ったたって？
マリツァ　わたしよ！
郡長　何をしに行ったんだ、逮捕役に指名もされていないのに？
マリツァ　そう、それで宿屋に行ったら、逮捕されたって聞いて。
郡長　まあ、よかろう、逮捕されたと聞いた、それでいま、男に会いもした、さあ、向こうの部屋に行け、仕事を続けねばならん。
マリツァ　いやだ、この人から離れない。わたし、ここで、みんなが見ている前で、彼に抱きつく。そうしたら、わたしたちを引き離せないんだから。（ジョカをしっかりと抱きしめる。）
ヴィチャ　（叫ぶ。）抗議します！　ここは仕事場です。これは公的な捜査です。ここは官公庁です。官公庁で私人が抱き合ったり、接吻したりすることに抗議します。
郡長　まあ、待ちたまえ！　何をそんなになにがなり立てているんだ？
ヴィチャ　捜査簿に、ここで、仕事場で、当局の前で、私人が抱き合って接吻したと書いてください！
郡長　まあ、清算はわしにまかせておけ！

ヴィチャ　（怒って）国家道徳の名において抗議します。国家の名において、自分の目でとても見ていられないと宣言します。公務中に官公庁で接吻やら抱擁やらを見る義務はありません。公務への侮辱とみなすことを宣言します。捜査はご自身で続けてください！（帽子を取って、急いで出ていく。）

第十九場

前場の顔ぶれ、ヴィチャを除く

郡長　そう、そのとおりだ、あの男は正しい。これは公務への侮辱だ。（見習いたちに気づいて）何を集まっとる、見世物じゃないぞ？（筆箱、定規など、手当たり次第に摑んで投げつける。見習いたちは引っこみ、扉を閉める。）おまえたちもだ、ならず者どもめ！　薬剤師の助手を相手に、英雄ぶりやがって。相手が盗賊だったら壁に背中を押しつけられているところだぞ。出ていけ！（巡査らの尻を足で蹴とばし、追い出す。そのときに、市民の一人であるスパサもどういうわけかそこにいて、足で蹴られて外に出る。もう一人の市民、ミラディンは、郡長が怒って叫び出すとすぐに、ファイルの棚の後ろに隠れて、そこでしゃがんで息をひそめ、終幕までそこにいる。）

アンジャ (夫に何か言おうとして) イェロティィエ!

郡長 黙れ!

マリツァ お父さん!

郡長 黙れ!

ジョカ 郡長!……

郡長 黙れ、ジョカ、首を絞めるぞ! おまえが薬剤師ぶって、かきまぜたうえに塩をかけたんだ!

ジョカ ただぼくは……

郡長 黙れ! (アンジャに) どっちもわしの前から連れていけ、頼む、連れていってくれ、うんざりだ。

アンジャ (ジョカとマリツァを摑んで、自分の部屋に連れていく。)

第二十場

郡長、ジカ、ミリサヴ

郡長 (ジカとミリサヴに) 見たか、まったく、これは何なんだ? 大臣閣下はいまごろわしの電信文を読んでいる。「私を襲った」と書いたが、やつはここで、事務所の真ん中で、わしの娘を襲った。

ジカ　あの……

郡長　わかっとる、わしの娘が襲ったと言いたいんだろう。どっちにしろ、同じことだ。町中にスキャンダルが広がるな。あのヴィチャがあちこちでしゃべるだろう。

ジカ　でしょうな、すごく怒っていましたから！

郡長　どう思う、あいつはどこに行ったんだろう？

ジカ　それは……たぶん電報を打ちに。

郡長　電報？　なぜ？

ジカ　それはたぶん、大臣に電報を打つんです。

郡長　大臣に？　どういう大臣に？　大臣に何を知らせる必要が？　ミリサヴ君、頼む、後を追って、ここの水は澱《よど》んでいるなんて冗談は言うな、と言ってくれ。あのジョカのせいですっかり滅茶苦茶になった。そのうえあいつまで！（ミリサヴは立ち上がり、帽子を取る。）いいか、ミリサヴ君。あいつは君の言うことに従わないかもしれないが、そのときは、電報係に言ってくれ。だれが持ちこんでも、わしが目を通すまでは、電信を打ってはならん、と。

ジカ　ですが、それは検閲です。

郡長　そうとも！　国家と王朝に関わる問題だ、検閲でも拷問《ごうもん》でも隔離でもやるわい。全員の背中を二十五回鞭《むち》打ってもいい。だれであってもな！　さあ行ってくれ、ミリサヴ君。

ミリサヴ　（出ていく。）

第二十一場

郡長、ジカ

郡長　（疲れて椅子に座り、あえいでいる。）さあ、今度は何だ、ジカ君。教えてくれ、何をしたらいい？　あのジョカをどうしよう？

ジカ　僭越ながら……

郡長　話したまえ！

ジカ　郡長は警察としても長くいらっしゃるので、こうした時にどうするかはもうご存じかと。

郡長　まあ、そうかもしれんが、いまは何も思い浮かばんのだ。話してくれ、もし考えがあるなら。

ジカ　ジョカは逃がしておやりになって、大臣には電報を打ってはいかがですか。「厳重な監視下にあったにもかかわらず、不審人物は今晩留置所から逃げました……」

郡長　（考えこむ。）ふむ！……逃げた……よろしい、ジョカは逃げるがいい、だがな、文書はどうしたものか、反王朝文書は？　大臣には言えんぞ、「ジョカが反王朝文書を持って逃げました」などとは。だが、そう言わないと、大臣はこう返信してくるだろう。「よろしい、逃げた、逃げた、だが、文書を送れ。」そうしたら何を送るんだ、ジカ君、便秘の処方箋《せん》か、わしとヴィチャ君のことを書いたあの手紙か？　いや……ほら、言ってみろ！

第二十二場

ヨサ、前場の顔ぶれ

ヨサ　（扉から顔を突き出す、部屋には入らない。）電信です。

郡長　（火傷をしたみたいに跳びあがる。）電信？　こっちに寄こせ！（電信を取る、ヨサは下がる。郡長は不安そうに開けて署名を読む。）大臣だ！……ううむ、足が動かん。（椅子に沈みこむ。）自分ではとても読めん。読んでくれ、ジカ君！（渡す。）

ジカ　（読む。）「今月十七日付の貴殿の電報で言及されし者、即ちイヴァニツァ郡で逮捕されし者……」

郡長　うへえ、ご加護を！

ジカ　（読み続ける。）「貴殿が逮捕せし者は、一味の一人と思われる。厳重な監視のもと、押収した文書一式とともに、ベオグラードに連れてこられたし。」

郡長　ご加護を！……（間。）さあ、どうしたものか、ジカ君！

ジカ　どうもこうもない、連れていくしかないでしょう。

郡長　だれを？　ジョカを？　連れていくとも、なんなら縛って、袋に入れて猫みたいにベオグラードに送ってやる！　だが文書はどうする？　大臣閣下は文書にも目をつけておるぞ！

ジカ　いいですか？　わたしの意見をお聞きになりたいなら……

郡長　話したまえ、ジカ君、天の声だ。

ジカ　お嬢さんが職場で抱き合ったなんてスキャンダルは終わらせて、ジョカをベオグラードに連れていき、大臣閣下に謝罪するのが一番いいでしょう。そのために、いま、向こうの部屋に行って、求婚を祝福し、それからお嬢さんと婿のジョカと一緒に私用でベオグラードへ行って、大臣閣下と二人だけで私的に話を……

郡長　（ジカを見ながら、考えこむ。）なるほど、それがいいと思うんだな？（考えこんで、頭を振る。）いいか、だいたいは合っている。自分でやつを連れていって、この文書とこの……そうだ、大臣には、嫉妬したヴィチャ君が混乱を引き起こしたと言えばいい。ヴィチャ君にはこんな職場はいらんだろう！（決める。）ジカ君、君は正しい、そうするかな？（部屋を出ていく。）

第二十三場

ジカ、ミラディン

ジカ　（一人残されて、息を吐き、自分の椅子に座る。どこかから先ほど頭に巻いていた布をみつけ、触る。まだ湿っていることがわかると、額にのせる。それから両手に頭をもたせかける。）

ミラディン　（棚の後ろからのぞき、ジカ氏が一人でいるのがわかると、そっと近づき、ジカ氏のデスクの前に立つ。）それで、あのトゥルブシュニツァのヨシフがしょっちゅう店に来て……

ジカ　（怒り狂って跳びあがり、まず頭に巻いていた布で叩き、それから、煉瓦や書類などデスクにあるものを浴びせかける。）

幕

故人

序幕と三幕の喜劇

登場人物

パヴレ・マリッチ
ミラン・ノヴァコヴィチ
スパソィエ・ブラゴィエヴィチ
ジュリッチ氏
リュボミル・プロティチ
アンタ
ムラデン・ジャコヴィチ
ミレ
アリョーシャ
アドルフ・シュヴァルツ
リナ
アグニヤ
ヴキツァ
警察官1

警察官2
女中
マリヤ
アナ
ソフィヤ

全三幕は序幕の三年後の出来事である。

序幕

趣味よく整えられたマリッチ宅の一室

第一場

パヴレ、マリヤ

マリヤ　(年配の女中、外から来る。) 旦那さま、男の方がいらして、呼ばれたので来たとおっしゃっています。

パヴレ　(小卓で、書物に没頭している。) ああ、そう、お通しして！

マリヤ　(扉に向かい、警察官を通す。)

パヴレ　(マリヤに) 行きなさい、奥さまにお知らせしなさい！

マリヤ　（左に出ていく。）

第二場

パヴレ、警察官1

パヴレ　私の思い違いでなければ、警察の方ですね？
警察官1　はい、要請を受けまして……
パヴレ　（だるそうに）じつは、たいしたことでもないのに、妻が、あわててしまって、すぐに警察を呼んだんです。（扉にリナが現れたのに気づく。）ともあれ、これが妻です。妻が説明します。

第三場

リナ、パヴレ、警察官1

リナ　（上品な化粧着を着て）警察の方？

警察官1　そうです、奥さま！

リナ　ご説明できるようなことはなにも。昨晩、わが家に泥棒が入りまして。

警察官1　もう少し詳しく伺えますか？

パヴレ　私がお話しよう。妻と私は昨晩劇場に行きました。十一時を過ぎて帰宅したとき、寝室の隣のこの部屋を通りましたが、いつも通りに見えました。ところが、今朝になって、この机にはいつもは鍵がかかっているのに、開いていて、ご覧のとおり、中のものがすべてひっかき回されていることに気づきました。

警察官1　（婦人用の書き物机に近づく。抽斗は引き出され、中のものがひっかき回されている。）ですが、他には何もないと。それだけです？

リナ　ええ、それだけです！

警察官1　失礼ですが、最初に気づいたのはどなたですか？

パヴレ　我が家では私が一番の早起きでして、そういう仕事をしておりまして、建設現場に早くに行かねばならないので、ですから、ここを通って、ふと目に入りました。すぐに妻を起こして、妻が警察に電話をしました。

警察官1 （机を見回しながら）抽斗は明らかにこじ開けられています。盗まれたのは何かおわかりですか？

パヴレ 妻の机ですので、妻がわかるでしょう。

リナ ここに入れているのは、ちょっとした宝石とか細々としたもの、ふつうの身の回りのものです。それと、手持ちにいつも二、三百ディナールほど置いていますが、全部あります、お金も盗られてません。壊されたのはこの小さな貴重品箱だけで、鍵をして、手紙をしまっていました。その手紙が一束、盗られたみたいです。

警察官1 そうしますと、つまり、金銭目的の犯行ではありませんな。泥棒が外から侵入したともはっきりとは言えません。お宅にほかにだれかいますか？

リナ 女中が一人おりますが、疑わしいところはありません。年配の、正直な女で、もうずっとわが家におります。

警察官1 （思いついたように）教えていただけますか。ある、特別な手紙だけが盗まれたのか、それとも……？

リナ （うろたえて）まあ……わかりません……どれもそれぞれ大事なものです。なかには、娘らしい、親しげなものもありますし……

警察官1 （少し考え込んだあと、交互に見ながら）お望みとあらば、正式な捜査をすることもできますが、私見を言わせていただきますと、本件をあまり大ごとにしないほうがよろしいかと存じます。

パヴレとリナ　（黙る。）

警察官１　現時点で確かなのは、この窃盗は金銭目的ではないこと、窃盗犯は外部から侵入したのではないことです。つまり、犯人は家の中にいます。これ以上申し上げることはないと存じます。御用はお済みですな。それでは！（出ていく。）

第四場

パヴレ、リナ

パヴレ　（ふたたび書物に没頭する。）

リナ　（軽蔑を込めてパヴレを一瞥《いちべつ》し、自分の部屋へ向かう。扉で立ちどまり、ふりかえって、声高に言う。）警察官によると、泥棒は家の中にいるんですってよ。

パヴレ　ああ、聞いていたよ！

リナ　（自室に向かう。）

第五場

パヴレ、マリヤ

パヴレ （顔を上げて、リナを目で追う。リナが扉を閉めるのを見て、電話に向かい、電話帳を取って、番号を探す。）
マリヤ （入ってくる。）現場監督です。
パヴレ アリョーシャ？　通しなさい。
マリヤ （アリョーシャを通し、自分は出ていく。）

第六場

アリョーシャ、パヴレ

パヴレ どうしたんだ、アショーシャ。万事順調か？

アリョーシャ　はい、技師先生！
パヴレ　作業員の数を増やしたか？
アリョーシャ　はい。さらに六人雇いました。
パヴレ　セメントは届いているか？
アリョーシャ　はい、先生。
パヴレ　じゃあ、どうして、現場を離れて来たんだ？
アリョーシャ　あちらでお待ちしていました、いつもどおり朝にいらっしゃると思っていましたが、お越しにならないので……
パヴレ　何か用があるのかい？
アリョーシャ　（うろたえて）お越しになると思っていましたが、お越しにならないので……
パヴレ　だから、どうしたんだ、話しなさい。どうして待っていたんだい？
アリョーシャ　先生！　たいへん感謝しております、どれだけ感謝してもしたりないくらいです。先生は僕の父、すばらしい、優しい父でした。三年前に雇ってくださって……
パヴレ　だが、どうしてそんなに感謝するんだ！　君はよく働いてくれる、私はとても満足している、それだけのことだ。
アリョーシャ　だから申し訳なくって、甚だ申し訳ありません、お心を損ねるのではないかと心配です。そんなことはしたくありません、お心を損ねるようなことはしたくありません。

パヴレ　どうしたんだい、アリョーシャ。何か言いたいことがあるのに、言えないでいるんじゃないか？給料が気に入らないのか？

アリョーシャ　いいえ、とんでもありません！

パヴレ　仕事が大変すぎるとか？

アリョーシャ　いいえ、いいえ、いいえ！

パヴレ　じゃあ、何だ？

アリョーシャ　今日来ましたのは、これまでの御恩に感謝をお伝えして、退職届を受け取っていただくためです。

パヴレ　退職？　もっといい仕事をみつけたのか？

アリョーシャ　いいえ。もっといい仕事、いい給料のためではありません。ただ……

パヴレ　病気にでもなったのか？

アリョーシャ　(頭を振り、視線を上げずに）ちがいます《ニェット》！

パヴレ　じゃあ、どうしてなんだ。話してくれ。

アリョーシャ　話します、話さなければなりません、隠してはおけない。（ひと息つき、躊躇《ちゅうちょ》し、ついに顔を上げる）。うちのリードチカをご存じでしょう？

パヴレ　君の奥さんの？

アリョーシャ　そうです！
パヴレ　一度だけ、君を訪ねて現場にきたのを見たことがあるような気がする。記憶では、綺麗で感じのいい女性だった。
アリョーシャ　捨てられたんです。
パヴレ　君が捨てられた？
アリョーシャ　そうです。ある歌手、オペラ歌手のピィエルコフスキのせいです。
パヴレ　ロシア人？
アリョーシャ　ロシア人ではなくて、ポーランド人です。ここに滞在していて……
パヴレ　その男が奥さんを連れていったのか？
アリョーシャ　言われました。あの人のことが大好きで、あの人がいないと生きていけないと。別れを告げられて、僕は泣きましたが、彼女は出ていってしまいました。
パヴレ　最近のことかい？
アリョーシャ　三カ月前です！
パヴレ　三カ月も前のことだって？　ずいぶん時間が経っているじゃないか。その間に気持ちもいくらか落ち着いたんじゃないかい？
アリョーシャ　いいえ、先生、リードチカを愛しています、リードチカを心から愛しているんです。

パヴレ　だけど、彼女が君を愛していないとしたら？
アリョーシャ　（ため息をつく。）
パヴレ　それでどうして仕事をやめるのかがわからない。彼女のあとを追っていこうというのかい？
アリョーシャ　そうじゃありません。彼女の幸せを壊したくありません。男と一緒にいて幸せなんですから。まさかその幸せを壊そうだなんて。
パヴレ　幸せだと思うのかい？
アリョーシャ　はい、手紙をもらいましたが、幸せだと書いてありました。ですが、僕の助けが必要なんです。
パヴレ　金銭的な？
アリョーシャ　いいえ、金はあります。彼女は持っています。ですが、昨日届いた手紙を読み上げても構いませんか？
パヴレ　どこから届いたんだ？
アリョーシャ　ベルリンからです。男の仕事で滞在しているそうです。
パヴレ　で、なんて書いてきたんだい？
アリョーシャ　（手紙を開く。）ロシア語で書かれています。
パヴレ　だいたいわかると思う。
アリョーシャ　（読む。）「アタシのミリェンコ……」（恥ずかしがる。）すみません、愛情深いのが……

パヴレ　読みなさい！

アリョーシャ　（読む。）「アタシはここでとてもヨイ、アタシはとてもコーフク」（話す。）コーフク、って幸せってことです。（読む。）「アタシのだいすきなアンドリューシャ、アタシをマイヒすきになると言う」（話す。）彼は毎日彼女を好きになっていく。（読む。）「カレはアタシにとてもケンシンする。アタシのことを、セイゾウみたいにミる。」（話す。）イコンのように彼女を大事にしている。（読む。）「アタシはコーフク。アタシは世界一シアーセな女」（話す。）彼女は世界で一番幸せな女性。（読む。）「アタシのコーフクをヒトツのアブスタヤーチェリストヴォがトレヴォージット。」

パヴレ　そこの意味はわからない。

アリョーシャ　彼女の幸せを邪魔するものが一つある、と言っています。（読む。）「アタシはしってる、アナタはいつも、アタシを考える」（話す。）僕がいつも彼女のことを考えていることを彼女は知っている。（読む。）「もしアタシを考えないなら、アタシのコーフク、二バイ。」

パヴレ　君が彼女のことを考えなくなれば、彼女は二倍幸せになる。

アリョーシャ　そうです！（読む。）「ゴショウにおネガイします、アタシのことを考えるやめる、そうしたら、アタシは、世界一シアーセな女。」

パヴレ　もし君が彼女のことを考えるのをやめたら、彼女は世界一幸せな女性になる。

アリョーシャ　（読む。）「墓までアイしてる、リードチカ」

パヴレ　それで、君を墓まで愛するその女性は、実際、君にどうしてほしいと言っているんだい?
アリョーシャ　彼女のことを考えるなと言っています。
パヴレ　だが、それはしてあげられるだろう。彼女に、もう君のことは考えない、と書き送ればいい。
アリョーシャ　むりです、むりです! 考えないなんてむりです。でも世界一幸せな女性にしてあげたいんです。彼女が幸せじゃないなんて耐えられない。僕も彼女も二人とも幸せという訳にいかないのなら、少なくとも彼女は幸せにしたい、彼女だけは。
パヴレ　だがどうやって幸せにしようというんだ?
アリョーシャ　僕は彼女のことを考えずにはいられません。彼女をアイしています。考えずにはいられない……死にます。そうすれば、考えない。
パヴレ　死ぬって?
アリョーシャ　そう書いて送りました。
パヴレ　なんて書いたんだ?
アリョーシャ　こう書きました。この手紙を君が受け取るとき、僕はドナウの波に包まれているだろう、そのときにはもう君のことを考えることはないだろう。
パヴレ　何を言っているんだい、君、波とかドナウとかって。
アリョーシャ　そう書きました。

パヴレ　その手紙を送ったのかい？
アリョーシャ　はい。ですから謝りに来ました。謝って、感謝をお伝えしようと。
パヴレ　いったい何を言っているんだい、アリョーシャ。
アリョーシャ　これは未払いの砂の請求書です。運送費込み。これは煉瓦職人との新しい契約書です。署名済みです。これは支払い済みの事務手数料の領収書です。これは先生の建設許可証です。入札のためにお渡しくださった……
パヴレ　（遮って）持っていなさい、アリョーシャ、手元の書類は全部持っていなさい。そんなふうに死ぬことはない。君を裏切った女のために死ぬのかい？　反対に、そういうときこそ生きて、存在し続けなくては。彼女の良心を麻痺させてしまったら、彼女は君の死を笑うにちがいない。いいや、アリョーシャ、不実な女への愛のために死ぬなんて、やめなさい。
アリョーシャ　むりです！
パヴレ　そんなふうに気弱になるもんじゃない。
アリョーシャ　（反駁《はんばく》したそうにする。）
パヴレ　（遮って）手紙のせいばかりじゃないだろう。アリョーシャ、君はいまたくさんのどろどろとした気持ちでいっぱいになっている。四カ月も現場仕事で苦労したことで神経が疲れてしまったんだ。ホームシックも少しあるだろう。そばにリードチカがいる間は、彼女への気持ちで心が満たされていたけれど、いまは一人ぼっちで、心が空っぽになって、そこにまたノスタルジーが入り込んできたんだ。よくわかるよ、きっと快復する、信じなさい。

アリョーシャ　(頭を振って、否定しながら) ちがいます《ニェット》!

パヴレ　聞きなさい、アリョーシャ。男は女性の気まぐれに逆らえない。いままでも、これからもそうだろう。誰もが弱い。だけど、自分の運命を犠牲にするほどじゃない。そんなことをするのは小心者だけだ。そうじゃないだろう。嵐にあったときに、難破した者はおとなしく波に身をまかせるか? そうじゃない。救命具を握って、岸を目指し、固い地面に立とうとするはずだ! いいかい、君はいま、神経が疲れて、落ち込んで、ノスタルジックになっているんだ。聞きなさい、アリョーシャ。今日は仕事はしなくていい、明日もだ。休みなさい!

アリョーシャ　(拒んで) ああ!

パヴレ　聞きなさい、少し楽しんで、元気を出しなさい、そうすれば楽になる。わかっている、十分な金がないんだろう。(財布から取り出して) ほら、五百ディナールだ。

アリョーシャ　(ぐずぐずと) ですが、先生……

パヴレ　残業した分のボーナスだと思えばいい。受け取るんだ。(アリョーシャのポケットに押し込む。) さあ、行きなさい。「ルスキー・リラ」とか「カズベク」とか……よく知らないが、君たちロシア人の行く店に行って、仲間をみつけて、バラライカに耳を傾けて、故郷の歌を聴いて、それから

アリョーシャ　……涙を流すだろうね、でもその涙は心を癒してくれる、きっと癒しになる。そうして、どんなことでもやり過ごせることを学んで、経験にしなさい。
パヴレ　ちがいます《ニェット》、先生。
アリョーシャ　君は北国の出身だから、太陽が十分暖めてくれなくても、どこかしら柔らかくて、心が暖かくて、夢みがちだ。私たちは違う、もっと現実的で、言ってみれば、反抗的だ。だから、私の忠告を聞きなさい。それが正しかったとあとでわかる。
パヴレ　（自分から自分を守るように）むりです、むりです！
アリョーシャ　いいから、言うとおりにしなさい、アリョーシャ！
パヴレ　手紙に書いたんです。
アリョーシャ　だから、なんだ？　死んだことにしておけばいい。
パヴレ　（拒絶して）ああ！
アリョーシャ　今日だけは言うとおりにしなさい。気分が変わらなくて、決意が明日もそのままだったら、そのときは君の運命は君よりも強いんだ、そのときにはもう止めない。今日くらいは言うことを聞いてもいいだろう？（アリョーシャに手を差し出す。）
パヴレ　（パヴレの目を見て、しぶしぶ手を握る。）
アリョーシャ　そうだ、そう！　少し人のいるところに行って、楽しみなさい！（アリョーシャを見る。）待ちなさい、それではだめだ。もう少しましなコートはないのか？　それではあんまりくたびれて汚れている。そんな身なりで行ってはだめだ。（隣室へ行こうとする。）

アリョーシャ　だめです、先生、だめです、だめです、だめです！　もともといただきすぎです。全部先生からもらったものです。コートも、シャツも、靴も、これ以上はだめです！

パヴレ　そんなことは気にしないんだよ！（出ていって、戻ってくる。手には上等のコートを持っている。）ほら、それは脱いで！

アリョーシャ　そんな、とんでもない！

パヴレ　脱ぎなさいってば！

アリョーシャ　（脱ぐ）。

パヴレ　（新しいコートを着るのを手伝う。）そう！　そうだ！　書類は放っておきなさい、放っておきなさいって！　コートはどうするかな？　そうだ、現場ではまだ着られるかもしれない。うん、どんな社交の場にも行ける身なりになった。よし、それじゃあ、さっき言ったとおりに。明日会ったときに、人生観が変わっているかどうかだね。

アリョーシャ　（古いコートを探って、新聞紙に包まれた紙束を取り出して持つ。）ただ、その、手紙に書いたんです……（出ていく。）

第七場

パヴレ、リナ

パヴレ　（戻ってきて、まずリナの部屋の扉に向かい、それから何かに気づいたか物音を聞いたかして、大急ぎで初めに書物を読んでいた場所に座り、書物に没頭しているふりをする。）

リナ　（外出着で部屋から出てきて、玄関に向かう。パヴレには一瞥もくれない。）

パヴレ　（彼女の姿が消えると、顔を上げ、しばらく静止したあと、立ち上がって、ベルを鳴らす。）

第八場

マリヤ、パヴレ

パヴレ　奥さまはお出かけになったか？

マリヤ　はい！
パヴレ　いいか、誰かが訪ねてきても、私は家にいない。わかったな？
マリヤ　かしこまりました！

第九場

リュボミル、前場の顔ぶれ

リュボミル　（そのとき扉のところに現れる、大きな書物を持っている。）よろしいですか？
パヴレ　（ややうろたえて、気が重そうに）ああ、うん……どうぞ！　お入りなさい！
リュボミル　（訪問が好ましくなかったことを察して）お邪魔する気はありませんでした。お借りしたこの本を女中さんにお渡ししようと思ったのですが、見当たらなかったので。申し訳ありません、間の悪いときにお邪魔してしまったようで。（本を机の上に置く。）
パヴレ　一番いい時に来たとは言わないが、だからって違いはない。若い友人のためにはいつでも時間をとるし、話をするつもりだ。（マリヤに。）下がってよろしい！

マリヤ　（出ていく。）

第十場

リュボミル、パヴレ

リュボミル　お邪魔でしょうから。（出ていきたそうにする。）失礼してもよろしいでしょうか？

パヴレ　ここにいなさいと言っているのだからいなさい。私がいらいらしているときに来てしまったわけだが……結局、君が来たのはよかったんだ。私には……いま、友人が必要なんだ。誰か話をする相手がいま必要なんだ。座ってくれたまえ！

リュボミル　（座りながら）なにかお役に立てるようなら喜んで。

パヴレ　苦しんでいる者には心からの同情が何より必要なんだ。

リュボミル　（驚いて）なんですって……苦しいようなことがあったんですか？

パヴレ　（ためらって）いや、苦しくはない……だが、とはいえ、自分を欺くことは、苦しいことだ！（体を震わせる。）リュボミル君、妻の裏切りがわかったんだ！（若い男を信じて打ち明けたことが無思慮に感じられて、ためらう。黙り込んで、せかせかと歩き回る。)

リュボミル　(驚いて、パヴレを目で追いかける。)

パヴレ　(ついに言い訳をする必要を感じて、リュボミルの前に立つ。)どうしてすぐに君に打ち明けようと思ったのかわからないが……たぶん、君が来たから、最初に来たのが君だったからだ。声に出して言う必要があったんだ、今朝から息が詰まるような気持ちでいるのはなぜかを。

リュボミル　僕を信じたことを後悔しないでください。友人をお信じになったのです。僕が感じている恩義は並大抵のものではありません。どれほどあなたを尊敬し、敬愛しているかご存じでしょう。お心を少しでも慰められるなら嬉しいです。

パヴレ　こういう状況ではあらゆる慰めは幻想だよ。家族を亡くした人にお悔やみを言うようなもんだ。

リュボミル　ですが……ともかく。すべてがそうとは限らないのでは。意地の悪い人が下品なことをお耳に入れただけかもしれません。

パヴレ　そう、噂が耳に入った、それは事実だった、そんな噂はやり過ごしていたんだが、しかし……(ポケットから手紙の束を取り出す。)これは妻の愛人からの手紙だ。私が自分で泥棒をして、盗んだんだ。噂で聞いたのは不倫をしているということだけで、情夫の名前は知らなかった。それがここに、この手の中に、男の名前があるんだ!(ぶるぶると手紙を拳で握りしめる。)ここに!

リュボミル　(居心地悪くなって、肩をすくめる。)

パヴレ　（興奮したまま）ここにあるんだが、できない、中を見る勇気がない！　考えていることが本当だったらと思って、怖いんだ、もしそうだったらぞっとする。悲惨だ。怖い、真実が怖いんだ。真実から逃げたほうがましなんじゃないか？　裏切られていたことを知っただけでも十分ショックなんだから！　誰と裏切ったかを知ってさらにショックを受ける必要があるか。（葛藤する。）なんにせよ、苦しい、苦しみ続けるだろう、一生苦しむだろう。私のために用意された苦杯だ、飲み干そう。（手紙を開いて、署名を見る。新たに興奮しはじめる。）そうだ、彼だ！　わかっていた、わかっていた……

リュボミル　（パヴレに近づいて）落ち着いてください！　気をたしかに！　いまが一番ひどく感じるものです。

パヴレ　子どものころからの友人、一緒に学校に通った、会社の共同経営者、かけがえのない友人……

リュボミル　ノヴァコヴィチさん！

パヴレ　そう、そうだよ、そうなんだ！　ああ、なんて卑劣な、なんておぞましい！

（一息つく。）

リュボミル　（おずおずと）どうなさるおつもりですか？

パヴレ　どう？　それをいま考えている。考えているが、決められない。

リュボミル　もしかしてお考えになっているのは……？

パヴレ　妻を追い出すとか、情夫に復讐《ふくしゅう》するとか？　ああ、そんなことはしないよ！　じゃあ、どうするか？　決めるためには、まず立ち直らないと、だって、そうはいっても、あの妻を愛していたからね、立ち直らないと！

パヴレ　よくわかります、ですが、若輩の身で、あなたにアドバイスなんてできません。

リュボミル　興奮したまま性急な決断をしてしまうのが怖い。引きこもって、一人になって、考える時間がいる。

パヴレ　一日か二日、旅に出てはいかがですか。

リュボミル　旅に出るか。それはいい考えだ。（少し考える。）そうしよう、旅に出よう。

パヴレ　二、三日。

リュボミル　どのくらいかはわからないし、どこへかもわからない。あてもなく、期間も決めずに。はっきりとした心づもりもいまはないが、出ていって、ここから離れて、一人になって、立ち直らないと。性急な決断をしないためには、逃げることが唯一の方法だ。ありがとう、よいアドバイスをしてくれて。

パヴレ　なにかお手伝いできることがありますか？

リュボミル　（思い出したように）そうだ、よく聞いてくれた。一つ頼みたいことがある。

パヴレ　なんなりと！

リュボミル　（書類鞄からパスポートを取り出して）外国へ行く査証を取らないと。（パスポートをめくる。）ごらん、なんて幸運なんだろう！　六週間前に査証を取っていたよ、展示会に行こうと思っていたんだ。査証はまだ有効だぞ。

リュボミル　（立ち去ろうとして）僕はもう行きますね。

パヴレ　（手を差し伸ばして）行動は慎重に頼むよ。（思い出したように、手を引っ込めて）待ってくれ、大事な頼みが一つあるんだ。

リュボミル　なんなりと！

パヴレ　（別の部屋に行き、ファイル型の厚紙で挟んだ膨大な書類の束を持って戻る。）リュボミル君、これは私がとても大切にしているものだ。まる七年、この水路学分野の研究に取り組んできた。学問の世界に大きな影響を与えると信じて取り組んできたんだ。

リュボミル　その分野にも取り組んでおられるのですか？

パヴレ　そう、建築家、建築技師……だが、私がずっと関心を持っていたのは水路学で、暇な時間をみつけては取り組んでいた。水路問題は人類共通の問題だ。世界の耕作地の四分の三は湿地だったり、浅い水に覆われていたり、汚泥に覆われていたりする。人口過剰は国民生活に深刻な危機と混乱をもたらす！　私は水路学に新しい方法をもたらそうとした。こうして話しているのは、この仕事の意義を示し、どれほど大切かをわかってもらうためだ。この原稿は机の抽斗に、鍵をかけて保管していたんだが……ふと、気になったんだ。もしかしたら留守中に妻が、同じ方法をとるんじゃないか。机の抽斗を壊して、ひっかき回すんじゃないか。みつけたいものは何もみつからないだろう、だが、まさにそのせいで、怒り狂って、嫌がらせをしてやろうと思うんじゃないか。大切な原稿だと気づいて、書類の束から、一枚、二枚、三枚と抜き取ってやろうなんて悪魔の所業に及ぶのではないか。

リュボミル　ああ！

パヴレ　そうさ、意地の悪い怒りに駆られた女性は、想像もつかないような無分別なことをしかねない。この原稿を安全なところに置いておきたい。君に託したいんだ。

リュボミル　（託されたことに驚いて）おお、パヴレさん！

パヴレ　（原稿を渡しながら）君に託す。大切な原稿だ、大事に保管してくれ。

リュボミル　安心してください。しっかりと保管します。

パヴレ　頼んだよ、それじゃあ、さようなら！

リュボミル　さようなら！（出ていく。）

第十一場

パヴレ（一人）

パヴレ　（電話をかける）もしもし……もしもし！　ラディチとトドロヴィチですか？　電話口はどなた？　あなたですか、ペタルさん？　こちらは技師のマリッチです。しばらく不在にするのでお知らせします。そちらの債務の期限は二日以内です。共同経営者のノヴァコヴィチ氏にご連絡ください。私同様に、正式に会社としての署名ができます、口座は会社名義です……そうです、そうです、彼にご連絡ください。

第十二場

マリヤ、パヴレ

マリヤ　（入ってくる。）ノヴァコヴィチさまです。
パヴレ　（たじろぎ、いら立って）やつが！
マリヤ　おっしゃったとおりに申し上げたのですが……

パヴレ　いや、構わん、お通ししろ！
マリヤ　（下がる。）

第十三場

ノヴァコヴィチ、パヴレ

ノヴァコヴィチ　（非常に愛想のいい様子で）おはよう、現場にいたんだが、お前がいないのに気づいてね。たいしたことないだろうと言って、様子を見に……
パヴレ　（自制しきれずに）お前は現場に行っていない、俺が病気だとも思っていない、妻がここに寄こしたんだ。さっき慌ててお前のところに行っただろう、そして、俺が盗みをして、お前たち二人の秘密をあばいたと言っただろう。どんな様子かを知るために、お前を送り込んだんだ、そんなことはわかっている。
ノヴァコヴィチ　秘密って何のことだ！　意味がわからん。
パヴレ　（近づいて、顔を見つめて）くそ野郎！

ノヴァコヴィチ　（侮辱されて）どういう意味だ？

パヴレ　お前がくそ野郎で悪党だって意味だ！

ノヴァコヴィチ　許さんぞ、そんな言い方は！

パヴレ　そうだろうさ、俺にしたって別の話し方をすべきなんだが……いまは無理だ、あとで話そう！約束だ、あとで話そう！

ノヴァコヴィチ　（少し近づいて）いいだろう、パヴレ、いずれ率直に話し合おう。

パヴレ　率直な会話というのが、お前が罪を認めることを意味すると思っているのなら、大間違いだ。お前の告白なんていらない。

ノヴァコヴィチ　告白ではなく、弁明は？

パヴレ　悪徳を弁明できるのか？

ノヴァコヴィチ　お前は間違いなく正しい、侮辱されて、自己愛が危機に瀕している。

パヴレ　名誉だ！

ノヴァコヴィチ　自己愛だ！

パヴレ　自己愛でも構わん、だが、一体全体、それを破壊する権利がお前のどこにある？

ノヴァコヴィチ　まったく、パヴレ、お前はもうちょっと冷静に人生を見つめることができないのか？　それが人生だ、人生ってのはそういうもんだ！　昔からずっとそうだ。お前は仕事に明け暮れている。朝早くに現場に出かけて、立ったまま昼飯を食い、夕食のときには疲れ切っている。そのうえ、本に没頭して、なにやら研究をしている。妻に優しい言葉をかけてやることすらしない。ところが、妻の方は、若く、人生を愛し、自分を見てほしい、大事にしてほしいと思っている。

パヴレ　それで結婚が破綻すると言うのか、大切な友人で、仕事の相棒でもある男が恥ずべき共謀に至る理由がそれだと言うのか。

ノヴァコヴィチ　俺かほかの男か、そこに違いはない。俺はたまたま十分な時間があった。彼女の気を惹くすべも持ち合わせていたかもしれん……

パヴレ　思慮分別をすっかり忘れるくらいの下品さもな。

ノヴァコヴィチ　わからん、なぜそんなに興奮しているんだ？　人生には受け入れるしかないこともある。こんなときに強情を張るのは、本当に野蛮だぞ。

パヴレ　（冷笑的な態度に激怒し、小走りに歩いて扉を開け、椅子を摑んで振りまわしながら）出ていけ！　出ていけ！

ノヴァコヴィチ　（出ていきながら）野蛮そのもの、だろ？

パヴレ　出ていけ！

ノヴァコヴィチ　（遠ざかっていく。）

第十四場

パヴレ、マリヤ

パヴレ　（興奮が冷めたあと、ベルを鳴らす。）

マリヤ　（入ってくる。）

パヴレ　マリヤ、服を用意してくれ、あの青いスーツはほかに必要なものとは別にしてくれ。

マリヤ　ご旅行ですか？

パヴレ　そうだ！

マリヤ　長旅ですか？

パヴレ　（神経質に）そんなことはわからん。

マリヤ　スーツケースはどれがよいかと思いまして……大きい方にしますか、それとも……？

パヴレ　どっちもいらん、必要ない！　ハンカチ一枚だってこの家から持ち出すつもりはない……必要ない！

マリヤ　かしこまりました。

パヴレ　何もいらん。行っていい、呼ぶから！
マリヤ　（出ていく。）

第十五場

パヴレ、リナ

パヴレ　（ふっと考え込み、ポケットから盗んだ手紙をすべて取り出すと、ぐしゃぐしゃにして、さも忌まわしそうに床に捨てる。）
リナ　（入ってきて、まっすぐパヴレのほうに行く。パヴレの前に立つが、おずおずとして、先ほど見せた気位の高そうな様子もない。）パヴレ、お話したいことがあります。
パヴレ　すまないが、時間がないんだ。いま、旅に出ようとしていてね。
リナ　どこへ？
パヴレ　あてはない。
リナ　長く？

パヴレ　わからない、長く見積もっておいたほうがいいだろう、すごく長く。

リナ　（怯《おび》えて）それはつまり……？

パヴレ　（出ていきながら）つまり、旅に出るということだ。（急いで出ていく。後ろで扉をバタンと閉め、ふりかえらない。）

リナ　（ようやく真実をすべて悟り、彼の背中に向かってかん高く叫ぶ）パヴレ！（出口のそばにある椅子に倒れ込み、すすり泣く。）

幕

第一幕

趣味よく整えられたミラン・ノヴァコヴィチの部屋

第一場

ノヴァコヴィチ、リナ

ノヴァコヴィチ （朝のお茶を終えて、少しぼんやりと座りながら、銀のスプーンを手に持ち、眺めている。）

リナ （彼の向かいに座っている、豪奢な化粧着を着ている。）また憂鬱そうにして、浮かない顔をして。（立ち上がって、背後に回り、抱きしめる。）浮かない顔だなんていや。いつも楽しそうなのがいいわ。

ノヴァコヴィチ　幸せな結婚はいつも楽しいものだよ。
リナ　じゃあ、わたしたちの結婚は幸せではないの？　なにか不満が？
ノヴァコヴィチ　（きっぱりと否定して）いや、違う！
リナ　（キスをしながら）じゃあ、楽しそうにして。
ノヴァコヴィチ　大したことじゃない、ささいな、口にするほどのことでもないんだが……
リナ　つまり、なにかあるの？
ノヴァコヴィチ　そう、でもくだらない、ささいなことなんだ。
リナ　聞きましょう、言ってちょうだい。
ノヴァコヴィチ　（スプーンを見せながら）このモノグラムを見てくれ。お前が最初に結婚したときの名前だ。互いの手を取ってからもう二年半になるのに、まだ痕跡があるんだ。
リナ　でも、まあ、ミラン！
ノヴァコヴィチ　そう、自分でもささいなことだとわかっているが、ただ、毎朝、自分の鼻先にこのモノグラムを置かれて、毎朝、前の夫のことを思い出させられるのは不愉快だ。
リナ　（彼を抱きしめ、かわいらしく笑う。）あらあら！　なんてこと！　そんなこと思いもよらなかった、こんなに簡単なこと……（ベルを鳴らす。）ほんとうに、まったく思いもよらなかった。

第二場

アナ、前場の顔ぶれ

アナ （若くてかわいい女の子、入ってくる。）

リナ （テーブルを指して）これを片づけて。いい、アナ、今後、この銀のスプーンは出さないで。小さな戸棚にある銀メッキのほうを出して。

アナ はい、わかりました！

リナ （スプーンを一本手に取り）それから、だんな様が仕事に出たら、このスプーンを持っていってほしいのだけど……あなた、カッシーナの向かいにある貴金属屋さんを知っている？　あの店には前にもお願いしたことがあるの。あそこへ行って、聞いてちょうだい。この十二本のスプーンを鋳直して、新しいのを作れるかって。

アナ かしこまりました！（その間にスプーンを集めて、出ていく。）

第三場

前場の顔ぶれ、アナを除く

リナ　さあ、これでいい?

ノヴァコヴィチ　(キスをして)気遣いができるうえに、思い切りがいいね!

リナ　もちろん!　わたしの幸せを曇らせることは、どんなささいなことだって、許さない。

ノヴァコヴィチ　(立ち上がり、リナを抱きしめて)ありがとう、十分すぎる愛の証だ。

リナ　愛の証としてしたんじゃない、そうしよう、そうしなきゃと思ったからよ。

ノヴァコヴィチ　(手にキスをして)じゃあ、行ってくるよ。

リナ　あらまあ、わたしって子どもみたい。あなたがお役所勤めなんか引き受けなきゃよかったのにと思ってしまった。そうしたら一日中家にいて、わたしとだけ一緒に、わたしはあなたとだけ一緒にいられたのに。(笑う。)子どもみたいでしょ?

ノヴァコヴィチ　だけど、その子どもっぽいところも好きだよ。じゃあ!

リナ　(抱きしめて、扉まで見送りにいく)もうひとつ。どんなルートで職場に行ってもいいし、なんなら三十分かけて行ってもいいけど、でもお昼には、お昼には急いで、急いで家に帰ってくるって約束して。

ノヴァコヴィチ わかった、わかった！（戸口でキスをして、出ていく。）

リナ （まだ戸口にいて、外に向かって話す。）アナ、だんな様をお見送りして！

第四場

リナ、アナ

リナ （もうしばらく戸口に留まり、手を振り、中に入る。）

アナ （戻ってくる。）

リナ だんな様はお出かけになった？

アナ お出かけになりました。

リナ アナ、わたしは着替えに行くから、あなたは出かける準備をしてちょうだい。そう、よくぞ思い出したわ！　貴金属屋に行く途中で、ポワンカレ通りのスルツキ夫人のところに寄ってちょうだい。それで、ネグリジェができるのはいつですかって聞いて。一週間という約束だったのに。わたしが怒っていると伝えて！

アナ　かしこまりました！

リナ　（左の部屋へ出ていく。）

第五場

アンタ、アナ

アンタ　（中背、痩せ型、禿げ。部屋に駆け込んでくる、怯えた様子、だれかに追いかけられているかのようにふりかえる。椅子に座り、アナが口を開く前に）アナ、水をくれ！

アナ　ただいま！（出ていき、少しして水の入ったコップを持って戻る。）

アンタ　（飲み干して）ありがとう！　奥さまはどこだい？

アナ　お着替え中です。

アンタ　着替え？　こんなときに着替えをしているだって？

アナ　すぐにご準備ができます！
アンタ　早く！　早く！　女性の着替えが早かったためしはない。（思い出す。）それにしても、アナ、奥さまは今朝、興奮しておられる様子だったかい？
アナ　興奮ですか？
アンタ　興奮した女性の意味はわかると思うがなあ、これまでに興奮したことはあるだろう？
アナ　奥さまはまったくいつもどおりのご機嫌でした。
アンタ　そうか、つまり、動揺するようなことはなにも耳にしていないんだね？
アナ　はい、わたしが存じあげるかぎり、なにも。
アンタ　行って、お呼びしてくれ。とても大事な話がある、ボタンを全部は留めなくてもいい、と言って。お呼びしてくれ！
アナ　（出ていく。）

第六場

アンタ、あとからリナとアナ

アンタ　（椅子に座りながら神経質に動く。大きなポケットからハンカチを取り出して、額や首の周りの汗を拭く。）

リナ　（着替えを済ませている。驚き、不安げに）まあ、どうなさったの？　なにかあったんじゃないとい
いけど。

アンタ　（リナに付き添ってきたアナに）アナ、水をもう一杯！

アナ　（出ていく。）

アンタ　いや、なんでもない！

リナ　でも、そんなに興奮して？

アンタ　たしかに興奮しているが、話を聞いたらそうなるさ。

リナ　つまり、なにかあったのね、お話しになって！

アナ　（水の入ったコップを持ってくる。）

リナ　（アナに）下がってなさい！

アナ　（出ていく。）

リナ　話して、話してください、だれかがひどい病気だとか？

アンタ　こんなときに病気だなんて、よしてくれ。

リナ　（怯えた様子で）じゃあ、ああ、まさか、死んだとか？

アンタ　死んだ？　ハハ、死んだか！　そうだったらよかったんだが、じつは死んでいないんだ。

リナ　でも、だれ、いったい、だれのこと？　苦しめないで、早く言ってちょうだい！

アンタ　心臓は弱い？

リナ　ええ！

アンタ　そうか、じゃあ、慎重に、遠回しに話さないと。

リナ　いいわ！　でも一度に話してしまって。

アンタ　そうするが、慎重にだ。座って。

リナ　（座る。）

アンタ　（リナが座ってから）水はここにあるからね！

リナ　（いらいらと、不安げに）お話になって、お話になってよ！

アンタ　ええと、教えてほしいんだが、自分の少女時代を覚えているかい？

リナ　どういう質問？

アンタ　言っただろう、遠回りしなきゃって。だから、自分の少女時代を覚えているかい？

リナ　ええ、そりゃあ！

アンタ　つまるに、女性になる前は少女だった？

リナ　すみませんけど。

アンタ　わかってる、そんなことはわかりきっていると言いたいんだろう、ただ、確認したいんだ。それで、結婚して、少女ではなくなった？

リナ　（興奮して）すみませんけど、冗談のつもりでしたら、趣味が悪いと思います。それに、わたし……

アンタ　少しのしんぼうだ、すぐに本題に入るから。君は結婚した、すばらしい、それからどうなった？

リナ　未亡人になりました。

アンタ　そこだ、それを待っていたんだ。その情報は正しくない。

リナ　正しくないってどういうことです？

アンタ　すまないが、慎重に話さないと。

リナ　でも、どうなさったの、アンタおじさん、今朝は。どうしてなぞなぞなんかするの、この会話はなんなの？

アンタ　少ししんぼうしてくれ、頼むから。すぐにすべて明らかになる。まずは、未亡人であるという根本のところを考えてみよう。君の夫はある日、君に腹を立てて、家を出ていった。どこへ行くか、いつ戻るかはわからないと言った。捜査機関に対して、君はそう証言した。

リナ　ええ、そう！

アンタ　そうして彼は出ていった、正確には姿を消した。翌日、ドナウの岸で、彼の服がみつかった。コートからは彼の書類、身分証明書がみつかって、状況は明らかだった。遺体は六週間後にドナウの下流でみつかって、損傷が激しかったものの、六週間、水のなかにあったことが確認された。つまり、ちょうど、君の夫が姿を消してからと同じ期間ということになる。シャツには君の夫のイニシャルが入っていた。それで厳かに彼を埋葬した。君は棺の後ろを歩き、俺も葬式に行った。

リナ　（いらいらと）すみません、すでに何千回も話されて、繰り返されてきたことを、いまさらわたしに話して、なんのつもり？　それでわたしはここにいます。そんなこと思い出したくない。

アンタ　いいさ、そこは飛ばそう！　だが、飛ばせないことが一つだけある。未亡人になって君はどうした？

リナ　再婚しました。

アンタ　そう、それが、いいかい、間違いなんだ。再婚すべきではなかった。

リナ　それはわたしの勝手です、いいとか悪いとか言われたくない……

アンタ　そうだろうとも、でも、間違いだったんだ。そう、サヴェタ・トミッチのことを話そう。清らかな女性だが、貧しくて、いろんな家で働いて、生計を立てていた。

リナ　なんなの、サヴェタ・トミッチなんてどうでもいい。サヴェタのことってなに！　頭がおかしくなったみたいにうちに飛び込んできて、ひそひそと謎めいたことを言って、わたしを神経質にさせて、興奮させたあげくに、サヴェタだかなんだか知らないけど。

アンタ　いや、そうじゃない、サヴェタだかなんだかじゃなくて、実際にサヴェタがいるんだ、もう少し

リナ　聞いてくれ、そうしたらわかるから。
アンタ　(座って、あきらめる。) じゃあ、話してください！
リナ　サヴェタ・トミッチは、夫を戦争で亡くした。前線で殺されて、埋葬されたんだ。戦死したという正式な通知があって、それで、未亡人になった。それから、車掌と再婚することになった。ひとり身のあいだは大変な苦労をして、自分で生きていたんだ。二度目の夫との結婚生活はうまくいって、この先もうまくいくはずだった。なのに、ある日、夫が生きて帰ってきた。
アンタ　(硬直し、飛び上がって、まっすぐ彼の目を見る。)
リナ　それでだ、二度目の結婚はすぐに取消になった。二度目の夫と結婚したとき、サヴェタは未亡人ではなかったからだ。彼女は最初の夫のところに戻された。
アンタ　(動揺して、青くなる。) ああ、お話をわたし理解している？
リナ　少し水を飲んで、ほら、ほら！
アンタ　(おとなしく、無意識に水を少し啜る。)
リナ　座って！
アンタ　(安楽椅子に身をまかせて、絶望して腕を振りながら) 話してちょうだい、どうか話して！
リナ　彼を見たんだ！
アンタ　(恐怖のあまり金切り声で) だれを？

アンタ 彼を！

リナ （絶望して）いったい、だれを？

アンタ 君の最初の夫だ。

リナ 恐ろしい、あんまりだ！　どうして、どうしてわたしを苦しめにきたんです？　だれがあなたを寄こしたの？　なにを言っているの？　そんな世迷い事をあなたの頭に吹き込んだのはだれ？　なにが望み？　いったいなにが望み？

アンタ 彼を見たんだ。

リナ 彼を知っています？

アンタ 知らないはずがないだろう。彼に一万ディナール借りているんだ。神よ、彼を許しまえ！

リナ （ひどく興奮して）そんな……そんなことありえない……頭がおかしいんじゃない……そんな……ああ、気が狂いそう！

アンタ やめてくれ！　いまはそのときじゃない。

リナ いいえ、そんなの嘘。嘘だと言って、言ってちょうだい！　もしほんとうのことなら、どうしよう、なにも考えられない。

アンタ こんなふうに慎重に、遠回しに言っていなかったら、どうなっていたことか。

リナ （神経質に電話を摑む。）もしもし、もしもし！　ノヴァコヴィチさんは？　えっ、まだ職場に来ていない？　ありえない、見てきてください。まだいない！（受話器を置く。）ああ、どうしよう！

アンタ　どうして彼に面倒をかけるんだ？

リナ　夫以外のだれと相談するっていうの。

アンタ　そりゃそうだ、その権利がある！

リナ　（もう一度電話に近づくが、番号を回さない。）いいんですか、夫に言いますよ。もし冗談だとか、見間違いだとしたら……

アンタ　まったく、だれがそんな冗談を言うんだ！　彼の姿を目にして喜んでいるとでも？　彼を見た、見間違いじゃない。リスティチは自分の店の前に立っていたんだが、彼を見たときにひどく驚いていた。真っ青だった。二人が別れてから、死んだマリッチが近づいていって、手を振り、店の扉のところで話し込んでいた。リスティチに近づいて、聞いてみたよ。失礼します、いまお話されていたのはどなたですか？　店主はこう言った。あれは、わしがお葬式に出た人です。技師のマリッチさんです。どうしてこんなことになったかをいま説明してくれました。リスティチは故人ときじきに会話をしたあと、そう言ったんだぞ。

リナ　もしもし！　もしもし！　ノヴァコヴィチさんは？　なんですって、まだ職場に来ていない。（神経質に受話器を置く。）恐ろしいこと！　ありえない！　お願いです、おじさん、庁舎に行ってきてください。あの人はもう着いているはず、ほかの部署で捕まっているのかもしれない、でもきっといる。急いでみつけて、すべて、すべて放り出して、家に急ぐように言ってください。

アンタ もうすぐ着くだろう、しばらくすれば着くよ。ちょっと待ちなさい。

リナ いいえ、いいえ、もう待てない。こんなこと耐えられない。耐えられない。行ってきて、お願いです！

アンタ （立ち上がって）わかった、行ってくるよ！

リナ 一緒に帰ってきてください。

アンタ うん、うん、わかっているとも。（出ていく。）

第七場

アナ、リナ

リナ （ベルを鳴らす。）

アナ はい、奥さま！

リナ （茫然と）あの……なにを言おうとしたんだっけ、わからない……忘れてしまった……思い出したら、また呼ぶわ。

アナ　かしこまりました!（出ていく。）

第八場

ミレ、リナ

ミレ　（ダンディ、顔に粉をつけて、化粧をしている。彼女に近づき、抱きしめ、キスをする。）僕の可愛い子ちゃんは何をしているのかな?

リナ　（彼の肩に頭をもたせかけて）ああ、ミレ、わたしなんて不幸なの、なんて不幸なの。

ミレ　どうしたの、小鳩ちゃん?

リナ　信じられないと思うけど、いまから話すわ……わたしだってまだ信じられないもの。信じないわ。信じられるわけないわ。ほんとうにひどい!

ミレ　いったいどうしたの?　ひどく興奮しているね。

リナ　普通では起きないようなことなの、あんまりにも奇妙なもんだから、どうしたらいいのか、落ち着いていられないし、考えることもできなくて。

ミレ　（彼女の手を撫《な》でながら）だから、何があったのか言ってごらん？

リナ　考えてもみて、最初の夫が、入水《じゅすい》自殺をした夫が、現れたの。生きていたの。

ミレ　（驚いて）え、なんだって？　生きていた？　そんなこと、絶対ありえないよ。ねえ、きっと少し熱があるんだよ。ほら、体温が高い。熱があるから、夢のなかに出てきたんだよ。

リナ　信じないだろうってわかっていた！　そう、そうよ、信じられるようなことじゃないわ、でも……それでわたしがどんなに気が動転するかはわかるでしょう。

ミレ　落ち着いて、可愛い子ちゃん。そんなことはほんとうじゃないよ。

リナ　ほんとうなのよ、ああ、ほんとうなの。なぜだかほんとうだってわかるの。どうしてかはわからないけど、なぜかわかるの。

ミレ　だけど、彼の遺体はみつかって、身元も確認されたでしょう……

リナ　十分な証拠がみつかっていないと言う人たちはいた。でも三年も消息がなかったから。それが一番の決め手だったの。

ミレ　もしそれがほんとうだったら、君はじつにまずい立場に立つことになるよ。

リナ　彼のところに戻らないといけないのよ。想像してみて、彼のところに帰らなきゃいけないの。いまようやく、この新しい人生で、結婚生活の幸せの意味がわかったのに、それなのに、牢獄のような結婚生活に戻ることができる？　ミレ、あなただって失ってしまう！（彼の腕に崩れおちて、すすり泣く。）

ミレ　勇気をだして、可愛い人。出口はきっとみつかるさ。だれかの助言が必要だね！

リナ　助言？　だれに聞けばいいっていうの。三十分も夫に電話しているのに、まだ職場にいないのよ。出かけていったのは間違いないのに、まだ着かないの。

ミレ　（腕時計を見て）十時前に職場に着くことはないよ。

リナ　たしかな情報があるみたいに言うのね？

ミレ　うん、君も知っているだろう。このごろ彼は職場に行く前に、いつもリードチカのところに寄ってコーヒーを飲むんだ。リードチカがベルリンから戻ってからは、毎日ね。

リナ　（冷ややかに）長くいるの？

ミレ　コーヒーを飲んでいるあいだだから、だいたい十時までかな。

リナ　だれが待ってられるもんですか、早く彼と話さなきゃ。

ミレ　リードチカと同じ階に住んでいるマダム・サレヴは電話を持っているよ。かける？

リナ　ああ、そうじゃない、邪魔はしたくないわ。わたしが知っているんじゃないかなんて、ちらっとも思われたくない。お互いに邪魔しないことが、わたしたちの結婚に調和をもたらしているんだから。

ミレ　じゃあ、我慢して待つしかないね。

リナ　我慢！　簡単に言うのね。

ミレ　一番いいのは、考えないことだよ。ほら、他のことを考えさせてあげる。僕の可愛い小鳩ちゃん、僕は一文無しなんだ、冬の蚊みたいに痩せちゃった。二、三日でお金が入るはずなんだけど、それまで、二百ディナールほど貸してくれない？

リナ　（財布から出して、彼に渡す。）あなたってほんとうによくお金に困っているわね。

ミレ　どうしたらいい、何ができる、僕にできることはしているんだけど、人生はあんまりにも複雑なんだよ！

第九場

アンタ、前場の顔ぶれ

アンタ　（入ってくる。）いなかった、いいか、いなかったよ！

リナ　（ミレに）ですから、申し上げましたように、もし夫が戻っても、お話することはできないでしょう。心配事がありまして。それに、お仕事のことは、職場をお訪ねくださるのが一番です。家では嫌がりますので。

ミレ　（手にキスをして）そういたします、奥さま。それでは、失礼いたします！（出ていく。）

第十場

リナ、アンタ

リナ　（ミレにひそかに投げキスをしたあと、ミレが去ると、アンタのほうを向いて）請願者が自宅まで来るんだったら、なんのために職場があるんだかさっぱりわからない。それで、いなかったですって？

アンタ　いなかった。

リナ　でもいるはずなのに！

アンタ　いま行ってきたんだから。

リナ　（受話器を取って、番号を回す。）もしもし、もしもし！　ミラン、あなたなの、あなたなのね？（アンタに）ほら！

アンタ　（びっくりする。）

リナ　聞いた？　なにも聞いてない？　急いで家に帰ってきて！　お願い！　着いたばかりで椅子にも座っていない？　座らないで、お願い。急いで帰ってきて、緊急の、大変なことがあって。あなたを待ちすぎて気が狂いそう……お願い、急いで！（受話器を置く。）来るって。

第十一場

スパソィエ、前場の顔ぶれ

スパソィエ　（成金。）ごきげんよう！（リナの手にキスをする。）申し訳ない、二度ノックしたんだが。お騒がせしたくはない、お願いがありまして、伺いました。娘が婚礼衣装の生地を見て回りたいと申しておるんです、ご存じのように、結婚式の日が近づいておりましてな。あなたがご一緒でなければ嫌だと申しておりまして、あなたがいないのなら無理だと思うほどあなたのセンスを信じておりますもので。

リナ　（いらいらと）構いません、でもいまはだめです、今日はだめなんです。もっと大きな心配事がありまして。あなたにも関係のあることです。

スパソィエ　わしに？

リナ　なにも聞いていらっしゃらない？

スパソィエ　なんのことだかさっぱり。

リナ　（アンタに）そういうわけだから、おじさん、おじさん以外に聞いた人はいないようですよ？

アンタ　聞いたんじゃない、見たんだ。

スパソィエ　いったいなにを見たと？

アンタ　いま話すよ、心臓は弱い？

スパソィエ　ああ、まあ少しは。

アンタ　（ベルを鳴らして）そうだろうとも、歳のせいさ。

第十二場

アナ、アンタ

アナ　（入ってくる。）はい！

アンタ　アナ、新鮮な水を一杯持ってきてくれ。
アナ　ただいま！（出ていく。）

第十三場

リナ、スパソィエ、前場の顔ぶれ

アンタ　（スパソィエに）座ってくれ、慎重に、遠回しに、伝えねばならん事態だ。
リナ　まあ、よして、その慎重にっていうのは。（スパソィエに。）この人の話には終わりがありません。わたしからお伝えします。みんなが死んだと思っていた人、故人だと思っていた人、お葬式をあげた人が、生きていたんです。
スパソィエ　（よろめき、叫ぶ。）なんですと、だれのことです？
アンタ　テラジエ広場の家とか、残された不動産をお前さんが相続した男だよ。
スパソィエ　なにをばかな。くだらん。子どもじみとる……まったく……そんなことがあるもんか。
リナ　わたしだって信じられない。

スパソィエ　だれがそんな話を信じられる？　だれがそんなくだらんことを思いついたんだ？
リナ　わたしは、アンタおじさんから聞きました。
スパソィエ　お前か？
アンタ　俺だ。
スパソィエ　朝、なにを飲んだ？
アンタ　なにも飲んでいない。だがな、いまならガソリンを飲み干せるし、それでもなんともないだろうよ。
スパソィエ　教えてくれ、なんでまたそんな馬鹿げたことを思いついたんだ？
アンタ　見たんだよ、この目ではっきり見たんだ。
スパソィエ　だれを？
アンタ　死んだパヴレ・マリッチを。
スパソィエ　いや、どのパヴレ・マリッチだ？
アンタ　お前さんが遺産相続したマリッチだよ。
スパソィエ　いいか、遺産相続のことは言うな、よかろう、教えてくれ……と言っても、お前に言うことはなにもない、わしも聞きたいことはない。くだらない話をするんだろうからな。「こんな話を聞いた」と言われたなら、嘘まみれのゴシップを広めるなと懲らしめてやるものを、お前は「見た」と言う。「見た」というのは、これはもう悪事と言うよりほかない。

アンタ　(頑固に) 彼を見たんだ！

スパソィエ　(神経質に) また、彼か！

リナ　この話を聞いたときのわたしの気持ち、おわかりでしょう？

スパソィエ　ううむ、たとえばお前がこんなことを言うたとする。太陽が光を失いました、いいだろう、受け入れよう。光輝くものは、いつかは光を失うものだ。受け入れよう！　それとも、こんなことを言うたとする。教会の後見人が鐘楼を飲み込んでしまいました。よかろう、それも受け入れよう。後見人のなかには、教会の財産を飲み込むやつがおるし、腹がでかくなったら、鐘楼と鐘五つだって飲み込むだろうよ。よかろう、それも受け入れよう！　ドナウの流れが変わって逆流していると言うても受け入れる。政府が自由選挙をすることにしたと言うても受け入れる。世界のあらゆる奇蹟を受け入れる、わかるか、あらゆる奇蹟をだ。だがな、三年前に埋葬した男を見たというのは、これはもう、受け入れられん。なぜそれをわざわざ奥さんに伝えに行ったのかと聞かれたらどう答える？　(リナに。) この話を聞いたときのお気持ち、わかりますとも！

アンタ　じゃあ、彼を見たときの俺の気持ちもわかるだろうよ。

スパソィエ　聞きましたか、ああ言えばこう言う。

アンタ　信じてくれよ、彼を見たとき、足が言うことをきかなくなって、歩くのもやっとだった。急に全身にぐっしょり汗をかいて、それから、そんな汗をかいているところにシャツに氷の塊を入れられたみたいに、背中に震えが走って、ぶるぶるしはじめたんだ。

スパソィエ　どうして震えるんだ？

アンタ　どうしてって、一万ディナールだぞ？

スパソィエ　裁判所で返金したと宣誓しただろう？

アンタ　宣誓した。宣誓していないとは言っていない。でもあのとき彼は生きていなかった、それがいまは生きている。

スパソィエ　つまるところ、それで縮みあがっとるんだな？

アンタ　そうさ、当たり前だ。

スパソィエ　待てよ、お前に教えてやろう。（ポケットから小さな本を取り出し、頁をめくる。）これは刑法典だ。わしはこの本をいつも持ち歩いておる。マニュアル本としてな。非常に役に立つ。この本から学ぶことは非常にたくさんある。いわば、人生の指南書だ。（頁をみつける。）ほら、ここだ。第一四四条、偽証。（声に出して読む。）「一年の懲役と一年の市民権喪失。」それ以上の可能性もあるが、一年は堅いと思うておいた方がいい。

アンタ　だれのことだい？

スパソィエ　そりゃ、お前だよ！

アンタ　なんで？

スパソィエ 偽証したからさ。
アンタ まったく、よく言えるな。懲役だって？　しかもそれを、プラム一キロとかタマネギ一キロみたいに言いやがって。ひどいじゃないか、懲役だぞ！
スパソィエ それと市民権喪失。
アンタ そんなことはどうでもいい、市民権がなくても楽しく暮らせるだろうさ。だが、懲役となれば、話は違う。それに腹が立つのはだ、どうしてお前さんが、なんだってお前さんが、俺に罰を宣告できるんだってことさ。
スパソィエ わしはお前を訴えるべきなんだ、一万ディナールを詐取されたんだからな。
アンタ そら来た！
スパソィエ そう、わしがだ！　債権者が自殺をしたときに、総資産の目録が作られた。お前は債務を負っておるんだ。近親者として相続したわしに対してな。
アンタ おっと、いまわかった、さっきパヴレ・マリッチが生きていると聞いたときに、お前さんがあんなに喜んだ理由がね。そうだ、近親者のお前さんが喜ばなかったら、だれが喜ぶんだ？
リナ (二人の会話に苛立《いらだ》つ。) ちょっと、お二人がお話になっているのは、どれもこれもいまはどうでもいいことばかり。
アンタ それはそうだが、この人が懲役とか言うもんだから。懲役だと。まるで、俺にはほかになんの仕事もないみたいに、懲役だって。どうしてご本人は、人生の指南書を見て、自分が何年の刑になるかを計算してみないんだ。

スパソィエ　だれからも一万ディナールを詐取していないもんでね。

アンタ　していないだって、はっ！　それはお前さんにとっての真実だろう、そんなはした金で手を汚したりしないよな。だがな、テラジエ広場の三階建ての家、駅のそばの大きな区画、ペタル王通りの店二つ。そりゃあ、大きいよな。

スパソィエ　いったいなにが言いたいんだ？

アンタ　三つの偽証、七つの偽の証明書、四人の弁護士、それで、相続。お前さんの指南書を見てみるんだな。そうした事例にはなんて書いてあるだろう。

スパソィエ　（怒りに震え、殴り倒さんばかりに握りこぶしで迫る。自制して、近づく。）いまは言わせておく、だが、二度と言うな！

第十四場

ノヴァコヴィチ、前場の顔ぶれ

ノヴァコヴィチ (興奮して入ってくる。) なんてこった、なんてこった、そんなことがあるか?
リナ (彼のそばに急いで) ご存じなの?
ノヴァコヴィチ いま、途中で、タディチさんに会って、聞いたんだ。彼に会った、話をしたって。それまでは何のことやら訳が分からなかったよ。
アンタ 俺も彼を見たんだ。
ノヴァコヴィチ 見た?
アンタ いま君を見ているみたいにね。
スパソイエ それなら、つまるところ、死も信じられんということかね? 死もまた欺くとな。(ポケットから取り出す。) みなさん、これは死亡証明書か、そうではないのか?
アンタ (のぞき込んで) お前さんが署名したのかい?
スパソイエ いいや、むしろお前じゃないか! これは死亡証明書ではないのか、みなさんにお伺いしたい、わしらは彼を埋葬したのではないか……？

アンタ　第十七区画の三十九番の墓にね。

スパソィエ　あそこで三年も楽しく立派に過ごしておったんだろう？　そうだろう？　いったいなんでまた、急に生きとるなんて？　なんでそんなことが起こりうるんだ？　だれでもできるのか？　西側諸国は法整備されているから「死んでいる者は、死んでいる」法でもありそうだな。それにひきかえ、この国ときたら……

アンタ　国家はだれかを死なせることはできない。

スパソィエ　それは、つまりなにかね。十一年前に死んだわしの妻がいつか現れるともしれんということか。妻が元気そうに姿を現して、それで「ごきげんよう」と言うたら、妻にこう言うのか、「ごきげんよう、どうぞお入り！」いやはや。

ノヴァコヴィチ　いま問題なのは何が起こりうるとか起こりえないじゃなくて、彼がここにいるということです！

スパソィエ　だがどうやって？　どこから来た？　墓から起き上がったのか？　復活したのか？　逃げ出したのか？　どこかから落ちたのか？　木とか、月とか、火星とか？

ノヴァコヴィチ　旅に出ていたそうですが。

スパソィエ　墓場からここへどうやって旅をしたんだ、どの列車だ？　わからん、こんなことは人生で初めてだ。（腰を下ろす。）

リナ　（ミランに）くわしいことはなにもご存じないの？

ノヴァコヴィチ　いや、知っている、みんな、彼は死んでいなかったと言っている。

スパソィエ　そりゃ、いまは否定するだろうさ。

ノヴァコヴィチ　「エクセルシオール」にいたそうです。

スパソィエ　どの区画だ？

ノヴァコヴィチ　ホテル・エクセルシオールです。さあ、知っていることは全部話しました。（座る。）ああ、そう、あと一つ。ラディチのところで、私がどこに住んでいるかを聞いたらしい。訪ねると言っていたそうだ。

アンタ　君を？

ノヴァコヴィチ　私、あるいは……妻かな。

リナ　（怯えて）わたし？　どうしてわたし？

アンタ　そりゃ、あなたが最重要でしょう。

リナ　わたし？

アンタ　そりゃそうだ、事実、あなたは彼の妻なんだから。

リナ　（夫に駆け寄り、ぎゅっとしがみつく。）ミラン、その人が言っていることはほんとう？

ノヴァコヴィチ　（うろたえて）わからん。（アンタに）何の根拠があってそんな話をしておられるのか？

第十五場

アンタ　サヴェタ・トミッチが根拠だよ。
スパソィエ　おい、今度はそれか、サヴェタ・トミッチがなんだと？
アンタ　夫を亡くしたと思って再婚をしたら、最初の夫が帰ってきた。裁判所は正式に二度目の結婚から最初の結婚に戻るように命じた。その際の費用やら引越代やらもなしで。
リナ　（不安げに、ミランに）そんなことがありえる？
アンタ　法律ではそうだということだ。
ノヴァコヴィチ　（リナを安心させようとして）法律が暴力を働くなんて信じない。そんなのは暴力だ。
リナ　（ミランに抱きついて）別れたくないわ！
ノヴァコヴィチ　リナ、落ち着くんだ！　幸せな結婚を壊す法律はないよ。
スパソィエ　（会話を聞きながら、考えをめぐらせていた。）君らが話していることは全部二の次のことだ。全部な。一番大事な、根幹にかかわる問題は、だ。三年前にわしらが丁重に心からの葬儀をした人物がどうしてこんなことに、どうしてまた、なんの所以で……？

リュボミル・プロティチ、前場の顔ぶれ

リュボミル　（新聞各紙を持っている。青ざめ、すっかり動転している。）これはなんです？　一体これはなんです⁉（気づく。）すみません、奥さま！（リナに近づき、手にキスをする。他の者たちと挨拶する。）これはなんです？

リナ　大丈夫ですか？

アンタ　（ベルを鳴らす。）心臓は弱い？

アナ　（入ってくる。）

アンタ　（アナに）水を一杯！

アナ　（出ていく。）

リュボミル　（疲れて安楽椅子に沈み込む。）なにも、なにも、大丈夫です、なにも。これはなんです、一体これはなんですか？

ノヴァコヴィチ　だれから聞いたんだ？

リュボミル　だれ？（新聞を差し出す。）ほら、新聞はそのことでもちきりです。

一同　（叫ぶ）新聞？（新聞を掴み、それぞれが新聞を開く。）

アンタ　うわ、わわわ、見出しが大文字だ。

スパソィエ　（一つの見出しを読む）みなさん、お聞きなさい。「死者が立ち上がる。」

アンタ　（読む）「審判の日が来るとき、死者は墓から立ち上がるであろう。」

ノヴァコヴィチ　（読む）「第十七区画、三十九番の墓が開いて、死者が立ち上がった。」

リュボミル　（読む）「死者は立ち上がり、死者は語る。」

アナ　（水を一杯持ってくる。）

リュボミル　（水を飲み干す。）

スパソィエ　新聞がこんなに注目するほどおもしろいこととは思わんが。

リュボミル　通りにいるときに愕然《がくぜん》とするニュースを知ったときの気持ちが想像できますか。そのときまで、なんにも知りませんでした。路面電車《トラム》の駅で待っているときに、新聞を開いたら、派手な見出しが目に飛び込んできて。「死者は立ち上がり、死者は語る」、ですよ。最初の数行を読んだら、あっという間に汗が噴き出ました。

リナ　わたしもそうでした。

リュボミル　額から汗が噴き出て、手は冷たくなってきて、目がくらくらして、壁にもたれました。

スパソィエ　（腕を摑んで、脇へ連れていく。ひそひそと）わしにはわからんのだが、婿殿、このことでなぜそんなに動揺しとる？　ほかの者どもがそうなるのはわかるが、なぜ君が……？　死んだマリッチとどういう関係があったんだ？

リュボミル　（神経質に、まだ興奮して）いまはお話できません。
スパソィエ　かなりの額のことなんだろうね？
リュボミル　ええ、そんなところです！
ノヴァコヴィチ　（ずっと新聞を読みふけって）おお、ほらここに何が起きたのか、正確な記述がある。インタヴューの全文だ。
一同　（ノヴァコヴィチの周りに集まり）読んで、読んでください！
リュボミル　（一人だけ離れて、暗い顔で座るものの、読むのを聞いている。）
ノヴァコヴィチ　（読む）「本紙記者の、事前に考えて計画通りに実行したのかという質問に答えて、マリッチ氏は計画的な行動という考えをきっぱりと否定した。彼は次のように事態を説明している。「破滅的なことが私の身に起こりました。妻がひどい不正を行なったために、深い傷を負いました。失望していたとはいえ、私はその妻を、彼女のせいで苦しんでいるときも……」
リナ　お願い、くだらないところは飛ばして。
ノヴァコヴィチ　（読む）「非常に動揺して、そのとき何をすべきかわかりませんでした。」
アンタ　（リナに）彼は心臓が弱いのか？
スパソィエ　もう、邪魔をせんでくれ！　どうぞ読んでくだされ！
ノヴァコヴィチ　（読む）「決断しようとしましたが、自分が怖かった。性急な決断をして、そのせいであとになって後悔するのが見えていたからです。そのとき思いついたんです、離れよう、逃げよう、誰もが最低な共犯者に見える環境から立ち去ろう、一人になって、落ち着いたら、何をどうすべきか決めよう、と。どこへ行くかは誰にも告げずに、旅に出ることにしました。だいたい、そのとき、私は自分でもどこに行くのかわかっていませんでした。車掌が検札に来た時に、私は切符を持っていませんでした。どこへ行くのかと問われて、どこへ行こうとしているのだろうと思いました。最終的にウィーンに行くことに決めたのは、あそこが一番居心地がよかったからです。ウィーンはよく知っていますからね。」

アンタ　まったくだ。それで二、三日後に帰ってくれれば、万事問題なかったのに。

スパソィエ　いや、後生だから、邪魔をせんでくれ！……（ノヴァコヴィチに。）どうぞ、続きを読んでくだされ！

ノヴァコヴィチ　（読む）「ウィーンでは大学のそばのホテルに滞在しました。二、三日、一人で座って、悩みに悩んでいました。四日目に、ケルトネル通りを下って、同国人が立ち寄るカフェの一つに行けば、誰かに会えるかと思いました。誰もいませんでしたが、ベオグラードの日刊紙がいくつかありました。ある新聞の最新号を手に取り、開いて、びっくりしました。自分の写真が見えたからです。見出しから、自分がドナウ川で入水自殺をしたと知り、自分の自殺についての全詳細を読みました。最初は笑いましたが、そのあと、思いついたんです。よし、これはこの事態からの最良の出口になりうる。死んだと思わせて、生きていよう。」

スパソィエ　事態からの最良の出口とな。ありがたい！

アンタ　彼の見解では、だぞ。

スパソィエ　むろん、そうだ！　だが、わしらにはわしらの見解がある。（ノヴァコヴィチに。）頼みます、続きを読んでくだされ！

ノヴァコヴィチ　（続きを読む）「そうと決めたら、ウィーンは都合が悪い。いつ何時、知り合いに会うともしれない。始発列車でドイツのハンブルクに行って、郊外にある工場に、運よく勤め口をみつけることができました。そこで三年間誰にも気づかれずに過ごしました。その郊外からまったく出なかったものですから。」

スパソィエ　だれかそいつに聞いてくれ、どうしてそんな運よく勤められたところを辞めるのか、どうしてそこで穏やかに暮らさないのか、と。

アンタ　自分の財産を見ようと思ったのかもしれない。

スパソィエ　そうかもしれん！　だが、未払いの請求に来たのかもしれん。

リナ　（神経質に）もうだめ。わたし、落ち着いてなんていられない。

スパソィエ　まあいい、わしらが埋葬したのはだれなんだ？

ノヴァコヴィチ　その質問にも答えています。

スパソィエ　なんと言うております？

ノヴァコヴィチ　（読む）「溺死者はあなたの服を着て、あなたの書類を持っていた、心当たりはありますかという本紙記者の質問に対して、マリッチ氏は話した。「現場監督をしていたロシア人移民のアリョーシャではないかと思います。」」
スパソィエ　アリョーシャ？
ノヴァコヴィチ　（読み続けて）「旅に出ることを決めた日、アリョーシャは私に自殺願望を打ち明けました。ドナウ川に身を投げるとさえはっきり言いました。彼は私の古い服を着ていて、私の書類も持っていました。彼がきっとその自殺者でしょう。」
スパソィエ　アリョーシャ？
アンタ　お前さんは墓でアリョーシャに花輪を捧げたんだな。
リュボミル　（絶望して）これで、全部はっきりしました。ご覧のとおり、状況は絶望的です。
スパソィエ　そりゃあ、絶望的だ！
リュボミル　こんなときに、こんなに興奮しているときに、この先どうなるかなんて見通せませんよ。
アンタ　もちろん、無理だ！（ノヴァコヴィチに。）まあ、たとえば、あんたらは結婚がなかったことになる。
リナ　（ミランにしっかりとしがみついて）ああ、それはだめ、それだけはだめ！
アンタ　（スパソィエに）それからお前さんは財産がなくなる。
スパソィエ　それから、お前は一年の懲役に行く。

アンタ　またか。言っただろう、その言葉は聞きたくないと。
スパソィエ　すべて披露しようと思うたにすぎん。だが、もう一人いる。わしらより厳しい状況に置かれる人物がな。それはジュリッチさんだ。ジュリッチさんについて洗いざらい話してもよろしいかな？
ノヴァコヴィチ　いけません！
スパソィエ　自分の経験、自分の評判、コネクション、すべてを巨大企業に投資した方だ。わしらはその会社に資本と知識を投資しておる。あの方はなんと言うだろう？　そんな状況に陥ったら、つまり、もしマリッチが生きておると認めたら、わしらの会社は根底から崩れてしまう。
アンタ　そんなことは全然大したことない！
スパソィエ　大したことない？　全然大したことないとはなんだ？　金融技術の一大グループ「イリリア株式会社」を聞いたことがあるか？
アンタ　ああ、聞いたことがある。知ってる。
スパソィエ　それだ。このグループは、王国中の湿地、水浸しの地面、湖、汚泥地帯の干拓事業を計画し、政府に認可を求めておる。十二年に及ぶ一大事業で、膨大な工事を予定しておる。少なくとも十の大きな鉄橋、百ほどのコンクリート橋、無数のトンネルと排水路。大規模なんだ、わかったか？
アンタ　わかったが、どういう関係があるんだ。
スパソィエ　どういう関係？　わしらは持っているものをすべて投じた。ノヴァコヴィチさんは、さまざまな税金や準備金、計画の立案やらなんやらで、五十万ディナールほど出した。プロティチ君は、わしの将来の婿で、現在は娘の婚約者だが、会社全体の技術主任に選ばれた。だがな、選ばれたのはわしの婿だからではないぞ、専門家だからだ。婿殿は二年前に『土地開発と干拓』という分厚い研究書を出版した。これが一大センセーショナルを巻き起こしてな。そのおかげで大学の常勤職に選ばれた。この本は学問的価値があるだけではない、水路技術の分野に革命をもたらす研究で新しい方法が示されている。

アンタ　（感心して）どうやったらそんなに専門的に話せるんだい？

スパソィエ　勉強したんだ、こうしたことを話せるように記憶してな。

プロティチ　（スパソィエに）お願いです、お父さん、もうお話にならないでください。話題を変えましょう。

スパソィエ　説明したいと思うてな。

アンタ　で、お前さんとどういう関係があるんだ？

スパソィエ　なにより、この巨大技術投資合弁企業には基本資金がない。合弁企業の立ち上げ資金はすべて最高責任者のジュリッチさんが出している。彼は大臣の弟だ。

アンタ　で、シュヴァルツとローゼンドルフは？

スパソィエ　シュヴァルツとローゼンドルフは、ただの代理店にすぎん。一つは自動車のタイヤ工場の代理店で、もう一つは櫛とか合成樹脂製品の工場の代理店だ。お前はこう言うんだろう。ただの代理店なら、どうして合弁企業に引き入れたんだと？　それはだ、わが国、わが国の金融機関、わが王国では、シュヴァルツとかローゼンドルフとかが入っておると、会社の印象が良くなるからだ。それに、わしらのほうでもただの代理店とは言うておらん。外国の大資本の代表だと言うておる。シュヴァルツはベルギーの資本の代表で、ローゼンドルフはアングロサクソン資本の代表だ。とどのつまり、わしらに資本はいらんのだ。合弁企業ができたら、間違いなく売ってしまうからな。わしらに必要なのは、準備金と供託金だ。準備金はノヴァコヴィチさんが出した。供託金の抵当にはテラジエ広場の三階建ての家を登録してある。

アンタ　だけどあの家は持参金として娘にやっただろう。

スパソィエ　そう、だが抵当にしておるのは一時的なことにすぎん。よし、これで状況がわかったな？　なら考えてみるがいい。死んだ人間が現れて、その供託金を飲み込み、「イリリア株式会社」のすべてを飲み込んでしまうんだぞ。そんなことが許せるか、言うてみろ、許せるか？

ノヴァコヴィチ　（神経質に）だから、そのことについて話しましょう。「イリリア」のことじゃなくて。

スパソィエ　なにについて？

リナ　彼のことよ。故人のこと。彼はいつでもここに来られる。扉が開くたびに、ぞっとする。

スパソィエ　（うろたえるが、気持ちを落ち着けるように）まあ……来たいなら来ればいい……

ノヴァコヴィチ　そうです、ただ問題は彼にどう振る舞うか。

スパソィエ　どう？　そんなの簡単なことだ。彼が生きておると認めてはならん。生きておると認めたら、わしらの利益に反する。だから死人に対するように振る舞うのだ。
アンタ　そりゃどういうことだ？　彼を見たら十字を描くのか？
スパソィエ　お前は十字を描けばいい、わしはいないものとして振る舞うだろう。もし来たら、来ていないように振る舞う。もし挨拶されても、挨拶を返しはしない。死人に挨拶なんてできないからな。ありがとうございます、なんて！
アンタ　もし話しかけてきたら？
スパソィエ　返事をしない。
リナ　わたしは顔をそむけるわ。彼を見たくない。
スパソィエ　わしが見たいとでも？
ノヴァコヴィチ　つまり、無視するのが一番いいとお考えなのですね。完全に無視するのが。
スパソィエ　そこにいないかのようにな。
一同　（合意する。）

第十六場

アナ、前場の顔ぶれ

アナ （名刺を持ってきて、ノヴァコヴィチに渡す。）

一同 （怯えて）彼？

ノヴァコヴィチ 彼だ！

一同 （うろたえて、互いの顔を鈍重に見つめ合う。）

ノヴァコヴィチ （手の中の名刺をひっくり返し、考え込む。ついに決断する。）お通ししなさい。

アナ （出ていく。）

スパソィエ （勇気をかきあつめて）わしにとっては存在せんぞ。

一同 わたしたちにも。（それぞれ異なる体勢を取る。スパソィエは腹のところで腕を組み、天井を見ている。リナはノヴァコヴィチの背中に隠れる。プロティチは深い安楽椅子に沈み込んで、目を閉じている。アンタは鼻を拭こうとハンカチを取り出し、ハンカチに鼻を突っ込んで、そのまま顔を上げない。）

第十七場

パヴレ、前場の顔ぶれ

パヴレ　（入ってきて、一同を見回す。）こんにちは！（だれも返事をしない、だれも顔を向けない。そのままの状態で動かない。長い間《ま》。パヴレは彼らをじっと見つめたあと、ようやくもう一度言う。）こんにちは、みなさん！
スパソィエ　（顔を向けず、そのまま天井を眺め、不機嫌をかきあつめて）聞こえとるよ！
パヴレ　そうですか……私の予想では……
スパソィエ　（我を忘れて）予想とはなんだ？　姿を見せたらわしらが失神するとでも思うておったのか？
パヴレ　そうではありません、親愛なる相続人のおじ上、ただ、喜んで迎えてくださるだろうと思っていました。家族にこんな珍しい、普通ではない状況が生じたんですから。おかげさまで、死の国から戻ってまいりました。
スパソィエ　それは君の問題にすぎん！
パヴレ　私だけではなくて、私の家族のことでもあります。死んだと思っていた夫が帰ってきて、妻は喜ばないのかい？

リナ （困って、ミランの後ろに隠れる。）

パヴレ （スパソィエに）それに、たとえば、もっとも近い親戚は？　法廷で私のもっとも近い親戚だと証言されたそうじゃないですか。それに（ポケットから自分の死亡証明書を取り出して）葬儀のときも。私の死亡証明書にも遺族として署名しておられる。そんな近しい親戚なら、喜ぶはずでしょう？

スパソィエ （うろたえて）そうできればその方がいいかもしれん、だがな、わしの感情を弄ぶのは許せん。君が死のうと思いついたら泣かねばならん、復活しようと思いついたら喜ばねばならんのか。君はずっとそんなふうにやればいい、だがな、わしは付き合わん。泣くときに泣いて、笑うときに笑うことしかできん！

パヴレ （あたりを見回して）それでは、ほかのみなさんはいかがですかな。友人、仕事仲間は、たとえば……？

ノヴァコヴィチ われわれは君の存命中に縁を切った！

パヴレ そうそう、ですが、アンタおじさん、妻のおじさん！　あなたは飛ばして、最後にしましょう。

アンタ 飛ばしちまってくれ！

パヴレ ですが、私の若い友人、プロティチさんのことはずいぶん気にかけて、信頼もして、私の……

プロティチ （しおしおと、近づいて）お願いです、そのことについて、二人きりでお話できませんか。

パヴレ　いいでしょう！　アンタさんは？　あなたも二人だけで話すのをお望みですか？

アンタ　言っただろう、俺のことは飛ばしちまってくれ。

パヴレ　私の妻は、どうかな？

リナ　（まるで刺されたようによろよろとし、重苦しい時間を耐え忍んで、ついにかすれ声で囁《ささや》く。）わたくしの夫とお話くださいませ。

ノヴァコヴィチ　マリッチさん、あなたの前妻は正式に私と結婚し、現在幸せな結婚生活を送っております。どういう根拠があって私の妻を名指しされるのか、どういう根拠があって妻に話しかけておられるのか。

パヴレ　私が生きているというのが根拠です。

スパソイェ　それは証明が必要だ！　こんなふうではいかん。だれでもかれでも現れて、「生きているよ！」などと言うのでは。君が自殺をしたことは捜査によって裏付けられておる。それに従って、君は死んでおる。法のもとでな。だからわしらみんなにとっても君は死んでおる。わしらは君を埋葬した、厳かにだ。わしはリナ夫人と一緒に棺の後ろを歩いた。婿が弔辞を読んだ。娘は六週間喪服を着た。わしは墓に花輪を置いた。それ以上なにが望みと言うのか。それ以上なにを望むと言うのかね？

パヴレ　数々のお心遣いを本当にありがとうございます！

スパソィエ　四十日忌と一周忌も行った。
パヴレ　心から感謝いたします。
スパソィエ　それでは、ほかになにがいるんだ？　わしらはみんな、自分にできることは全部やった。これ以上なにが望みだ？
パヴレ　何も望んでいません。お心遣いに心からの感謝をお伝えしにまいりました。
スパソィエ　そのために来る必要はない。
パヴレ　つまり、私たちにはこれ以上話すことはないと？
スパソィエ　話すことなどない。
パヴレ　私の到着によって状況が変化したことがおわかりではありませんか？　ありとあらゆることが根底から変わるのですが？　そのことについてお話すべきではないかと思います。
スパソィエ　状況が変化したとは思わんが、しかし、もし君が状況の変化に気づいておるなら、その状況の変化から抜け出す方法を、友人として助言してさしあげよう。
パヴレ　喜んで伺います。
スパソィエ　わしらみんなが危うくなると思うておられるなら、それはですな、心得違いというものです。君が死んだあとに築かれたものがあるのです。それをそうやすやすと壊せると思うておられるのか？　とんでもないことだ！　君が状況から抜け出す道はただ一つ、元居た場所に戻り、自分が死んだことを受け入れることです。

パヴレ　たしかに、それは状況から抜け出す道の一つでしょう。ですが、道はもう一つあって、私はそちらに行くことを決めました。

スパソィエ　それはどんな道です？

パヴレ　ここに、あなたがたの間に留まる、という道です！

（不満げな動作。）

ノヴァコヴィチ　それは、われわれの間に留まるのではなくて、われわれに敵対して留まるということだろう！

パヴレ　そうお考えになるならどうぞ。

スパソィエ　それはつまり、君……よく考えたまえ、もう一度よく考えたまえ。

パヴレ　三年間考えました。

スパソィエ　こんなことを考えるのには三十年でも足らん。

パヴレ　お心を騒がせまして申し訳ありません。次に進むためにも、こうしてお話する必要がありました。それぞれ個別にお伺いするつもりではありましたが。

アンタ　俺は飛ばしてくれ！

パヴレ　ですが、一緒にいらっしゃるときにお目にかかれてよかった。ごめんください。（出ていこうとする。）

スパソィエ 待ちなされ。おっしゃりたいのはそれだけですかな？

パヴレ （立ちどまって）言っておきたいのは、つまり、こういうことです。私は生きていますし、生きていたいと思います！（出ていく。）

（一同、驚愕して互いを見つめ合う。）

スパソィエ （最初に我に返って、彼に向って叫ぶが、パヴレはすでに出ていったあと。）だが、わしらも生きていたいと思うわい！ アンタ、やつを追いかけて、叫んでやれ。わしらだって生きていたい、とな！ わしらだって生きていたいんだ！

幕

第二幕

美しく整えられたスパソィエ邸の一室

第一場

ヴキツァ、スパソィエ

ヴキツァ　(趣味のよい服装、まばゆく塗られた爪、整えられた眉、入念に塗られた唇。ソファにもたれかかって座り、投げ出した足を組んで、煙草を吸っている。）どうして理由を隠すの？

スパソィエ　隠してなどおらん、だが、あまりにも、その……

ヴキツァ　よっぽどおかしな理由なんでしょ。結婚の日取りを決めて、いわば全世界にお知らせして、招待状を印刷して、それが急に、全部おじゃんになるなんて……大スキャンダルよ！　どうして、どうしてよ？

スパソィエ　急に大変な心配事ができてな。

ヴキツァ　心配事、心配事って、そんなのいつでもあるじゃない。

スパソィエ　そう、たしかにいつでもある、だがこれは、なんと言うか、一大事なんだ。合弁企業に関係することで、思うてもない大問題が生じて、みんな困っておる。お前の婚約者もだ。

ヴキツァ　そう、あの婚約者もね。あの日までは、一日に二、三回来てくれた。子猫みたいにわたしを見つめていた。愛のこもった言葉をかけてくれて。わたしたちの将来の結婚生活をとってもきれいな色で描き出してくれた。なのに、おとついから、たまにしか来なくなって、来ても落ち着かない様子で、気もそぞろで、話もできない。

スパソィエ　それはだ、わしらはみんな心配事に押しつぶされそうになっておるんだ。だから、いまは結婚式の準備ができない。たった一人の娘の結婚だぞ、人生で一番いい日であってほしいからな……（娘の髪を撫でる。）少しだけ辛抱しておくれ、じきに良くなる、じきに解決するから。

ヴキツァ　そのうえアグニヤおばさんまで呼んじゃって。

スパソイエ　いやいや、呼んではおらん！　昨日会ったら言われたんだ。「明日、ヴキツァに会いに行くわね！」それで言えるか？「来ないでくれ、ヴキツァが嫌がるんで。」
ヴキツァ　嫌よ、嫌なの！
スパソイエ　だが、辛抱しておくれ。第一に、わしの従姉妹だし、それに、大変な金持ちで、独身なんだ。
ヴキツァ　それがなによ？　わたしのせいだっていうの？　どうして結婚しなかったのよ？
スパソイエ　知らんよ。だがな、金を持っとる。しかも、その財産をすべて人道団体に遺贈するつもりだ。オールドミスはみんな人道主義病にかかっておるが、彼女はお前をあてにしとると思うね。
ヴキツァ　（きっぱりと言いたい放題に）我慢できない！
スパソイエ　なんでそんなに嫌がるのかわからん。なにを怒っとる？
ヴキツァ　耐えられないの。パパ、信じてくれる？　わたしが訪ねていくと、初夜のことしか話さないのよ。そのことだけ、そのことだけよ。そのうえ、もったいぶって、ため息ついて。
スパソイエ　まあそう怒るな。ため息をつくたび、理想を思い描いているんだよ。
ヴキツァ　結婚式の夜の理想って？
スパソイエ　理想というのはただ、おまえ、手に入れられなかったもののことだ。
ヴキツァ　おばさんが自分の理想を手に入れられなかったから、いま、わたしが埋め合わせをするのね！

第二場

アンタ、前場の顔ぶれ

アンタ　こんにちは！　こんにちは、ヴキツァさん！
ヴキツァ　こんにちは。
スパソィエ　（ヴキツァに）ちょっと外してくれないか、まさにその心配事の相談があるから。
ヴキツァ　どうぞごゆっくり。（出ていく。）

第三場

アンタ、スパソィエ

スパソィエ　みつけたか？

アンタ　なんとか！　どの新聞社の記者でもないし、自分の新聞があるわけでもないから、みつけるのは大変だった。
スパソィエ　それで？
アンタ　どこかの売れっ子記者みたいに登場して、ジャーナリストだと言った。書くときにわかるか、こんなふうに、手元で書いていた。
スパソィエ　そういうのが入り用なんだ。名前くらいはわかっておるか？
アンタ　わかってる！　ムラデン・ジャコヴィチだ。こう言われている。やつほど鋭く辛辣な者はいない、槍玉《やりだま》にあげられたら、そいつのじいさんの骨が墓のなかでひっくり返るくらいだ。やつほど、黒いものを白くしたり、白いものを黒くしたりできる者はいないと。
スパソィエ　来ると言うたか？
アンタ　今日の午前中に来るそうだ。
スパソィエ　だが、用件は言うとらんな？
アンタ　まさか！　こんなに苦労してみつけたんだが、正直言うと、俺は関わりたくない。俺のことは飛ばすって言っているのに、どうしてわざわざ自分から斧の下に行くんだ？
スパソィエ　お前を飛ばすなんてのは、たいしてあてにならん。一蓮托生《たくしょう》だ、お前の一年の刑は消えないぞ。
アンタ　（たじろいで）またかよ！　ちくしょう、一度くらいその「一年」なしに話せないのか？

スパソィエ　わしはこうなんだ、口から先に生まれたもんでね。

アンタ　ふざけるな、こんにゃろう！

第四場

アグニヤ、前場の顔ぶれ

アグニヤ　（若い服装、化粧をしている、オールドミス。美しい花束を持っている。）ごきげんよう！（アンタと握手をし、それからスパソィエと。）なあに、家にいるのはあんた一人？

スパソィエ　ああ、いや、ヴキツァもおる。（彼女の部屋の扉に向かって）ヴキツァ、おいで、おいで、アグニヤおばさんがお見えだ！

アンタ　（すでに立ち上がっていて）それでは、失礼します。

スパソィエ　今日来るんだな、つまり？

アンタ　午前中に。

スパソィエ　よろしい、また寄ってくれ。

アンタ　そうします。失礼します、アグニヤさん！
アグニヤ　さようなら！
アンタ　（出ていく。）

第五場

スパソィエ、アグニヤ

スパソィエ　いやはや、あの子はなにをやっとるんだ？　ヴキツァ！
アグニヤ　呼ばなくていい、あんたと話したいの。
スパソィエ　わしと話す？　いったい、なにを？　ほらヴキツァが来るから、ヴキツァと話すといい。
アグニヤ　あんたに聞きたいんだけど、いい、どうして結婚を延期するの？　世間からひどく悪く思われていること、知ってる？
スパソィエ　世間がなんと思おうと知ったことか！　頼むよ、この件は放っといてくれ、また今度話そう。ヴキツァ、ヴキツァ！

第六場

ヴキツァ、前場の顔ぶれ

スパソィエ　(ヴキツァが現れると)おまえ、一体、どこにいたんだ?
ヴキツァ　こんにちは、おばさま!
アグニヤ　こんにちは!　かわいい子!(キスをする。)あなたによ。(花束を渡す。)
ヴキツァ　ありがとう、おばさま!
アグニヤ　それでどうなの、どうなの?　嬉しさいっぱい?
ヴキツァ　まあ!　ええ!(花束を見る。)まあ、なんてきれいなお花!
アグニヤ　お花屋さんで自分で選んだのよ。すごくいい思い出がある花束に似せたくて。
ヴキツァ　若いころの?
アグニヤ　そう……そう……若かりし日のね。そのときね、そんな花束と名刺をいただいたんだけど、こう書いてあった。「花に花を。」
ヴキツァ　まあ素敵!　裏にはなんて書いてあったの?

アグニヤ なにも！ 名前だけ。シマ・テシッチ、砲兵隊少佐。
ヴキツァ ほんとうに、とてもいい思い出ですのね。
アグニヤ もちろんよ！ 花束に入っていた花の茎をいまも持っているんだから……
ヴキツァ それで、おばさま、心のこもった贈りものにどんな御礼をなさったの？
アグニヤ （うろたえたように）どんな？ なにも。どんな御礼ができたかしら？
ヴキツァ ですけど、そうは言っても、なにかお返しをされたんでしょう。
アグニヤ （うろたえて）そう、そうね……可愛らしい微笑みをあげたわ。女の子が騎士にあげられるのはそれだけですもの。さあ、楽しかった過去の話はおしまいにして、現在と未来のこと、あなたのことを話しましょう。どんな婚礼衣装を作るか、もう決めた？
ヴキツァ まだなの、でも、そのことは考えたくないわ、結婚式が延期になってしまったんですもの。
アグニヤ 延期されたとしても、それは一時的なもので、式は行われるんでしょう。そうよね、スパソィエ？
スパソィエ （手紙に没頭していたので、当惑して）それはそうだ、もちろんだ！
アグニヤ だから、そのときには婚礼衣装が必要になるわ。いまはファッション雑誌がいっぱいあって決めるのがとても難しいじゃない。それから生地！ うちにいらっしゃいな、何度も言っているじゃない、うちにいらっしゃいって。婚礼衣装の生地見本を三十くらい持っているから。見にいらっしゃいよ。

スパソィエ　なんでまた、そんなにたくさんの見本を？

アグニヤ　それは、選んだからよ、コレクションするのが好きだったの。なにがいけないの？　切手をコレクションする人もいれば、古いお金をコレクションする人もいる。パイプ、古い時計、鹿の角。どうして自分が熱中するものを持っていてはいけないの？　婚礼衣装の生地見本をコレクションするのが、わたしの熱中していることだったの。

ヴキツァ　パパはどうしておばさまを責めるの？　ヨヴァンカおばさまみたいに猫を集めるよりいいじゃない。

スパソィエ　責めてはおらん、ただ、わからんのだ、店を回って、布を切ってくれと頼んで回るのに嫌気がささんのかね。

アグニヤ　そんなふうに言わないで、スパソィエ、それにはそれの楽しみがあるのよ。お店に行って、一番年配の店員に声をかけるの。「すみませんが、婚礼衣装の生地を見せていただけませんかしら？」店員はすぐに愛想のいい顔をして、嬉しそうに接客してくれる。わたしが婚約中で幸せだと思って。それがたっぷり三十分続く。その半時で満足なの。

スパソィエ　そりゃ、満足だろうとも！

アグニヤ　（ヴキツァに）可愛い子、リネン類を一式見せてくれるのはどう？

ヴキツァ　でも、もうご覧になりましてよ。

アグニヤ　それでも、もう一度見たいのよ。（囁く。）ほんとうのことを言うとね、初夜にあの白い絹のパジャマを着るのには賛成できないの。水色のシャツがいいと思うわ。

ヴキツァ　（父に、絶望して）ほら、言ったでしょ！

スパソィエ　なんのことだ？

ヴキツァ　（うろたえて）婚約者が来ないのって。（腕時計を見る。）もう時間なのに、まだ来ない。

スパソィエ　来るにきまっとる！　いらいらしなさんな。

アグニヤ　（ヴキツァを抱きしめて、部屋に連れていく。）可愛い怒りんぼちゃん！　行きましょう！

ヴキツァ　（父の横を通り過ぎながら）言ったでしょ！

アグニヤとヴキツァ　（部屋へ行く。）

第七場

ジャコヴィチ、スパソィエ

ジャコヴィチ　（がっしりとしたタイプ、だらしない服装。）ごきげんよう！

スパソィエ　どちらさまですかな？

ジャコヴィチ　ムラデン・ジャコヴィチですが……

スパソィエ　ああ、あなたがその記者さんですな！

ジャコヴィチ　記者じゃありません、ジャーナリストです！

スパソィエ　（座るように手で勧める。）同じものと思うとりました。

ジャコヴィチ　いえ、違います。記者は新聞、編集者、出版社につながっていますが、私は自由です。書きたいときに、書きたいことを書く。小冊子、ちらし、パンフレット、そういう類のものに。

スパソィエ　そう、そういう人こそ、この状況に必要なのです。どうしてお願いしたかをお話しましょう。

ジャコヴィチ　どうぞ！

スパソィエ　あなたは論争に長《た》けていて、黒を白に、白を黒にできると聞いております。

ジャコヴィチ　なんであれ、反対意見も賛成意見も言えるものです。論理力次第です。古代ギリシアの哲学者プロタゴラス、イソクラテス、アイスキュロスの哲学とはなにについてでしょうか？　その真髄はこうです。あらゆる「是」は「非」を含み、あらゆる「非」は「是」を含む。すべては論理の力によるのです。

スパソィエ　それをあなたはお持ち、ということですな。

ジャコヴィチ　ええ。論理、それが私の力です。神はあらゆる人間にそれぞれなにかを与えたもう。たとえば、あなたには金を与え、私には論理を与えた。一人にすべてを与え、もう一人にはなにも与えないということはありません。あなたに論理と金の両方が与えられることはない、そうですよね。二つは同時にはえられないのです。神は私には論理を、あなたには金を与えた、そして言った。いま、お前たちは交換をする。お前は金持ちのスパソィエのために論理で奉仕する、彼はお前に自分の金で奉仕するだろう。

スパソィエ　自分の金で奉仕する、とは？

ジャコヴィチ　それはこういうことです。私はあなたが書いてほしいことを上手に書く、あなたは私が書いたものに十分な金を払う、そういうことでいいですか？

スパソィエ　（ためらいがちに）ああ、よろしい！

ジャコヴィチ　原則を互いに理解したところで、詳細に移りましょう。事を説明してください。（紙とペンを取り出し、書く準備をする。）

スパソィエ　問題はこうです。ある男が三年前に死に、わしらは埋葬をした。わしはじきじきに葬式に参加した。

ジャコヴィチ　魂に平安あれ！

スパソィエ　で、いまになって、彼は死んでおると証明せねばならなくなった。

ジャコヴィチ　容易いことです、どういう文体で書くのがご希望かだけ教えてください。

スパソィエ　文体？

ジャコヴィチ　高尚な文体をお考えでしたら、たとえば、「生きている共同体からの個人の消失はすべての自然現象が従う過程の避けられない結果である」。もっとシンプルなほうがよろしければ、「お前はもう死んでいる！」

スパソィエ　そのほうがよっぽどわかりやすい。

ジャコヴィチ　それじゃあ、こんな感じでいきましょう。「お前はもう死んでいる、死んでいる、さあ、証明してやろう。第一に、お前は生きていない……」

スパソィエ　（遮って）だが生きとるんです。

ジャコヴィチ　だれが生きているんです？

スパソィエ　それは、その、死んだやつです。

ジャコヴィチ　なにをおっしゃっているのかわかりません。

スパソィエ　だから、彼は実際に死んだ、それはいま言うたとおりです、それで、三年前にわしらは彼を埋葬した。だが、いまになって急に生きて現れおった。

ジャコヴィチ　（頭を振りながら）フム！　フム！　フム！　それは少し異常事態ですな！　一年間墓に入っていた人物が生きていると証明したことはあります。議員選挙のために死者に投票させる必要があったんです。ですが、今回は違う。死んだ人間が生きていると証明することと、生きている人間が死んでいると証明することは異なります。
スパソィエ　それはわかりますが、証拠があったらどうですかね？
ジャコヴィチ　どんな証拠です。
スパソィエ　それはほら、死亡証明書、葬式、墓。
ジャコヴィチ　墓？　墓なんてなんの証拠にもなりませんよ、その人間が存在しているんじゃあ。存在しているんですよね？
スパソィエ　本人はそう言うとります。
ジャコヴィチ　ああそうだ、こういうときは先方が証明しなければならない。
スパソィエ　それはそれでいいが、あなたの論理力では、その人間が存在しないことを証明できんのですか？
ジャコヴィチ　（考え込む。）フム、実際に難しい問題だが、アインシュタインの理論を使えばなんとかなる。
スパソィエ　それはどんな理論です？
ジャコヴィチ　アインシュタインの理論によれば、この世のあらゆる現象は相対的なものです。ですから、その人物はただ相対的に生きていると言いうるかもしれない。
スパソィエ　ほかの理論に基づくのはいかがですかな？
ジャコヴィチ　いいでしょう、ほかの理論を考えてみましょう。私の質問に正直に答えてください。その人物は生きていたらあなたの邪魔になる！　あなたの儲けを台無しにする、そうですね？

スパソィエ　(迷いながら) いやはや、なんと言うたらよいか!
ジャコヴィチ　すでにおっしゃいましたよ。よくわかりました。すでに相続したものを戻すのは大変でしょう。
スパソィエ　(深いため息をついて) 大変です!
ジャコヴィチ　うん、わかりました! もうすっかり伺いましたし、事態の全貌がはっきりとわかりました。総合的に考えて、その件を文章にするのは時期尚早です。個人的な考えにすぎませんので、ご希望とあらば、書くことはやぶさかではありません。ただ、おわかりですか、書けば応答が来ます、それで、もし大騒ぎをしたら、あっという間に法廷に連れていかれますよ。この件、法廷を避ける理由は山ほどあると思います。
スパソィエ　もちろんですとも、法廷になんの用がありますか?
ジャコヴィチ　そうでしょう、まあ、ですから、いいですか、この問題を公にするのは、なんとしても避けたほうがいいんです。こんな助言をしても私はなにも得しないんですよ、いいですか、文章にすることにしたら、すごい金額を頂戴できるんですから。助言だけでしたら、千ディナールで構いません。
スパソィエ　(仰天して) なんですと? なにも書かずに千ディナールですと?
ジャコヴィチ　口止め料は別です。
スパソィエ　口止め?

ジャコヴィチ　いいですか、秘密を知っている私が、「死者が立ち上がり、生者は再び埋葬せんと準備する」という文章を書くと言ったら、どうやって私を止めます？

スパソィエ　（肝をつぶして）まさか、そんなことはせんでしょう⁉……

ジャコヴィチ　ですから、口止めは大事だとおわかりでしょう。料金は千ディナールでいいですよ。

スパソィエ　結構、結構、払いますとも！

ジャコヴィチ　すばらしい、合意しましたね。いじくり回さないこと、騒がないことを私は助言しました。よろしい！……ですが、あなたは腕組みしてじっと座ってなどいられない、なにかせずにはいられない……

スパソィエ　それは、そうですとも！

ジャコヴィチ　では、その視点から一つ助言をしましょう！

スパソィエ　また千ディナールですか？

ジャコヴィチ　二、三、四……ですが、やめておきます。千ディナールだけでいいですよ、最初の千ディナールと合わせて、二千ディナールです。

スパソィエ　（ため息をついて）二千ディナール⁉

ジャコヴィチ　ええ、二千です、ですが、まずは聞いてください、そうすればその価値があるかどうかわかるでしょう。あなた、家族……あなたは、問題の生きている死人の家族ですよね？

スパソィエ　そうですとも！

ジャコヴィチ　ですので、家族全員を集めて、その人物は気が狂っていると宣言するんです。たしかに故人に似ているけれども……似ているんですよね？

スパソィエ　生き写しのように。

ジャコヴィチ　ですので、気が狂っていると宣言して、監視下においてください。必要な手はずを整えたら――その点はお教えしなくて大丈夫でしょう――狂人と認定されるでしょう。いいですか、この国では賢人と認定されるより、狂人と認定されるほうが簡単なんです。この私が精神病院に三カ月いたことがその証拠ですよ。

スパソィエ　あなたが？

ジャコヴィチ　ええ、議員選挙前に狂人にされて、選挙が終わったら賢人にされましたよ。

スパソィエ　（心配そうに）ご提案を検討してみましょう。

ジャコヴィチ　どうぞご検討ください。私がふっかけていないとおわかりになったでしょうね？

スパソィエ　（思い出して）ああ、そうだ！（重苦しい気持ちで財布から二千ディナールを取り出し、渡す。）

ジャコヴィチ　（立ち上がって）ありがとうございます。御用がありましたら、なんなりとどうぞ。なにかを書くにせよ、有益な助言をするにせよ。

スパソィエ　ありがとう！

ジャコヴィチ　お邪魔しました。失礼します！

スパソィエ　さようなら！

ジャコヴィチ　（出ていく。）

第八場

アグニヤ、ヴキツァ、スパソィエ

アグニヤ　（ヴキツァの部屋から出てきて）センス、センス、センス！　どんな小さなものにもセンスがあるのがわかるわ。

ヴキツァ　これでもう、全部ご覧になったでしょう。

アグニヤ　ええ、すっかり、全部！　あなたは新婦の鑑よ、こんなに素晴らしく一式整えて。それも全部ひとりで。わたしを手伝いに呼ばなかったんだもの。

ヴキツァ　お邪魔したくなくて。

アグニヤ　でも、どうして、どうしてよ。知ってるでしょう、婚礼準備はわたしが大好きなことなのに。

スパソィエ　また電話するよ。ほかにも準備をするものはあるし、時間もある。

アグニヤ　そりゃあ、あるでしょう。結婚式を延期したんだから。

スパソィエ　いやはや、なんでまたそのことを持ち出すんだ！

ヴキツァ　お願い、おばさま、結婚式のことはおっしゃらないで。（左手の椅子のほうに行き、そこでなにか気晴らしをみつける。）

スパソィエ　ほら、言わないのが一番なんだよ。

アグニヤ　（スパソィエにつかつかと近づいて）スパソィエ、子どもの前では言えなかったけど、世間ではおかしなことが囁かれているのよ。

スパソィエ　あんたは自分がどんなふうに言われとるか、知っとるのかね？

アグニヤ　まあ！

スパソィエ　あんたが知らんでも、わしは知っとる。だが一度だってあんたに言おうと思うたことはない。あんたもわしに言わんでくれ。

アグニヤ　良かれと思って言っているの。

スパソィエ　良かれと思うても言わんでくれ。

アグニヤ　わかった、わかった、二度と言わない！（ヴキツァに近づいて）忘れないでね、あなたのベージュの服が出来上がったら、どんなふうだか見てみたいから。

ヴキツァ　ええ、かならず。
アグニヤ　（キスをし、スパソィエに手を差し出して）ああ、怒らないのよ、スパソィエ！　さようなら！（出ていく。）

第九場

ヴキツァ、スパソィエ

ヴキツァ　（アグニヤを見送って、安楽椅子に沈み込む。疲れている。）ふう！
スパソィエ　ふう！ってのは正しいな。
ヴキツァ　我慢できない、ほんとうに。
スパソィエ　わしとて楽ではないが、どうしようもない……
ヴキツァ　なんでもかんでも聞いてきて、ぞっとする。
スパソィエ　いいかい、いまから大臣の弟がお見えになる。内々に話すことがあるんだ。お見えになったら二人きりにしてほしい。

ヴキツァ わかったわ。そういうときに邪魔したことがないの、知っているでしょう。それに、わたしも手紙を一通書かなきゃいけないの。昨日書きはじめたの。（出ていく、しかし、そのとき後ろの扉が開いて、リュボミルが現れる。ヴキツァは立ちどまる。）

第十場

リュボミル、前場の顔ぶれ

ヴキツァ まあ、驚いた！　驚いた！

スパソィエ 君が来てくれて良かった。これ以上は婚約者から庇《かば》ってやれそうもなかった。

リュボミル （ヴキツァの手にキスをし、スパソィエと握手する。）そんなに落ち度がありますか？

ヴキツァ （スパソィエに）パパ、いまの聞いた？　ちょっとした落ち度だって言うのよ！（リュボミルに）ちょっとした落ち度じゃないわ、悪事よ。あなたがしているのは婚約者の放置よ。日に二、三度訪ねてくることに慣れさせておいて、急に頻度を下げる、婚約者に暖かい優しい会話に慣れさせておいて、急に、教授ぶった放心状態に陥る、そんなのは重罪よ、あなただって認めるでしょ。

リュボミル　ですが、お父さん、理由をご存じなのに、どうして僕を庇ってくださらないんです？

スパソィエ　わしらみんなにとって一大事だがいずれ片が付くと言うとるよ。具体的な内容についてはなにも言うとらん。言うたところでどうなる？

リュボミル　婚約者の目に犯罪者として映っていたくありません。

スパソィエ　いいか、娘と向こうへ行って、自分で自分を弁護しなさい。婚約中の二人はいつでも二人きりのほうが話が早い。

リュボミル　ええ、そうですね！（ヴキツァの手をとって、彼女の部屋へ行く。）

第十一場

スパソィエ、ソフィヤ

スパソィエ　（ベルを鳴らす。）

ソフィヤ　（入ってくる。）はい！

スパソィエ　ソフィヤ、もうすぐ来客がある。その方が見えたら、だれにも邪魔されんように気をつけてもらいたい。だれが来ても、わしは家におらんと言うてくれ。

ソフィヤ かしこまりました、旦那さま！（出ていって、戻ってくる。）ノヴァコヴィチご夫妻です。

スパソィエ なに？　お通ししろ！

ソフィヤ （ノヴァコヴィチ夫妻を通し、出ていく。）

第十二場

ノヴァコヴィチ、リナ、スパソィエ

ノヴァコヴィチ ごきげんよう。

スパソィエ こんにちは！（握手する。）急にどうなさった？

リナ なんでもありません。ヴキツァお嬢さんと、近いうちに一緒にお店を見て回りましょうと約束していましたの。

スパソィエ ああ、そうです、娘はあなたのセンスをとても頼りにしております。ですが……

ノヴァコヴィチ いやはや、いまや私まで買い物にお付き合いせねばならなくて。

スパソィエ　どうしてあなたが？
ノヴァコヴィチ　妻は一人では家の外に一歩も出られないんです。
リナ　もし出くわしたらと想像してみてください、わたし、どうなるかわからないわ。
スパソィエ　つまるところ、互いを守ってらっしゃるんですな。結婚式は延期しましたので、一連の買い物も中断しておりましてな……時間はいつでもありますもので。とはいえ、ようこそお越しくださった。ヴキツァが喜びます。
リナ　ええ、それじゃ、お嬢さんのところに行きましょう。（行こうとする。）
スパソィエ　少しお時間よろしいかな。お伺いしたいことがありましてな。弁護士に相談に行かれましたか？
ノヴァコヴィチ　行きましたとも！
スパソィエ　それで？
ノヴァコヴィチ　弁護士によると、最初の夫の登場で二度目の結婚はたしかに無効となり、妻は最初の夫のところに戻らねばならないということでした。
リナ　そうなったら恐ろしい。いちばん残酷な罰よ！
ノヴァコヴィチ　唯一の解決策は、最初の夫が離婚手続きをして妻と別れたときに、そのあと私がもう一度妻と結婚できる、というのだそうです。正直なところ、それを彼に提案してみようと思っています。
スパソィエ　彼とはだれのことです？

ノヴァコヴィチ 故人ですよ。

スパソィエ 離婚手続きをしてくれと頼むと？

ノヴァコヴィチ ええ、そうです。自分を愛していない女に用などないでしょう？

リナ あの人のところに戻ったら生きていけない。

スパソィエ お待ちくだされ！　あなたがたが思うておられるほど単純にはいかん。離婚手続きをするとしたら、彼は生きておることになる。

リナ だって生きているじゃないですか！

スパソィエ 生きておる、知っとりますよ、生きておることは。だが、わしらはそれを認めんのです。法的に彼が生きておることを認めると、どういうことが起こるか、おわかりですかな？　わしらみんなが法廷に立たされるのだ、なんの罪も義務もないわしらみんなが、神の正義に苦しむことになる。

リナ ブラゴィエヴィチさん、ご存じかしら。船が沈むときには、みんな自分が助かろうとするんですのよ。

スパソィエ ああ、そういうふうにお考えですか？　みんなが自分を！　よろしい、それでは、みんな自分で行くことにしましょう。ただし、あなたがたより先にわしが岸に泳ぎ着いても文句は言わんでくださいよ。

ノヴァコヴィチ それは脅しか何かですか？

スパソィエ　脅しなものですか。船が沈むときと言うておられるが、その船には君の五十万も積まれておるのをお忘れではないか？
ノヴァコヴィチ　(困って）もしかして……？
スパソィエ　そう、そう。この状況では、あなたがたの結婚は二の次だということをお忘れではないか。
ノヴァコヴィチ　忘れていません、ただ……
スパソィエ　うむ、お忘れでないなら、辛抱してくださるのがよい。たとえば、わしは今日、非常にたしかな筋の方とお話する予定です。ご尽力くださると期待しております。
ノヴァコヴィチ　辛抱するようにします。
スパソィエ　ヴキツァの部屋で楽しんでください。婚約者も来とります。すべて忘れてください。心配事はわしにまかせて。どうぞ、どうぞ。（リナに言って、付いていく。）リナさん、ヴキツァを慰めてやってくださらんか。結婚式が延期になってすっかりいらいらしておりますもので。
リナ　まあ、ええ、ええ！
リナとノヴァコヴィチ　（ヴキツァの部屋へ行く。）

第十三場

ソフィヤ、スパソィエ

ソフィヤ　（外から入ってくる。）お客様がお見えです。
スパソィエ　名乗ったか？
ソフィヤ　旦那さまがお待ちかねの方ではないかと思います。
スパソィエ　ああ、きっとそうだ！　すぐにお通しして。
ソフィヤ　（出ていく。）

第十四場

パヴレ・マリッチ、スパソィエ

スパソィエ　（マリッチが入ってきたのに気づき、不快そうに驚く。）ああ、君か？　どういうことです？

パヴレ　私が現れることにまだそんなに驚かれるんですか。

スパソィエ　（ややうろたえて）思うてもみませんでした。

パヴレ　必要な手続きに入る前に、もう一度、一対一でお話する必要があると思いまして。

スパソィエ　話すことがあるとは思いません。

パヴレ　話すことがないとおっしゃるなら、この会話は私にも必要ありません。スキャンダルが表沙汰になるのを避けたかっただけなので。

スパソィエ　スキャンダルが表沙汰になるのを避けたいのなら、そもそもどうして戻ってこられた？　向こうにずっとおればよかったろう。

パヴレ　そう考えていました。財産の扱いに段取りをつけて、いくつかの関係を清算して、それで帰るつもりでした。

スパソィエ　財産の扱いに段取りをつけるとはどういうことか。段取りはついておりますが。

パヴレ　たしかに、あなたがつけてくださった。そのことは感謝申し上げます。ですが、私の側から段取りをつける必要があるんです。

スパソィエ　こうして一対一で話しておるのです、率直に友好的に話すことにしませんか。隠し事なしに、顔を突き合わせて。

パヴレ　もちろんです。
スパソィエ　では、お座りくだされ。（煙草を差し出す。）
パヴレ　（安楽椅子に座って、椅子を眺める。）私の仕事場にあった安楽椅子ですね。
スパソィエ　煙草も自分のだとはおっしゃらんでしょう？（自分でも火をつけて、座る。）目的を率直にお話くだされ。なにをするつもりで、どういうお考えなのか？
パヴレ　お話しましょう、しない理由はありません。隠さなければならない目的などありません。こうです、たとえば、ミラン・ノヴァコヴィチ氏に関しては、私の妻を奪った、妻に関しては、私をひどく侮辱した……
スパソィエ　離婚の理由を探しておいでですな、わかります。
パヴレ　いや、離婚の理由など探していません。この問題はずっと未解決にしておきます。法に則らない結婚生活を送らせます。
スパソィエ　ずっと不安なまま、幸せな結婚生活を送れと？
パヴレ　本当に幸せなんですか？
スパソィエ　二人はそう言うとります。
パヴレ　そうですか、ではどうして私がそれを壊すんです？
スパソィエ　なら、あの一万ディナールに関しては？

パヴレ 些末なことです、最後に考えます。

スパソィエ そうだ、たしかに、やつが実際に損害をもたらしたのは、わしですからな。

パヴレ あなた？

スパソィエ 君が死んだあと裁判所で総資産の目録が作られた。債務者がみんな呼ばれて、自分の債務を申請した。やつがそのとき申請していたら、その金額は総資産の相続人であるわしの懐に入ったはずだ。

パヴレ では、彼のことはおまかせします、あなたが彼を苛めばよい。あなたに損害を与える権利は彼にはありません。

スパソィエ よろしい、で……（うまい質問の仕方をみつけられない。）……この……なんと言うか、わしに関してはどうお考えか？

パヴレ 一番わかりやすく、はっきりしていることです。財産を相続なさったのは、私が死んだと裁判所が誤って認定をしたためです。こうして生きているのですから、その相続自体に根拠がありません。この家から出ていき、私に返してください。ほかの財産も同様です。

スパソィエ おい、君！

パヴレ 十分に理解してくださる場合は、そうなるでしょう。そうでない場合は、別の方法を取ります。あなたを偽の相続人として訴えます。私の弁護士はすでに、あなたが法廷に持ち込んだ偽の証明書と偽の証言に関する証拠を集めています。私の近親者であると主張されたが、ご自身が一番よくご存じのように、私たちの親戚関係は、あなたの母上が私の母方の親戚の一人だったというだけです。ですから、訴訟はまったく異なる様相を呈するでしょう。

スパソィエ （心配そうに考え込みながら）フム！　フム！　フム！　つまり、そういうお考えですな？

パヴレ ええ、そうです！

スパソィエ 君がしようとしておることは、少なくとも犯罪だろう。わしが社会に名の通った重要人物であることをご存じか。わしは……

パヴレ （遮って）すみませんが、あなたの名声を取ろうなどとは考えていません。財産だけです。名声は残ります。

スパソィエ なんということだ、故人というのはみんな君のように世間知らずなのか、それとも君が格別そうなのか！　財産のない名声とはなにか？　財産を奪うということは、名声を奪うということではないか。

パヴレ ああ、そうでした。この財産を横取りするまで、あなたは無名で何の財産もお持ちではなかったんでしたね。

スパソィエ 名声もなにもなかった。

パヴレ ええ、ええ、思い出しました。

スパソィエ ならば、いまはおわかりだろう、なぜわしが君の登場に抵抗して、どうして生きておることを認めないのか。

パヴレ　わかります、ええ、わかります、ですが、どうなさろうと言うんです、あなたのご要望にかなう道をみつけるのは難しいですよ。

スパソィエ　道はありますとも。うまい具合にまっすぐわしを訪ねてきてくださったのなら、この件はあっという間に解決だ。

パヴレ　興味深いですね、どんなふうにですか？

スパソィエ　率直に話し合おうと合意しておるのですから、お話しましょう。わしには非常によい考えがあります。わしも君も傷つきません。

パヴレ　伺いましょう。

スパソィエ　なによりもまず、君は前の妻との離婚に取り掛かる。手は貸しますとも、離婚手続きを三つできるくらいの証拠を差し上げよう。

パヴレ　で、それから？

スパソィエ　君が最初の結婚から解放されたときに、わしの娘に結婚を申し込むのです。娘を君に差し上げよう。どうしてそんな妙な目でご覧になるんです？　わしの娘に結婚を申し込んだら、娘を差し上げよう。君のものだった財産はすべて持参金として差し上げる。

パヴレ　興味深いご提案です。そうすることで、私はあなたの婿になるわけですね。

スパソィエ　そうすることで、わしも君も財産と名声を守れる。
パヴレ　その場合、あなたは私が生きているとお認めになる？
スパソィエ　そうですとも、この場合に限っては。
パヴレ　よくわからないのですが、あなたは娘を差し出すとおっしゃるが、お嬢さんは婚約されているのでは？
スパソィエ　そこにこそ、わしが払う犠牲の大きさが見てとれましょう。想像してみてくだされ。婿になる予定の人物は、大学教授、有名な学者、大作家です、そのすべてを犠牲にするのです。おわかりか、並大抵のことではありませんぞ。
パヴレ　犠牲は大きすぎると思います。若い二人はたしかに愛で結ばれているのに、それを壊そうというのですから。
スパソィエ　そうですとも、そうですとも！
パヴレ　持参金として婿に約束された財産が失われたときでも、彼はきっと、お嬢さんとの婚約を破棄しませんね？
スパソィエ　(ややうろたえて) それはそうでしょう……きっと。きわめて誠実な人間ですからな。いやはや、非常に珍しい人物です。
パヴレ　そうでしょうとも！　その「珍しい人物」が大学教授の座を失い、研究者としての名声を失っても、お嬢さんは、きっと婚約を破棄しませんね？
スパソィエ　なんですと？　それはわかりませんな。
パヴレ　それでは、あなたは難しい立場に置かれます、そういうことが起こりえますから。
スパソィエ　なにが起こりえるですと？
パヴレ　婿を失うことがです。それも、彼がお嬢さんを捨てるからではなくて、お嬢さんが彼を捨てるからです。
スパソィエ　なんのことだかさっぱりわかりません。
パヴレ　あなたの婿は、自分が私に働いた悪事を何もあなたに話していないのですか？
スパソィエ　一言も聞いておりません！　どんな悪事、どんな悪事のことを言うておられるのか？
パヴレ　悪事という以外に言いようがありません。
スパソィエ　大きな借りがあるということですか？
パヴレ　想像もできないほど。
スパソィエ　なんたることだ、そんな大金でなにをしたんだ？
パヴレ　金ではありません。金には換えられないことです。
スパソィエ　わからん。
パヴレ　あなたの婿が自分でお話しすべきでした。あなたはいま、ご自身の状況がどれくらい深刻か、隅々までご存じあるべきなのですから。

スパソィエ わしの状況？　どうしてわしの？

パヴレ そのうちわかりますよ。あなたの婿はかつては私のよい友人でした。私が学校の教室から現実の人生へと連れだしたんです。彼は私の愛情と信頼をえました。私は旅に出るときに、彼に分厚い原稿を保管するよう託しました。まる七年をかけた研究成果です。私の死を確信し、墓まで見送ったあと、彼はご満悦に葬式から帰って、私の仕事を自分の名前で発表したんです。

スパソィエ （びっくり仰天して）なんと……あの仕事のことか?!!

パヴレ そうです。あの仕事のことです。そのおかげで大学の職をえて、そのおかげで学者としての名声をえて、そのおかげであなたの「イリリア」の重役になって、そのおかげで婿になって、そのおかげであなたから莫大な持参金をえるんです。

スパソィエ （絶望的なうめき声をあげ、安楽椅子に沈み込み、頭を抱える。しばらく静止したあと、顔を上げ、信じられない様子で静かに尋ねる。）そうと証明できますか？

パヴレ もちろんです！

スパソィエ （気を取り直して、立ち上がる。）つまり、やる気ということですな？

パヴレ やる気です。正しい道を行きます。

スパソィエ （しばらく考えて、自らを鼓舞する。）正しい道でも障害もあるやもしれません。

パヴレ　その障害は裁判で乗り越えられるでしょう。

スパソィエ　そうお考えか？（興奮して歩き回る、なにか言いたいと思うが、どうしたらいいのかわからない。）いやはやまったく、なにを言えばいいのか、言葉もない。

パヴレ　思いますに、もう何も。あなたも私も十分に話しました！

スパソィエ　その、あの、話は聞きました、聞いておらんとは言えません……

パヴレ　では、もうこれ以上お話しなくてよいと思います。いずれにせよ、あなたのお時間をあまりに取ってしまった。失礼します、親戚の方！

スパソィエ　（聞こえないくらいに）さようなら！

パヴレ　（出ていく。）

第十五場

リュボミル、スパソィエ

スパソィエ　（彼のあとを見ている。まるで、なにをしようとしているかわからない人物を見るように。ようやくヴキツァの部屋の扉に近づいて叫ぶ。）リュボミル、リュボミル！

リュボミル　（入ってくる。）

スパソィエ　マリッチさんが来ておった、いま帰った。

リュボミル　なにをしに？

スパソィエ　わしにおかしなことを言うた。とてもおかしなことだ。

リュボミル　あの世についてのおもしろいことですか？

スパソィエ　違う、この世のことだ。彼は、学問上の名声と評価を君が盗んだ、と言うた。

リュボミル　名声と評価は盗めるものじゃありません。煙草入れや傘とは違います。

スパソィエ　たしかに。だが、彼は確信しておった。こうも言うた。証拠はある、君に自分の原稿の保管をまかせたが、君は、墓場まで付き添ったあと、家に帰って、自分の名前でその原稿を出版したと。

リュボミル　（皮肉っぽく）じゃあ、どうすればよかったんですか。原稿を墓に放り込んで、彼と一緒に埋葬すればよかったんですか？

スパソィエ　つまるところ、君は争わないということか、認めるんだな？

リュボミル　それが犯罪だとお考えですか？　そんなことはありません、信じてください。死人から盗れるものを盗るなんて、よくあることです。妻を盗る者、仕事を盗る者、家と全財産を盗る者。それぞれが手の届くものを！

スパソィエ　（唇を嚙んで）そう……だが、違いはある。その強奪のおかげで、君は大学教授になった。大学教授になったおかげで、わしは君に娘と莫大な持参金をやった……

リュボミル　同じことです、なんの違いもありません。財産を盗んだおかげで、あなたは金持ちになった。金持ちになったおかげで、大学教授の婿をえられた。そうでしょう、すべて同じことです。

スパソィエ　なんたる無礼な言い草だ。婚約者の父親を敬うことを忘れたか。

リュボミル　ああ、いえ、お父さん、敬わねばならないことは覚えています。ですが、これは純粋に業務上の会話です。

スパソィエ　業務上、と言うたら、まあそうだ。（座る。）で、「イリリア」は？

リュボミル　「イリリア」がどうしました？

スパソィエ　君は重役だ……あの会社は世界的な意義がある……もし君が大学職を奪われて、学者としての名声を失ったら……？

リュボミル　そんなの会社にはたいした損害じゃありません。でも、もしあなたが国への抵当にしている財産を失ったら？

スパソィエ　（安楽椅子に沈み込む。）まったくその通りだ！（ため息をつく。）そうとも。（黙って、うつむく。）

リュボミル　（しばらく黙ったあと）ほかにお話がありますか？

スパソィエ　もう用はない！

リュボミル　もしなにかありましたら、ここに、婚約者のところにおりますので。（出ていく。）

第十六場

スパソィエ、ソフィヤ

スパソィエ　（安楽椅子に沈み込み、物思いにふけっている。）
ソフィヤ　（入ってくる。）男性が一人いらっしゃいました。
スパソィエ　（ためらい、顔を希望で輝かせる。）おお、彼だ。（あわてて）お通ししなさい。すぐに、お通ししなさい。
ソフィヤ　（出ていって、ジュリッチ氏を通す。）

第十七場

ジュリッチ、スパソィエ

ジュリッチ　ごきげんよう！
スパソィエ　（すっかり顔をほころばせて）こんにちは、ジュリッチさん！　ちょうどよいときにお越しくださった、よいときに！　どうぞ、お座りください！
ジュリッチ　（座りながら）お聞かせください、合意に達しましたか？
スパソィエ　なにも。その人物とはなにもよい合意はできませんでした。
ジュリッチ　ですが、会話はした？
スパソィエ　ええ、ここで話しました。言うたとおりにやって来ました。あれやこれや、忌憚《きたん》なく話しました。
ジュリッチ　何を言っていました？
スパソィエ　あらゆる合意を拒み、攻撃対象を拡大しようとしております。
ジュリッチ　脅してきた？
スパソィエ　ご存じのように、わしから財産を取り上げると言い、さらに婿も脅しとります。
ジュリッチ　どういう理由で？
スパソィエ　信じがたいでしょうが、こう言うのです。婿を破滅させる、大学職を取り上げる、偽の研究者だと示すと。あの人物は、婿が自分の名前で出版した研究書を書いたのは自分だと信じておるのです。

ジュリッチ おお、それは深刻な告発だ、それも最悪の瞬間に。「イリリア」のことは、いま、省内会議にあがっている。まもなく、認可がえられる。認可がえられたら億万です……億万ですよ！……

スパソィエ （うっとりとして）億万！

ジュリッチ 億万を見据えようというまさにそのときに……

スパソィエ （続ける。）……暴君がやってきて、抵当となっておる不動産を奪おうとし、婿、といいますか、会社の重役を破滅させようとしておる。

ジュリッチ おそらくそのことはまじめに考えたほうがいいでしょう。

スパソィエ お願いです。わしのためにも考えてください。わしはもう無理です。

ジュリッチ いまあなたは、個人的な狭い視点から考えています。ですが、すべてをそうする云われはない。今回は、広い、いわば国家的視点から考えることが求められています。一連の出来事に、ある構図、破滅的傾向の構図が見えませんか？　その人物はどこか遠くに行っていた、ヨーロッパの人目につかない片隅、どこかの工場にいたと言っているが、私なら国際的破壊組織にいたと言うでしょう。彼がそこで何をしていたか、だれが知っています？　どんな思想が彼の常識を曇らせたか、だれが知っています？　彼は何を攻撃しているのでしょうか？　聖なるものすべてをです。彼が破壊すると脅しているのは、まさに社会の基盤そのものです。いいですか、順々に考えましょう。彼が攻撃しているのは何か？　ある人物の結婚生活を破壊しようとしている……

スパソィエ　それも幸せな結婚生活を！

ジュリッチ　そして結婚は、社会基盤を作る基本の一つです。それから、不動産、個人の不動産を取り上げようとしている！

スパソィエ　わしの不動産をです。

ジュリッチ　そして最終的に、権威を辱めたい、転覆させたい、踏みにじりたいと考えている。破壊欲に駆られて、ある学者を高みから引きずり下ろしたいと思っている。

スパソィエ　神様、いまこの瞬間に、目からうろこが落ちました。そうだ、やつの真の目的がよく見えてきました。

ジュリッチ　そうです、そうです、この件はそういうふうに見なければなりません。そういうふうに見てみたら、一連の出来事にはさらに広範囲の危険が含まれていることに気づきます。

スパソィエ　危険、たしかに危険です！

ジュリッチ　そして、いま、この時にあなたを悩ませている心配事はあなただけの心配事ではありませんし、そうしておくべきでもありません。それは、社会全体の心配事であって、国家そのものの心配事でもあります、そうお望みになるなら。

スパソィエ　むろん、そうしてもらいたい！　国家にこの心配事を引き受けてもらいたい。

ジュリッチ　（動きを止めて、考える。）それでは、教えてください。こうした事態にあって、法律は物言うべきでしょうか？　法律は、合法を装って破壊目的を隠している広い意味での危険を見通すことができるでしょうか？

スパソィエ　できません！

ジュリッチ　こういうときに法律はどうするか？　たとえばです。だれかが、これは私の梁《はり》です、法に則って、私に返してくださいと言う。法は法ですから、こう言うしかない。あなたの梁ですね、持っていきなさい！　ですが、もし家が梁によって建っていたらどうなります？　一本の梁のために、家全体が壊れるとしたら？　どちらが大事で、どちらが重要ですか。教えてください、家ですか、梁ですか？

スパソィエ　家です！

ジュリッチ　そうです！　それでは「イリリア」を家と考えてみてください。あれは大きな組織で、幅広い基盤の上に成り立っています。それで、いまだれかが来てこう言います。「私の梁を返してください。」そうですか、梁を、でも、もし梁を抜いてしまったら、「イリリア」全体ががらがらと崩れ落ちてしまいます。

スパソィエ　おそろしい！

ジュリッチ　それにもし……ところで電話はありますか？

スパソィエ　どうぞ、こちらに。

ジュリッチ　(電話のところに行って、ダイヤルを回す。)もしもし、もしもし……内閣官房ですか？　あなたですか、マルコヴィチさん？　私はジュリッチです。それで？(知らせを聞いて、顔が喜びで輝く。)ありがとうございます！　どうもありがとうございます！(受話器を置き、手を広げながらスパソィエのところに行き、叫ぶ。)「イリリア」！「イリリア」！(彼をかたく抱きしめる。)

スパソィエ　「イリリア」？

ジュリッチ　そう！

スパソィエ　決まった？

ジュリッチ　そう！

スパソィエ　(彼の腕に飛び込む。)「イリリア」！　億万長者！(突然、たじろいで)でも、梁は？

ジュリッチ　梁って？

スパソィエ　引き抜かれたら家が崩れ落ちる、あの梁です！

ジュリッチ　ご心配なく、いまや私たちは馬に乗っているんですよ。その件も終わらせてしまいましょう。今日また私のところに来てください！　私は庁舎に行きます。大臣の署名をこの目で見たいんです。あとで来てください。そのときまでには考えておく、と言いますか、すでに一案あるんです。ご心配なく！　失礼します！(出ていく。)

スパソィエ　さようなら！（扉まで見送る。）

第十八場

スパソィエ、リナ、ノヴァコヴィチ、リュボミル、ヴキツァ

スパソィエ　（戸口から戻って、満足してもみ手をしながら、つぶやく。）「イリリア」！「イリリア」！（ヴキツァの部屋の扉に行く。）みなさん、こちらに、こちらに！

一同　（やってくる。）どうしたんです？

スパソィエ　（喜びいさんで）「イリリア」！「イリリア」！「イリリア」！

第十九場

アンタ、前場の顔ぶれ

アンタ　（息を切らして飛び込む。）こんにちは！　みなさん、重大なお知らせです。心臓が弱い人はいない？（後ろの扉に飛んで行って、ソフィヤに。）水を五杯！　いい知らせです、みなさん、ただ気をつけて、遠回しに話しはじめないと……

スパソイェ　知らせというのは「イリリア」が認可をえたことだろう？

アンタ　（がっかりして）なんだ、知ってるのか？（後ろの扉に行く。）ソフィヤ、水はいらない！

スパソイェ　そうですとも、みなさん、わしらは億万をえたんだ、なんと、認可をえたんだ。みなさん、いらっしゃい、いらっしゃい、わしの胸に……

アンタ　（駈け寄って抱きつく。）

スパソイェ　（アンタを押しのける。）いやいや、お前ではない。株主のみなさん、兄弟姉妹、こちらに、株主のみなさん。（できるだけ多く抱きしめ、叫ぶ。）「イリリア」！「イリリア」！

幕

第三幕

第一場

スパソィエの書斎

スパソィエ、ソフィヤ

スパソィエ　（デスクのそばに立ち、手紙を開封している。）

ソフィヤ　（手紙を一通持ってくる。）

スパソィエ　（手に取りながら）だれから？

ソフィヤ　わかりません。男の子が持ってきました。

スパソィエ　（手紙を開いて、黙って読み、眉をひそめる。もう一度読み、ぶつぶつ言う。）もちろんだ！　そんなことはわかっておる！　もちろん、わかっておった！（ソフィヤに。）その少年はそこにいるのか？

ソフィヤ　おります。お返事を待っております。

スパソィエ　おう、そうか。返事を待っておる、とな。返事を待っておるということは、返事をしなければならんということだ、そうだろう？

ソフィヤ　わかりかねます、旦那さま。

スパソィエ　わし以外にわかるはずもなかろう。返事をせねばならん。文句を言うこともできようが、返事はせねばならん。（財布を取り出し、五百ディナールを数え、封筒に入れて、封をする。）ほら、返事をせねばならんということだから、返事を渡しなさい。

ソフィヤ　（手紙を受け取って出ていくが、扉で立ちどまる。）男性がお一人いらしています。

スパソィエ　だれだ？

ソフィヤ　わかりません、存じ上げません。

スパソィエ　お通ししろ。

ソフィヤ　（下がって、ミレを通す。）

第二場

スパソィエ、ミレ

ミレ （脇の下に革の鞄を持っている。お辞儀をして、手紙を差し出す。）
スパソィエ （手紙を開きながら）また手紙か。いやはや、朝からどうしてまたこんなに手紙が集まってくるんだ？（署名を読む。）おう、これはリナ夫人からだ！
ミレ そうです、夫人が僕をこちらに遣わしました。
スパソィエ （手紙を読み終える。）ああ、そうか！　うん、はじめまして、どうぞ、どうぞ、お座りくだされ。
ミレ （座る。）
スパソィエ それで、夫人によると、ペトロヴィチ弁護士のところで働いておられるとか。
ミレ そうです。
スパソィエ いわゆるパヴレ・マリッチが代理人を依頼した弁護士ですな？
ミレ そうです。あなたを刑事告訴をするためです。
スパソィエ （たじろいで）わしを？　なんでわしを？　どうしてわしを！　事情に通じておられるかの？

ミレ　はい、私はその案件に携わっています。
スパソィエ　(不安げに) なにをしておられる？　どんなふうに？　話してくだされ、どんな内容か。告訴する気なのか？
ミレ　あなただけではありません。四名に対する告訴です。
スパソィエ　(煙草を勧めながら) 四件の告訴とは？
ミレ　あなたに対しては、偽の証拠を法廷に提出して財産を乗っ取ったという告発です。財産の返還を求め、あなたに対して刑事告訴を行ないます。
スパソィエ　おお、頼むよ！　刑事告訴?!　で、残りの三件は？
ミレ　一つはミラン・ノヴァコヴィチ氏に対するもので、不貞と結婚の破綻です。
スパソィエ　そうだと思うておった。三つめは？
ミレ　三つめはリュボミル・プロティチ教授に対するもので、原稿を窃盗して不正に公刊した件です。
スパソィエ　おお、それも主張していた！　で、四つめは？
ミレ　アンタ・ミロサヴリエヴィチ氏に対するもので、偽証です。
スパソィエ　あいつのことも見逃しはせんかったのだな？　それで、あの、その、本気なのかね、告訴は？
ミレ　実際、うちのトップは資料を見て叫んでいました。「鶏みたいに絞めてやる！」
スパソィエ　だれを鶏みたいに絞めると？

ミレ　あなたです！
スパソィエ　どうしてわしを絞めようと、それに、なぜこのわしを絞めようというんです？
ミレ　比喩的表現ですよ。
スパソィエ　この問題を比喩で考えるのは好まん。もう告訴の手続きは行われましたか？
ミレ　いいえ、いま作業中で、そのあと私が清書します。
スパソィエ　すばらしい！　すばらしい！　あなたが清書なさる予定と！　それでは、清書に少々時間をかけていただくことはできませぬか？　少し遅れるとありがたいのだが。
ミレ　はい、すでにリナ夫人にそうお約束しました。
スパソィエ　すばらしい！　すばらしい！　そうしていただけたら、心より感謝申し上げて、なんらかの方法でお返しもしたいと思います。
ミレ　リナ夫人ともすでにお話しましたが、一番よいのは、私に、そう、あなたの会社の「イリリア」で仕事に就かせてくださることです。上級職員の雇用機会はきっとおありでしょう。
スパソィエ　もちろんですとも！　それで、どんな資格をおもちですかな？
ミレ　ええっと……なんと申し上げればよいか……ギムナジウム中退、ビジネスアカデミー中退、工科高等学校中退、法学部中退……
スパソィエ　どれも卒業しておられない。とはいえ、あなたに資格を求めることはない、リナ夫人があなたをよくご存じなのだから。

ミレ　まあ、その、知り合い程度ですが。

スパソィエ　そうですか、知り合い程度、そうでしょうとも。そういうわけで、あなたに職を約束しましょう。ですが、むろん、会社が始動したときにです。そんなに近い話ではありませんが、動き出したときにはすぐに。

ミレ　それまでは？

スパソィエ　それまで？　それまでは辛抱です。

ミレ　ええと、とにかく、ただ、ご理解いただきたいのですが、弁護士事務所での給与は雀の涙で、生活はこんなに高くつくものですから。

スパソィエ　ああ、そうか！……わかりましたぞ。これからしてくださる仕事への報酬をお望みですな？

ミレ　とんでもない、そんなことはこれっぽちも。僕がこうしているのは純粋にリナ夫人への配慮と尊敬ゆえです。それとは別に、あなたが少しだけお金を貸してくださるのなら、それは、文句を言わず受け取りますが、報酬とおっしゃるのは、それは侮辱です。

スパソィエ　その侮辱はいくらですかな？

ミレ　ええと、借金のことですね。

スパソィエ　ああ、そう、そうでした。

ミレ　ほんとうに必要な額しかお願いするつもりはありません。いま必要なのは、五百ディナールといったところでしょうか。

スパソィエ　（気乗りしないふうにポケットから金を出す。）ぎりぎりです。いまはこれ以上は差し上げられません。（彼に渡す。）

ミレ　（受け取りながら）一つだけ、お願いがあるのですが、このことはリナ夫人にはお伝えくださいませんよう。

スパソィエ　もちろんですとも。あなたとリナ夫人のあいだのことを、わしが知る必要はない。わしとあなたのあいだのことを、リナ夫人が知る必要もない。数学で「三数法」というやつですな。

ミレ　（笑いながら）そうです、そうです！　それでは、弁護士事務所で進展がありましたら随時お知らせいたします。（出ていく。）

スパソィエ　（見送りながら）遅らせてください、できるだけ遅らせてください。

ミレ　仰せの通りに！（出ていく。）

第三場

アンタ、スパソィエ

スパソィエ　（リナからの手紙をもう一度読み、にやにやする。）

アンタ　（やってきて、扉のところから声をかける。）到着！

スパソィエ　で、みつけたか？

アンタ　もちろん、みつけた！

スパソィエ　言うたとおりのものか？

アンタ　（小ぶりの封筒を渡す。）ほら！

スパソィエ　（封筒から写真を取り出す。）うむ、よろしい！　どこでみつけた？

アンタ　聞かないでくれ、すごく大変だった。パスポートの写真を撮っている写真店を回って、写真でいっぱいの箱をいくつもひっくり返して、それでようやくみつけたんだ。

スパソィエ　すばらしい！

アンタ　（座りながら）だが、思うんだが……本当にこんな大きな家に本人の写真がなかったのか？

スパソィエ あるにはあったが、必要なのはパスポート用のものでな。

アンタ 道すがら、「イリリア」にちょうどいい場所を探していたんだ。二、三あったが、部屋は二つだ。

スパソィエ それは小さい。事務員だけで三、四室は必要だ。

アンタ 仕事はたくさんあるんだな?

スパソィエ それはもう、仕事は山ほどあるだろう。

アンタ そりゃあいい、俺の仕事もあるかい?

スパソィエ お前は金がない、金が必要なんだ。あの一万ディナールを無駄遣いしていなかったら、その金で株が買えただろうが……

アンタ 株主なんてならなくてもいい。

スパソィエ それなら、なんだ?

アンタ だから、仕事さ。俺はこの国で仕事をみつけられないただ一人の年金受給者だ。だが、能力がないからではないぞ。

スパソィエ 能力はあるとも。ないとは言わない。やる気もある。だがな、正直に言うと、あの会社でお前を雇用するのは、少しばかりまずい。

アンタ なんでだ?

スパソィエ それは……あのせいだ。

アンタ　あのせいって？
スパソィエ　あの偽証のせいだよ。
アンタ　ああ、そうだ、それは認める。お前さんも俺もあの会社にはいられないな。
スパソィエ　お前はな、わしは違う。
アンタ　いやいや、偽証と証拠偽造だろ。
スパソィエ　（かっとなって）二度と口にするなと言うたはずだぞ？
アンタ　そっちが先に言ったんだろう？
スパソィエ　わしはわし、お前はお前だ。お前は偽の証言をした、その結果はどうだ？　いまお前は何者で、なにをしている！　何者でもなく、なにもしていない。手持ちは路面電車代くらい、それがお前の資本すべてだ。わしから騙しとった一万ディナールから、十万ディナール作ることができておれば、いまごろ、十万から二十万、二十万から四十万、となっておったろうに！　そうなっておったら、お前に感服して、偽証のことなど二度と言わんのだ。八十万ディナール持っている人間に、偽証がなんだ？　全世界がお前に感服して、偽証などとだれも思いつかんだろう。
アンタ　つまるに、ここではみんながお前さんに感服するってことか。
スパソィエ　むろん、そうだ。それがお前とわしの違いだ。
アンタ　そうはそうだ、そうだろう。ただな、俺のような人間が会社には必要なんじゃないか。

スパソィエ 必要になるかもしれん。だが、正直に言うと、お前はあまり引きがよくないようだ。引きがよくないんだ。

アンタ そりゃどういうことだ？

スパソィエ あのな、お前はあのジャーナリストをみつけてきただろう！

アンタ それがどうした？

スパソィエ それがだ、一昨日二千ディナール取っていったあげく、見ろ、今日こんなことを書いてきた。（ポケットから手紙を引っ張りだす。）朝っぱらから書いてよこしたのを読んでやる。（読む。）「拝啓、信頼できる筋から、近日中に全新聞があの件について長く広範な記事を書くことがわかりました。彼らに資料を渡しているのは、生きていないことにしておられる人物です。もし新聞がこれを発表すると、私がすでに手にしている資本に損害が出ます。私が口に入れようとしている食べ物が奪われる、と言えばよいでしょうか。先を越すためには、今夜のうちに小冊子を書き上げて、明日の午後に売りに出すしかありません。あるいは、私が黙っているか。しかし、こちらの側から言えば、沈黙は多大な犠牲ですし、いまや被害は甚大です。私は慎ましい人間ですので、千ディナールで結構です。」と、こうだ！

アンタ それでどうした？

スパソィエ ごまかしてやった。五百送ったよ。

アンタ　それで足りるのか？

スパソィエ　足りるに決まっとる！　お前なら二百ディナールで黙っておるだろうが、やつには五百くらいは払うしかない。

アンタ　新聞の話は、俺も聞いた。

スパソィエ　なにを聞いた？

アンタ　マリッチが自分のところに全新聞社を呼び寄せたと聞いたし、それに……

スパソィエ　弁護士も呼んだとは聞いていないか？

アンタ　弁護士を呼んでどうするんだ？

スパソィエ　告訴をするんだ、お前も告訴した。

アンタ　どうして俺を？

スパソィエ　偽証だ。

アンタ　どうして俺だけなんだ、他のやつらは？

スパソィエ　わしらみんなを訴えた。だがな、こっちは刑事事件ではないぞ。妻を略奪したことであいつを、財産を略奪したことでわしを訴えたが、そんなのは犯罪じゃない。お前のことは偽証で訴えておるが、それは少なくとも一年の懲役だ。

アンタ　（神経質に）知っている、お前さんに言われた、もう何度もお前さんに言われたよ。（そわそわする。）

スパソィエ　ほらみろ、お前を見逃さなかったじゃないか。

アンタ　そうだ、しかもそうできたのに。

スパソィエ　できたさ、できなかったとは言えまい。わしのことも見逃すことができたのに、そうしようとしなかった！

アンタ　（頭をむしりながら）ああ、どうしよう、刑務所に行くのは嫌だ！

スパソィエ　わしでも行きたくはないな！　こう考えてみればどうだ。ある年はカールスバートに行く、ある年はブレッドに行く、そしてある年は刑務所に行く。わしは行きたくないがね！

アンタ　まあいいさ、これからどうする？

スパソィエ　むろん、できるだけのことをするんだ。わしは裁判を引き受ける、お前は新聞を引き受ける。急げ、編集部を回って、編集者から配達人のところまで行って、待つように、二十四時間だけ待つように、明日になったら大センセーションのネタが入るからと言うんだ。そう言うて、首尾よく運んだら、報告しに戻ってこい。

アンタ　（立ち上がって、出ていこうとする。）あの……その裁判の件は？　裁判の件でなにかするのは嫌なんだが。

スパソィエ　言うただろ、それはわしが進めておくし、すでに必要な手はずはつけてある。

第四場

アグニヤ、前場の顔ぶれ

アグニヤ　ごきげんよう。あら、あなたもここにいたのね、アンタさん、ちょうどいいわ。とにかくあなたに会いたいと思っていたの。言いたいことがあって。あの件、あなたが話してくれたのとまったく違う話を聞いたわよ。

アンタ　ありえます、ありえます、ですが、それで問題が変わるわけではありません。

アグニヤ　死んだマリッチは唇の左にほくろがあったというのは間違っているってこと。

アンタ　そうですか、いいですよ、なかったと認めます。ただ、お願いです、お暇させていただけませんか、お話している時間がないんです、緊急の用事がありまして。そうだろう、スパソィエ……緊急の用事だよな？

スパソィエ　そうだ、そうだ！　早く行け！

アンタ　（アグニヤに）それでは、失礼します！（出ていく。）

第五場

アグニヤとスパソィエ

アグニヤ あんたにも話があるの、スパソィエ。
スパソィエ どんな?
アグニヤ 世間で話されていることよ。あんたに伝えなきゃ。心配なの。あんたは従兄弟だもの。
スパソィエ やめてくれ、あんたには関係ない。
アグニヤ そんなことあるもんですか! いい、昨日、ドラガ・ミトロヴィチさんに会ったときに聞かれたの。「いやねえ、スパソィエさんはどうしてお嬢さんの結婚式を急に延期したのかしら。招待状を全部印刷したあとだっていうのに。」そんなこんなよ!
スパソィエ 娘はわしが決めたときに結婚するんだ、ドラガ夫人が決めたときではない。招待状をもう一度印刷するなんて訳ないことだ。
アグニヤ ドラガさんだけじゃないわよ。ああ、みんながなんて言っているか、あんたが知っていたら。婚礼のことだけじゃなくて、ほかのこともいっぱい。

スパソィエ　一度はっきりと言うたはずだ、世間のことは放っておいてくれと。
アグニヤ　わたし、ナスタさんにカップを見てもらったの。
スパソィエ　カップ？　なんのことだ、気はたしかか?!……
アグニヤ　コーヒー占いよ！　わたしの言うことをちゃんと聞いて。ナスタさんは閣僚たちも占って、いつ大臣職を失うかを正確に言い当てたのよ。わたし、言ったわ。大変な不幸、大変な心配事があるって。コーヒーカップを見たナスタさんがわたしになんて言ったと思う？
スパソィエ　知りたくない、いいか、知りたくない。コーヒー占いまで信じさせようというのか。
アグニヤ　なんですって？　コーヒー占いを信じないの？
スパソィエ　信じん。
アグニヤ　じゃあ、神も信じないんでしょう。
スパソィエ　おい、神とコーヒー占いをごっちゃにするのか。
アグニヤ　そう、運命よ。神は運命を与え、コーヒー占いは運命を先に教えてくれる。
スパソィエ　もう放っておいてくれ、それよりせっかく来たんだから、用事を頼まれてくれんか、そうしてくれたら礼を言う。いいか、ヴキツァを一時間ばかり家から連れ出してほしいんだ。ここで会談を予定しておるんだが、うまくいくかもしれんし、いかないかもしれん。だからヴキツァに家にいてほしくないいんだよ。

アグニヤ　あら、そんなのお安い御用よ。婚礼衣装の生地を選びに連れていくわ。ただ、知らせておいてくれたら、生地見本のコレクションを持ってきたのに。まあいいわ、どの店になにがあるか覚えているから。

スパソィエ　そいつはあまりうまくない。昨日結婚式の延期を決めて、ヴキツァにも婚礼衣装はまだ買うなと言うたから、いまそうしろとは……それより、なにかほかのことはどうだろう。

アグニヤ　そうね。一緒に出掛けて、自分でカトラリー一式を選んで、と言うのはどうかしら。二十四人向けのカトラリーセットを二、三軒の店で見たのよ。結婚のお祝いにあげようと思って。でも、ヴキツァが自分で選んだ方がいいでしょ。

スパソィエ　おお、それは、すばらしい考えだ！　ヴキツァもきっと賛成するだろう。（左の扉へ向かう。）ヴキツァ、ヴキツァ、いい子だ、こっちにおいで。アグニヤおばさんがお見えだよ。（戻りながら）それで、頼むよ、できるだけ長く出かけていてくれ。

第六場

ヴキツァ、前場の顔ぶれ

ヴキツァ　あら、おばさん、急にいらっしゃったのね？

アグニヤ　（ヴキツァにキスをしながら）用があってね、それもとっても大事なこと。一緒に出かけましょう。

ヴキツァ　出かける？　どこへ？

アグニヤ　あなたの結婚のお祝いを選ぶのを手伝ってほしいの。

スパソィエ　（ヴキツァに）おばさんを手伝わんとな。

アグニヤ　なんのことか話すわね！　いい、わたしは寝室のものを買いたかったんだけど、お父さんが反対したの。もうすでに一式注文したって言うのよ。

スパソィエ　そうそう！

アグニヤ　わたしの好みで選んであげたかったのに。

ヴキツァ　きっと並外れたものだったでしょうね。

アグニヤ　わたし、いつも結婚したら寝室を水色にしようと思っていたの。壁もその色で塗るのよ、もちろん天井も。そういう新婚の部屋に、水色のダブルベッドを置いて、青いベッドカヴァーをかけて、シャンデリアには空色のボールを付けるの。ああ、なんて美しいのかしら。新婚カップルが空の上にいるみたいに感じるでしょうね。自分の部屋をそんなふうにしたいといつも想像していたの。

ヴキツァ　残念でしたね、ほんとうに、その機会がなかったのが。

アグニヤ （心からのため息。）ほんとうに残念だこと！　だけど、スパソィエが反対するから、二十四人用の銀のカトラリーセットを買うことにしたの。純銀製のしっかりしたやつ！
スパソィエ それはきっと美しいだろうて。
ヴキツァ でも、どうしてわたしが行かなくちゃならないの？
アグニヤ 三つの宝石店で三つのセットをみつけたの。どれにしようか迷っちゃって。あなたに自分で決めてほしいのよ。
スパソィエ そうだ、ヴキツァ、お前のものになるんだから、お前の好みのもののほうがいい。
アグニヤ 値段の違いは問題ではないわ。あなたが気に入るものをあげたいのよ。
スパソィエ 行っておいで、ヴキツァ。
アグニヤ そうしてくれなきゃだめよ！　あなたなしでは買いたくないもの。
ヴキツァ またにしてもらえないかしら、今日はすごく頭が痛いの。
スパソィエ またのときに頭が痛くない保証はないだろう？
アグニヤ 外の空気を吸ったら、良くなるわよ。
ヴキツァ （決めかねて）わかったわ、しかたない。支度してくるわね。（自分の部屋へ行く。）
アグニヤ じゃあ、支度を手伝うわ。（ヴキツァのあとに続く。）

第七場

スパソィエ（一人）

スパソィエ　（電話をかけにいく。）もしもし、もしもし！　ジュリッチさんですか？　お邪魔して申し訳ない。ただ、問題は非常に深刻なようなのです。お聞きですか？　そうですか、お聞きおよびですか。向こうの弁護士がすでに告訴の準備をしておるというんです。たしかな筋から聞きました。それから、新聞でのキャンペーンも準備しておるようです。それはお聞きになりましたか？　そうですか。それならいいです。なんとか、途中で止められんものでしょうか。それについて書くことを検閲で禁じるとか。著名な市民の名誉を守ることができんのなら、なんのための検閲でしょうか。個人としてのわしらを守ることはできないまでも、会社である「イリリア」は守るべきでしょうに。あの会社は国家に名誉をもたらしております、わしらを破滅させることは会社を破滅させることです。え？　え？　はい、すべてやりましたとも。証拠はすでに警察の前にありますし、証人も任命されました。すべて、すべて、すべて教えていただいた通りに。派遣してくださった警察官と話しまして、十時半にここに来てもらう手はずになっております。マリッチも同じ時間に呼んでおります！　来るでしょう、片を付けるためにに来てくれと言うてあるので。シュヴァルツと？　ああ、はい、準備万端です。シュヴァルツも呼びました。

第八場

シュヴァルツ、前場の顔ぶれ

シュヴァルツ　（そのとき入ってくる。上品な服装の紳士。）

スパソィエ　（彼に気づき、手を振って待つように伝え、電話を続ける。）来ました、いまシュヴァルツさんがお見えです。はい、はい、ジュリッチさん、そのようにいたします、いま、シュヴァルツさんと終わらせます。はい、これ以上後回しにはできません。にしても、今日はもう、どうなりますか！お知らせします、ええ、はい、お知らせします！（受話器を置く。）ごきげんいかがですか、シュヴァルツさん、わしは三度もご連絡しましたが。

シュヴァルツ　失礼しました。緊急とは思いませんでした。

スパソィエ　緊急事態ですよ。どうぞ、お座りください！

シュヴァルツ　ありがとうございます。（座る。）
スパソィエ　査証のあるパスポートをお持ちですな？
シュヴァルツ　はい、合弁企業ができたら、すぐに旅に出られるように査証を用意しておけとおっしゃったので。
スパソィエ　いまお持ちですか？
シュヴァルツ　（ポケットから取り出す。）いつも肌身離さず持っています。
スパソィエ　（パスポートを取り上げて）パスポートを渡していただきます。
シュヴァルツ　（驚いて）えっ？
スパソィエ　パスポートを渡していただきます。明日、警察に行って、パスポートを失くしたとか盗られたと申し立ててください。
シュヴァルツ　（抵抗して）ですが！
スパソィエ　重大な問題にかかわることでしてな、わしらはその問題の解決をしようとしておるのですが、それはあなたにも大きな利益になることです。
シュヴァルツ　ですが、パスポートなしでどうすれば？
スパソィエ　先ほど申し上げたように、明日新しいパスポートを申請なさるのです。
シュヴァルツ　新しいのをくれるでしょうか？
スパソィエ　先ほどの大臣の弟御との会話をお聞きになられたか？　すべてあの方の指示に従っておることが

おわかりいただけるでしょう。あなたのことを考えてくれる人がおるのです、心配には及びません。

シュヴァルツ （決めかねて）ですが……なんだか気持ち悪いですね。どうして私のパスポートと私の名前が必要なのでしょう。

スパソィエ 悪いことはしません。心配ご無用。それどころか、あなたのパスポートはいい結果を生み出す助けとなります。とてもいい結果を。

シュヴァルツ わかりました、ただ、それでも気持ち悪いですが。

スパソィエ ジュリッチさんとお電話しますか、ご自分でお話になりたいのなら。

シュヴァルツ ありがとうございます、大丈夫です……ただ……明日新しいパスポートを手に入れられるというのは確かでしょうか？

スパソィエ 明日か、もしくは明後日か。

シュヴァルツ 心配しなくていいと？

スパソィエ まったく！

シュヴァルツ 御用はお済みですか？

スパソィエ お待ちください！（パスポートを開いて、小刀で写真をはがして、彼に渡す。）必要でしょう。

シュヴァルツ （ますます心配になって）ですが、これは……

スパソィエ 申し上げたように、心配ご無用です！

第九場

ヴキツァ、アグニヤ、前場の顔ぶれ

アグニヤ　（ヴキツァの部屋から出てきて）支度ができたわ。
スパソィエ　こんなになにをしていたんだい？
アグニヤ　わかるでしょう、女の子の会話に終わりはないのよ。
スパソィエ　（紹介して）こちらはシュヴァルツさん、「イリリア」の取締役会のメンバー。こちら、わしの娘と従姉妹です。
シュヴァルツ　（お辞儀をする。）
ヴキツァ　パパ、わたしたちもう少しここにいても？
スパソィエ　いやいや、わしも用事があるんでな！（じりじりと待っているシュヴァルツに）そういうわけです、シュヴァルツさん。
シュヴァルツ　ありがとうございます。失礼します！（ご婦人方に深くお辞儀をして出ていく。）

第十場

スパソィエ、アグニヤ、ヴキツァ

アグニヤ （シュヴァルツを目で見送りながら）いい男！
スパソィエ いい男ではない！　既婚者だ！
アグニヤ あらそう！
スパソィエ なにを言おうとしたかな？（ヴキツァに。）そう、お父さんのために急ぐことはない。しっかり見ておいで、一生に一度の買い物なんだから。
アグニヤ わたしもそう言ったのよ！　行きましょう、ヴキツァ。
ヴキツァ （父親の頬にキスをしてアグニヤと出ていく。）

第十一場

スパソィエ（一人）

スパソィエ　（だれかが見てはいないかと、右を向く。アンタが封筒から出した写真をポケットから取り出す。それから、糊《のり》の小瓶を抽斗から取り出し、写真の後ろに塗り、シュヴァルツのパスポートに貼り付けて、拳で押さえる。）

第十二場

ソフィヤ、スパソィエ

ソフィヤ　（入ってくる。）警察の方がお越しです。

スパソィエ　お通ししなさい、すぐにお通ししなさい。

ソフィヤ　（下がって、警察官を通す。）

第十三場

警察官2、スパソィエ

スパソィエ　お越しになったのは？
警察官2　お役に立ちにまいりました。
スパソィエ　事情はご存じで？
警察官2　はい。
スパソィエ　指示は受けておられる？
警察官2　指示を出してくださると聞いています。
スパソィエ　よろしい、すばらしい。だれかご一緒ですか？
警察官2　憲兵が二人。通りにいます。
スパソィエ　通りはまずい。目についてしまう。中庭に入れてくだされ。あなたは部屋を出たあと、呼ばれるまでお待ちいただきたい。件の人物については、興奮させないでください。とはいえ……すでにご存じかと思いますが。

警察官２　承知しました！

スパソィエ　どうぞ、一つ目の部屋に、右です。（外の扉までついていく。）ソフィヤ、お客さんをわしの小部屋にお連れして。（戻ってくる。）

第十四場

リュボミル・プロティチ、アンタ、前場の顔ぶれ

アンタ　婿殿に会ったよ。編集部にいた。

スパソィエ　（プロティチに）行ったのか？

リュボミル　はい。ですが、なかなか大変です。第一級のセンセーショナルですから、そうそう手放したがりません。

スパソィエ　書いてしまうのか？

リュボミル　二日間、先延ばしすることができました。それまでにもっとセンセーショナルな特ダネがあると約束しました。
スパソィエ　すばらしい、すばらしい。二日か、その二日が必要なんだ。
リュボミル　あの人はすでに弁護士に依頼したとアンタさんから聞きました。
スパソィエ　そう、アンタ君を告訴する。
アンタ　みんなを告訴する。
リュボミル　刑事で？
スパソィエ　わからん。思うに、わしらは民事で、アンタ君は刑事だろう。
アンタ　平等に告訴する。違いはない。
リュボミル　どうして告訴を？
スパソィエ　ノヴァコヴィチさんは妻を奪ったことで、わしは近親者を装って財産を奪ったことで、君は……
リュボミル　（アンタの前で話すなと合図して遮る。）
スパソィエ　（思い出す。）そう、そうだ……君のことはあの件で。
リュボミル　アンタさんは？
アンタ　俺はあの件でだよ。
リュボミル　つまり、僕たちも弁護士が必要ということですね。

スパソィエ　わしにとっては自らの穢れのない良心こそが一番の弁護士だ。
アンタ　俺もだ！
リュボミル　ですが……穢れのない良心に法律はわかりません、法律はとても危険なものです。
スパソィエ　問題はだ、共通の弁護士を雇うか、それぞれで雇うかだ！　いずれにせよ、抜け駆けはいかん。その件についてはジュリッチさんの助言をもらっておこう。
リュボミル　（部屋を出ていきたそうにして）ヴキツァは向こうにいますか？
スパソィエ　いいや、アグニヤおばさんと出かけた。もうしばらく楽しんでくるだろう。

第十五場

ノヴァコヴィチ、リナ、前場の顔ぶれ

スパソィエ　（扉から現れた二人に気づき）ああ、よかった！
リナ　こんなに頭が痛いのに……
スパソィエ　今日はみんな頭痛ですよ。だが、いかんともしようがない。事態は非常に深刻でしてな。みんなで相談して、みんなで心配するしかありません。わしらの頭上で、屋根が燃えておるんだ。それでまあ、ともかくもお呼びしたんです。マリッチは弁護士に依頼しました。一、二日もすれば、わしらは告訴されるでしょう。

ノヴァコヴィチ それがなんだ。われわれも弁護士を頼んで、弁護しましょう。

スパソィエ 弁護しよう？　簡単に言わんでください。弁護しようなどと。それでなにを失うというのです？　なにもだ！

ノヴァコヴィチ 何もってどういうことですか？

スパソィエ こういうことです。彼は妻を奪ったとして君を告訴する。だが、訴訟に負けたとて、君が失うのは、妻だけ。そんなのは損害でもなんでもない。

リナ （侮辱されて）どうしてそうお考えなの？

スパソィエ （たじろいで）これは失敬、つまり、妻を失うことは物質的な損失とは言わんということです。いまお話しておるのは、物質的な損失のことですからな。それに、妻を盗んだという告発は犯罪ではない。それはいまや一種のスポーツであって、それ以上ではない。従って、お二人への告発は危険ではありません。だが、この罪人のアンタ君の場合はどうか。

アンタ （文句を言う。）なんでまた俺なんだ？

スパソィエ たとえばのことだ。

リナ　たとえですから。

スパソィエ　お前もわしらもみんなたとえにすぎん。たとえば、ノヴァコヴィチさん、君は自分自身を欺いておられる。妻が奪われたとて、やすやすとやり過ごせるでしょう。もっと深刻な物質的な損失に直面しておられる。君はマリッチが死んだと信じてリナさんと結婚した。しかし、もし法廷が妻を譲渡するよう命じたら、彼は生きとることになる。もし彼が生きとるなら、「イリリア」全体が地獄行きだ。すべてお終いだ。すべて。むろん、君が会社に投じた五十万ディナールも。

ノヴァコヴィチ　（おそれをなして）私の五十万が？　そんなことになったら、破滅だ！　そんなことになったら、自殺するしかなくなる。

スパソィエ　ほら、おわかりだろう！　そんなことになってもいいのか？　君は自殺をする、わしの婿も自殺する、アンタ君も自殺する。アンタ君も自殺させておこう、なんの役に立つかはわからんが。わし一人では戦えない。みんなで力を合わせなければ。

アンタ　もちろんだ！

一同　（合意する。）

スパソィエ　戦わねばならん、生死をかけて。手段など選んでおられん。わしらの生存が問題になっておる。あらゆることに備えねばならん、おわかりか、あらゆることにだ！

ノヴァコヴィチ　「あらゆること」とはどういうことをお考えですか？

スパソィエ　計画の全貌をお話しましょう。わしは朝から晩まで考えました。一人で考えたとは言いません。ジュリッチさんの計画に基づいておる。わしはそれを発展させただけです。ジュリッチさんはこの計画を実現させるために全力を尽くし、当局筋で必要な措置はすべて講じてくださった。当局はすっかりわしらの味方です。

ノヴァコヴィチ　法務局？

スパソィエ　いいや、ですがこの件は法務局までは及びますまい。マリッチは警察に危険分子、国外の破壊組織の代表として登録されております。そのことを証言するのは、わしとあなたがた、つまり、ノヴァコヴィチさん、リナ夫人、わしの婿、そしてアンタ君です。必要になったときに備えて、証言をご準備くださるように。

ノヴァコヴィチ　何を証言するんですか？

スパソィエ　なんでもです、彼を悪者にできること、破壊分子、外国の諜報員、無政府主義者として示せること、彼をめちゃくちゃにできることならなんでも。わかりましたか？

アンタ　見たことも聞いたこともないことでも？

スパソィエ　「見たことも聞いたことないことでも」ではなくて、まさに見たことも聞いたこともないことを。それを証言せねばなりません。

ノヴァコヴィチ　（もごもごと）それはでも、なんというか……

スパソィエ　おっしゃいなさい！

リナ　そんなことは、あの、悪徳じゃないですか。

スパソィエ　悪徳です、むろん、そうでないとでも思うておられるのか！　徳が助けてくれると思うておられるのか。わしはキリスト教の教えのなかで、徳を学びました。だが、キリスト教の教えと人生は別物だ。リナ夫人、教えてください、どちらがよろしいですか、徳とミランさんの自殺と？　君はどうかね、ノヴァコヴィチさん、答えてくだされ、徳と五十万のどちらがよろしいか？　君はどうだい、婿殿、徳と……（思いとどまる。）では、お前はどうだ、アンタ君、言うてくれ。徳と一年の懲役のどっちがいい？　さあ、言うてくれ。

リュボミル　本当に、難しい、非常に難しい立場です。

スパソィエ　難しい、当たり前だ。悪徳は力です、力なんです。その力は、まさに法律よりも古く、強い。今日、全世界が悪徳に頭を下げる。アンタ君だけは……

アンタ　（逆らって）俺がなんだ？

スパソィエ　顔をしかめておるがな、たぶんお前はわしらの社会の善を代表しているかもしれないと言おうとしたんだ。

第十六場

ソフィヤ、前場の顔ぶれ

ソフィヤ (名刺を持って) お客様です。
スパソィエ (名刺を読んで) マリッチさんだ。お通ししろ!
ソフィヤ (出ていく。)
スパソィエ いいですか、みなさん、心の準備を!

第十七場

マリッチ、前場の顔ぶれ

マリッチ (入ってきて、お辞儀をする。だれも挨拶を返さない。スパソィエのほうを向いて) あなたのたってのお招きでまいりました。
スパソィエ そうです、お越しくださるようお願いしました。
マリッチ 最後の話し合いを持ちたいということですが。
スパソィエ そう、最後の。
マリッチ 私はこの件全体について最終的な決断に至っておりますので、さらに最後の話し合いをする必要性を感じませんが、それでもともかく、お話を伺いにまいりました。
スパソィエ そうしてくださってよかった、そうすることが君にも大きな利益をもたらします。
マリッチ そうお考えで？
スパソィエ 考えるのではなく、知っておるのです。とはいえ、お話できる時間は限られておる。すぐに本題に入るとしましょう。
マリッチ こんなふうに、皆さんの前でお話するのですか？
スパソィエ そうですとも。ええ、ここにいるみんなの前で。このためにお呼びしたので。お話することは、わしと彼らの名前にかかわることですから。
マリッチ どうぞ！
スパソィエ 警察につけられておることはご存じか？
マリッチ （驚いて）警察に？

スパソィエ　そうです、そして、この瞬間にも捜査員が家の前にいたり、中庭にいたり、この部屋の前にいたりしても驚きません。

マリッチ　そんなに私は危険ですか？

スパソィエ　ご自分で考えておられるより危険だ。君の活動、君の動き、君の陰謀はすべて白日の下になっておる。

マリッチ　大変興味深い。

スパソィエ　警察にも大変興味深いことですな。

マリッチ　その私の活動と陰謀についてもう少しお話くださるのはいかがですか？

スパソィエ　君について集められた内容を詳らかにし、危険性をご自身でお考えいただこうと思うております。

マリッチ　それは大変ありがたい。

スパソィエ　いいですか、君は、無政府主義組織の活動員であり代表者です。その組織の目的は、国家の破壊、社会と社会秩序の破壊だ。

マリッチ　（笑いながら）それで全部ですか？

スパソィエ　全部ではない。まあ、お聞きなさい、そのうちおわかりになるだろう。それで、捜査が開始され、君の家での手紙の盗難にたどり着いた……

マリッチ　ラブレターの？

スパソィエ　君はそう言うておるが、捜査では違うと判明しておる……盗難された手紙は破壊活動をすべて明るみに出し、君の立場を危うくするものだった。手紙が盗難されてすぐに、活動の同志であるロシア人移民のアリョーシャは自殺をし、君は国境を越えて逃げ出して、ひそかに三年間の亡命生活を送った。

マリッチ　それは初耳です。つまり、政治的な手紙だったのですか？

スパソィエ　政治的ではなく、革命を扇動する、無政府主義的なものです。

マリッチ　女性の不貞を結婚生活における無政府主義と捉えれば、そんなふうにも言えるかもしれませんね。

スパソィエ　警察は手紙の中身を把握しておる。

マリッチ　そうですか、警察が読んだのですか？

スパソィエ　読んではおらん、夫人があなたを救おうとすべて破棄してしまわれた。

マリッチ　それはどうもありがとう！　では、どうして警察は手紙が革命を扇動するものだとわかるんですか。夫人がそう主張しない限りはわからないですよね？

スパソィエ　むろん、夫人がそう主張しておる。

マリッチ　そうですか？！　つまり、夫人は必要があれば証言なさるということですね？

スパソィエ　むろん、証言なさいますとも！

マリッチ　（リナのほうを向いて）ご本人の口から伺いたいですね。

リナ　（うろたえ、興奮して、喉をつまらせる。）わたし……わたし……

マリッチ　はい、はい、はい、夫人は証言なさる。それがご本人の道徳観にぴたりと一致しますからな。

ノヴァコヴィチ　私の妻を侮辱するのは許しませんぞ。

マリッチ　私は自分の妻を侮辱しているのですよ。彼女はあなたの愛人でしかありません。

ノヴァコヴィチ　私の名前をつけているかぎりは……

マリッチ　名前？　それがあなたにどんな意味があるかは知りませんが、彼女にはありませんよ！　私の名前をつけていましたが、独自の道徳観を持っていました。いまはあなたの名前をつけていますが、変わらず独自の道徳観を持っていますよ。

リナ　（興奮して喘いでいたが、その瞬間に目の奥で憎悪をきらめかせ、急に火がついて、叫ぶ。）もうたくさん！（憎々しげに。）証言します、証言します！（興奮しすぎて安楽椅子に倒れ込む。）

マリッチ　（落ち着いて、冷笑的に）そうでしょうとも！（ノヴァコヴィチに。）あなたもご自身で証言なさるでしょうな。手紙の中身をご存じなんでしょう？

スパソイエ　そうです。ノヴァコヴィチさんもそう証言なさいます。それだけではありません。ノヴァコヴィチさんは、君が建設現場の作業員たちに無政府主義のプロパガンダを行なっていたことも証言なさる。様々な国際組織の容疑者、活動員を君が国外から連れてきて、建設現場での仕事を与えて、足跡を消そうとしたことも。

マリッチ　ノヴァコヴィチさんはそれを証言なさる？

スパソィエ　それ以外にもたくさん。

マリッチ　（ノヴァコヴィチの目をまっすぐ見る。ノヴァコヴィチが下を向くと、深い軽蔑を漂わせて背中を向ける。そしてスパソィエのほうを向く。）それで、その非の打ちどころのない証人の列にはあなたの大事な婿殿も加わるんでしょうね？

スパソィエ　そうですとも。彼の証言は君に一番厳しいものとなるだろう。

マリッチ　そうですか？

スパソィエ　君は亡命したときに、自分に不利になる痕跡を取り除こうと、この青年を信じて原稿を託した。その原稿は君にとって貴重なものだった。

マリッチ　そうです！

スパソィエ　おわかりですな、君は基本的な事実を否定しておられん。ですから、真実も否定できまい。君が死んだあと、わしの婿は、残された原稿をどうしたらよいかわからず、目を通してみた。驚いたことに、彼がみつけたのは、国外の各種組織とのあいだに交わされた革命を扇動する機密書簡だった。そんな書簡を持っておったら、刑務所行きどころか、まっすぐ絞首台行きになる。青年は困りきった。そんな文書を自分で持っていたくはない、とはいえ、警察に渡す理由もない。もう死んでいる人間を告発する理由があるだろうか？　婿は人生経験豊富なアンタさんに相談をした。そして、ある結論に達したのです。あの世でのあなたの平和と平穏のために書簡はすべて燃やそうと。

マリッチ　(嫌悪感をあらわに) 婿殿はそれを証言されるのか？

スパソィエ　はい！

マリッチ　アンタさんも証言されるのか？

スパソィエ　アンタさん？　むろん法廷で宣誓しますとも、必要があればね。

マリッチ　哀れなやつ！

アンタ　(ノヴァコヴィチにひそひそと) なあ、なんで俺が哀れなやつなんだ？

マリッチ　プロティチさん、私は君の口から聞きたい。本当にそんなことを証言しようと思っているんですか？

リュボミル　(黙る。)

スパソィエ　言うんだ、率直に言うんだ！

リュボミル　(良心に苦しみ、聞こえないくらいの声で) はい……そう証言します！

マリッチ　(怒りを爆発させて) 下衆どもめ！

(自然な動作)

マリッチ　君のことはありきたりな泥棒だと思っていたが、それ以上だな。この盗賊め。

アンタ　おおっと!!!

スパソィエ　まあまあ怒りなさんな。この人は侮辱でしか自分を守れないのだ。

マリッチ　（まだ興奮している。）私が自分を守ると思っているのか？　何から？　誰から？　あんたらのような堕落した哀れなやつからか！

アンタ　（ノヴァコヴィチに）おい、まただ、今度はみんな哀れなやつだぞ！

マリッチ　（ためらい、気を取り直して）取り乱すべきではなかった。一連のことは、この環境下でも取り乱すほどのことではない。（スパソィエに。）それでは、先ほどのおしゃべりに戻りましょう。教えてください、たとえば、私の親愛なる、もっとも近い親戚のあなたにお伺いします、教えてください、あなたは何を証言なさろうというのですか？

スパソィエ　それはどういう質問ですかな？　むろん、わしは自分が知っとることをすべて話します。このわしにかぎって、不正直であることや知っとることを隠すなどありえません。

マリッチ　あなたがご存じのこととは何ですか？　あなたの良心の重荷は何ですか？

スパソィエ　外国からひそかに君に大量に送られた外貨の金額を正確に知っておる。ほかにも……

マリッチ　私との親戚関係を裁判所で証言したときと同じように証言なさると？

スパソィエ　どう証言するかはわかっとる。自分のことですからな。

マリッチ　（また興奮して。）何ということだ。私が聞かされたことはいったい何なんだ？　私が耳にしたことをあなたたちは本当に言ったのか？　ここにいるのはたったの数人なのに、これほど悪徳が集まっているとは。考えられない。人間、そう、そう言って構わない、そうはいっても、あなたたち一人一人は人間で、それぞれに少しばかりは人間性があるだろうに。

スパソィエ　ありますとも、たしかにあります。わしらにどれくらい人間性があるか、わしがどれくらい親族としての義務を気にかけておるかをお見せしよう。（ポケットからシュヴァルツのパスポートを出す。）よろしいですかな、査証のあるパスポートを用意しておきました。ドイツやそのほかの国に行けるようにです。このパスポートでは、アドフル・シュヴァルツという名前になっております。本名では国境を越えられませんのでな。パスポートには君の写真が貼ってあります。（渡す。）

マリッチ　（仰天して）パスポート？……どうしてパスポート？……

スパソィエ　支障なく、時間内に出国できるようにですよ。

マリッチ　出国？（パスポートを摑む。）渡してくれ、渡してくれ、貴重な証拠だ。（いそいでポケットに押し込む。）これは君たちの悪徳を示す重要な証拠だ。これは返さないぞ、君らの頭と引き換えでも渡さない！

スパソィエ　構いません、お持ちください。君に必要なものだ。十年か十五年か、独りぼっちで、だれにも気づかれず、だれにも知られず、他人の名前で、どこか、過ごしやすいドイツとか、オランダとか、なんならスウェーデンの街で過ごすのか、それとも十年か十五年か、独りぼっちで、だれにも気づかれず、だれにも知られず、どこか、刑務所の独房で過ごすのか。その決断をするとき、そのときにこのパスポートの価値がおわかりになるだろう。

マリッチ　刑務所……独房？　どうしてそんなところに行くんだ。盗まれた名誉、仕事、財産を返してくれと盗賊どもに求めたからか。人さらいと盗賊の君らの面の皮を剝ごうとしたから、無政府主義分子の工作員だっていうのか？　君らはそれを社会と社会秩序の破壊というのか？　不実な妻、嘘つきの友人、研究泥棒、財産泥棒、偽証者。そんなのが、君らの社会秩序の柱なのか？　盗まれた道徳的、物質的財産の返還を求める者は、破壊分子なのか？　ああ、哀れな下衆ども。正直な人間が唾を吐く価値すらない。

スパソィエ　おっしゃりたいことはすべておっしゃったろう。聞いていただきたいこともすべてお話した。それでは、これがとりとめのない会話ではなかったことをお見せしよう。（ベルを鳴らす。間。しーんと静まり返る。）

第十八場

ソフィヤ、前場の顔ぶれ

ソフィヤ　（現れる。）
スパソィエ　ソフィヤ、だれか外で待っておるか？
ソフィヤ　はい。扉の前に警察の方がお一人、中庭には憲兵が二人おります。
スパソィエ　警察の方に来ていただくよう伝えてくれ。
ソフィヤ　（出ていく。）

第十九場

マリッチ、前場の顔ぶれ

マリッチ　（ショックを受けた様子で一同を順番に見る。）つまり本当なんだな？　本当なんだな？
一同　（黙っている。）
マリッチ　言ってください、本当なんだな？　スパソィエさん、プロティチさん、ノヴァコヴィチさん、アンタさん、言ってください、言ってください、本当なんですか？

一同　（黙っている。）

マリッチ　刑務所に入ることになる、そういうことか？　刑務所か、亡命か。それで、あなたは私の財産で生きていくと？　そうなのか……そうなのか？（彼らを見るが、彼らは顔を上げようとしない。苦々しさと痛みとともに）ああ、なんと多くの悪徳、なんと少ない勇気。誰も、誰も何も言えないとは。本当なのか、すべて本当なのか？

第二十場

警察官2、前場の顔ぶれ

警察官2　（スパソィエに。）失礼します。公務でまいりました。

スパソィエ　わしのところに？

警察官2　情報では、いま、あなたの家に、ほうぼうで捜索している人物がいるとのことです。あなたと（ノヴァコヴィチを示して）あの方は個人的に存じ上げておりますが、ほかの方は証明書を見せていただけますか。（アンタに）証明書を、お願いします！

アンタ　（うろたえてポケットを探し回る。）えっと、えっと……手元にない……

スパソィエ　わしの親戚だ、保証する。

警察官2　（リュボミル・プロティチに）あなたは？

リュボミル　（すでに身分証明書を用意していて、渡す。）

スパソィエ　わしの婿だ、大学教授だ。

警察官2　（プロティチに証明書を返しながら）ありがとうございます！（マリッチのほうを向いて）あなたの証明書は？

（一同、張りつめた沈黙。）

マリッチ　（葛藤を乗り越えて）実際、誰をお探しですか？

警察官2　元技師のパヴレ・マリッチを探しています。

マリッチ　（動転して）パヴレ・マリッチを探しておられる……

警察官2　証明書をお願いします！

マリッチ　（打ちのめされて失意のうちに、ポケットから意気地なく従順にシュヴァルツのパスポートを取り出して、渡す。）私はアドルフ・シュヴァルツです！

（一同、探るような視線を交える。）

スパソィエ　（すぐに状況を把握して）シュヴァルツさんは株式会社「イリリア」の経営陣の一人で、会社の用務でこれから出張においでなのだが……いまもうすぐ出る（時計を見て）十一時十分の最初の電車でドイツか、その先に向かわれる。ご覧のとおり、パスポートには査証もある。

マリッチ　（警察官からパスポートを受け取って）そうです、十一時十分の最初の列車に乗ります。

スパソイェ　（マリッチに）必要な指示はお伝えした。列車に乗り遅れないように、急がれたほうがよい。

マリッチ　（軽蔑を込めて）急ぎます、ご心配なく。列車に乗り遅れたりしません。（もう一度一同を順番に見る。）ええ、急ぎます、行きます。私は行きます！（出ていく。）

第二十一場

前場の顔ぶれ、マリッチを除く

警察官2　御用は終わりでしょうか？

スパソイェ　いや、あと少し。もう一つ仕事をお願いしたいのです。わしの車が下にあります。それに乗って、駅に行ってくださらんか。列車が出るまでに五、六分もない。ご自身の目で、あの人物が列車に乗るかをたしかめていただきたいのです。

警察官2 承知しました！（出ていく。）

スパソィエ （見送りながら）そして連絡していただきたい！

第二十二場

前場の顔ぶれ、警察官2を除く

スパソィエ （警察官を見送り、扉から戻ってきて）みなさん、気を楽に、安心しなされ。

アンタ （深呼吸する。）

ノヴァコヴィチ 気を楽になどできない、いいですか、気を楽になどできない。

リュボミル 本当に、あまりに想定外のことで。

スパソィエ わしは勝利を信じておりました。あの伝統的な智恵ですよ、最後に正義は勝つ、という。

リナ まあいいわ、彼はどこへ行くのかしら？

スパソィエ 彼は故人に戻ります。

ノヴァコヴィチ 本当に、彼はこれで表舞台から降りたと思いますか？

スパソィエ　おお、前以上にそうでしょう。以前は自分の名前で出ていきましたが、今度は他人の名前です。自分で自分を故人と宣言したも同然ですわい。

アンタ　その通り……だが……また三年後に現れるかもしれないぞ？

スパソィエ　そのときにはお前の一年は消えない。ほかの人たちについては、それまでに事業を展開し、億万ディナールで阻止しよう。そうしたら、わしらにはだれも手出しできんだろうて。

ノヴァコヴィチ　ただ……本当に彼が出ていくとお思いですか？

スパソィエ　（時計を見て）いま、彼はもう客車に乗っておるでしょう。

（長い間。一同、沈黙。）

スパソィエ　（さらに時計を見ている。）いま、列車が出た。（電話。スパソィエが電話を取る。）もしもし、もしもし……ええ、こちらスパソィエ・ブラゴィエヴィチです……はい、はい、つまり、列車に乗って、出ていったと？……ありがとう……ご連絡ありがとう！（受話器を置く。勝ち誇って）警察官の報告をお聞きになったでしょう。やれやれ、故人には天国の住処を、わしらは日常生活を続けましょう！

第二十三場

ヴキツァ、アグニヤ、前場の顔ぶれ

ヴキツァ （父に）お出かけが長すぎたかしら？

スパソィエ いやいや、ちょうどいい時間に帰って来た。みなさん、日常生活を続けましょう、と言いましたが、パーティーも一緒に始めましょう。ヴキツァ、婿殿、出来るだけ早く結婚式をしよう。明日、明後日、遅くとも日曜日には。（ヴキツァを抱きしめる。）そうだ、人生は続く、人生は続くんだ！

（満足げな動作。）

幕

（演出家は、自らの判断で、最後の第二十三場を省略してもよい。）

自叙伝

わたしの誕生に先立って、どんな事柄が起こったのかは、未だ研究したことがない。この問題に関する資料は、どうやら存在していないように思われる。

あらゆる自叙伝にとって最も重要な事柄――それはわたしの生年月日のことだが――を、ここではわざわざ記載しないことにする。もっとも、そうすることで、わたしの記述がなにか乙女の自伝めいたものに似る危険性を知らないわけではないのだが――。とにかく、わたしは少しでも長く〝われわれの若い作家〟でいたいからだ。それと関連して他の正当なしかじかの理由もあるのだが、軍事に触れる性質のものなので、記さないことにしよう。

わたしの先祖たちに就いては、知るところが極めて少ない。わたしと同じ姓名でなかったからだ。今日にいたるも、わたしは自分の本当の姓が何というのか知らないのである。ただ、現在の姓がわたしの姓でないことだけは分っている。したがって、すこぶる興味のある問題がある。つまり、自分の姓名を忘れた先祖は一体誰だったのか、そしてそれは如何なる事情の下で可能だったのか？――ということである。もっとも、ある従弟は満で二十一歳になったとき、そして郡役所がその件に就き検問したとたん、自分の姓を忘れてしまったことは覚えている。これほど立派な健忘理由もないではないか。だが、わたしの先祖が自分の姓を忘れた時代には、右のような理由など存在しなかったのである。思うに、件《くだん》の先祖は、外国のどこかで偽のパスポートを持って、ということは偽名のままで、死なないければならない訳があったのでもあろう。わたしは自叙伝のそういった事情を勘案するたびに、もし自分が別人の姓のまま死ぬようなことになったらどうだろう？　と考えるのである。きっと、この上なく面白いことになるだろう。特に、興味津々たる結果が招来されるに違いない。例えば、わたしの債権者たちはわたしを死んだ者とみなすだろう。もっとも、生きていたところで、彼らにとってわたしはさして価値ある人間でもないのだから、手形類にあるわたしの署名にせいぜい不平を述べたてるだけだろう。その他に、わたしの妻は未亡人になるわけだが、しかし絶対に未亡人にはなれないということになる。

だが、こんな無駄な組み合せは止して、自叙伝の筆を先へ進めることにしよう。

わたしの幼年時代は、初め極めて単調なものだった。わずか二、三の些細な冒険が記憶に残っているだけである。一例を挙げれば、わたしは一度ベッドから落ちたことがあった。だが、まる一時間というもの見付からずに済んだ。それから、二十パラ銅貨を呑みこみ、ために蓖麻子油《ひましゆ》を半オカも飲み干さなければならなかった。それ以来、いまにいたるも胃の調子が悪い。また、青白い顔をして失神したこともある。格別に理由があったわけではなく、医者への面当てでやったのだった。なぜといって、医者は半時間もわたしのすみずみまで診察したあとで、まったく異状なしと吐《ぬ》かしたからである。

わたしに最初の歯が生えたのも、その時期に当る。まったくそれは文字どおりの喜劇《コメデア》で、家の者みんなが爆笑したものだった。わたしは、自分に歯が生えるなどと自惚《うぬぼ》れてはいなかったのに、父はのべつ人差し指をわたしの口へ入れて、歯茎《はぐき》を撫で探すのであった。

歯についていえば、わたしは『人間百科』という本が正しくないと信じている。なぜなら、わたしには三十二本の歯が生え揃っていたことなど、一度もなかったからである。わたしはしじゅう歯痛に悩まされてきた。たぶん父がわたしの歯に投げつけた呪いを、感謝を込めて、稚歯《みずは》で食べたからに違いない。

わたしは二歳のとき、もう立っていた。つまり歩いていたということだ。当時の最も重要な事件は歩き初《ぞ》めの儀式である。薄い大きな菓子パンの上には、一冊の本、お金、ペン、鍵がのせてあった――それで学問、富貴、情操、経済を代表させたものだろう。いまでも覚えているが、わたしはこの時お金に視線をやった。それで今日まで、嬉々としてお金に視線を向けている次第だ。ところが、お金を摑もうと第一歩を踏み出したとたん、なにかの魔力で、お金が菓子パンの上から忽然《こつぜん》と消え失せたのである。家の人が総出で探したものの、どうしても見付からない。後で分ったところによると、兄が――わたしがパンに向って歩きはじめた時、そして、みんながわたしの壮挙を見とどけようと一斉にこちらへ視線を投げた時――お金を盗んでしまったのだった。数年前すでに歩きはじめていた兄には、菓子パンの上のものを摑む権利なぞもう無かったにも拘らずである。それで、さらに一枚の硬貨を置かなければならなかった。まるで、わたしの手形が支払い拒絶にあったようなものだった。

そんなことがあって後、就学するまでに成長した。その頃いかに父が誇らかに歩いていたか、いかにわたしが項垂《うなだ》れて、屠所の羊といった格好で歩いていたかは、一見の価値ある光景だったろう。それは、たぶん、すでに当時から際立っていた二人の性格の違いか、思想上の差違に由来したものに違いない。

わたしの学校生活は、他ならず、わたしの生存競争だった。まず小使いとの闘争である。わたしは小使いを嚙《かじ》った。そのため家族の全員が学校へ呼びだされる羽目になった。それから、先生方がかわりばんにわたしをこき下ろし、わたしが各科目をこき下ろした。わたしの学校生活は、したがって、絶えざる長期戦とでもいうべきものだったのである。一方には先生方と学問が布陣しており、他方にはわたしが孤軍で奮闘していたわけで、当然のことながら、こちらは頻繁に敗北を喫した。

ところで、こうした闘争はまさにわが家の伝統らしく、先祖たちもみなこの闘争に身を投じてきたのだった。ある従弟はひどい頑固者で――中学一年の時だったが――四年間というもの、絶対に進級しなかった程である。先生方が彼に、もっと別の級を見るように、規則上からもそうなっているのだ、と説得しても詮ない話で、いぜんとして同じ級へ通っていた。ついに先生方も手をあげ、彼が結婚するまでは放っておこう、ということに衆議一決した次第だった。その時こそは、家におさまってくれるだろう……というわけである。

もう一人の従弟は、これまた大へん学校に惚れ込んでいたので、やがて小使いになったほどだった。

だが、ある先祖は、先生方をひどく困らせた。学校へ通いはじめてから三年間というもの、頑として沈黙を守ったからで、先生方のなかには彼に興味をいだいて、一声なりとも聞こうとした者もいた。また我慢しきれなくなって、何でもいいから言ってみてくれと嘆願した者もいる。彼が沈黙しつづけたため、先生方は大いに弱ってしまい、特に彼がどの方面の学問に興味があるのか分らなかったため、困惑しきってしまった。一方、彼はといえば、ご覧のとおり沈黙によって、自分の学問への興味をきわめて巧みに隠していたわけである。彼に話させようと無理じいした先生もいる。例えば数学の先生だが、耳を彼の口許へ寄せたにも拘らず、こちらは依然黙していたばかりか、じろりと先生を睨《にら》みつけたものだ。このじろりは、わが一門に独得のじろりである。

ところで、わたしはといえば、家族の誰よりも幸運な学校生活を送ったようだ。小学校は、毎日がほぼ次のような具合だった。五日間、わたしは何もやらない。六日目は、先生に付け届けを持っていく（これは当時、授業料の他に生徒に義務づけられていたのだ）。七日目は神を讃える、ということは、つまり安息日だった。一年の担任は、付け届けにハムを好んだ。二年の担任はベーコン。三年と四年の担任は卵が好きだった。それも大きく新鮮なのである。そのため輔祭《ほさい》のイリカは――これは四年の担任だったが――ひとつひとつ卵をとって陽光にかざし、古いものは戻すので、その時は別のを持参しなければならない。いちど家に卵がきれていたことがあった。わたしは、隣家で鶏が温めていた卵を盗んできて、おかみさんに持って行った。おかみさんはその場で、輔祭のためにパイを作ろうと卵を割ったところ、八羽の雛が練り粉の上に現われてしまった。翌日のわたしは、予習の甲斐あってどんな科目にも見事答えたのに、結果は思わしくなかった。最後に試験の日が来て、いつものように父が特別の付け届けを持参したお陰で、こちらは再びパスすることができたのだった。

中学校も、うまく切り抜けた。今日でも先生方はわたしを覚えているくらいだから――。わたしも、先生方を忘れやしない。

例えばの話だが、地理の先生だ。きょうび、あれほどにごつい男は、セルビアでは見当らないだろう。その手はスコップの様だった（神よ、許し給え）。

彼が相手では、いかに頭を反《そ》らそうとも、電光石火の手を逃れることはできない。それでいて、独特な視覚教育法を身につけていた。宇宙系を説明するに当っては、こういったやり方をする。まずジブコという、いちばん背の高い、もう髭の生えている生徒を呼び出す。これを大教室の真中に立たしてから、

「お前は太陽である。ここに立っていろ。それから、静かにゆっくりと自転すること」

と命ずる。

ついで中位の生徒をひとり呼び出して、

「お前は地球である。お前も自転すること。ただ、自転をしながら、ジブコの周りを駈けるんだ。つまり、公転だな。こいつは阿呆だが、太陽なんだから」

と言う。

それからわたしを呼び出す、——わたしは学年で一番のちびだった——そして、

「ところで、お前は月だ。お前は、したがって、自転をしなけりゃいけない。ただ、自転をしながら地球であるこいつの周りを公転する、と同時にだ、この男といっしょに太陽の周りも公転しなけりゃならない」

と命ずる。

こうして彼はたいへん見事に説明したあと、鞭をとり上げると、猛獣使いよろしく脇に立った。まちがえた者の頭に一発お見舞いしようというわけだ。そこで命令一下、いよいよ三人の運行と疾走がはじまったものの、結果はさん

ざんだった。まだ満足に一周も終えない前に、わたしたち三名は気が遠くなり、ぶっ倒れてしまったからだ。さいしょ月のわたしが倒れ、ついで地球が月の上に、地球の上には太陽が折り重なった。こうして人の山ができ、どれが月で、どれが太陽で、どれが地球か見分けがつかない。せいぜい太陽の片足や、地球の鼻や、月のお尻ぐらいが分るだけだった。それでも先生は胸を反らして、人の山を見下ろしながら、周りの生徒に宇宙系の説明を得意然とやっていたのだった。

　いまひとり、ドイツ語の先生がいる。ちびで禿頭、眼鏡はずり落ちていて、目が頬骨に付いてるようだった。ほかならぬこの男の授業ぶりは、いまも覚えているし、これからも決して忘れはしない。ここでは、ドイツ語における助動詞の役割を見事に説明した一例を示すことにしよう。

「助動詞というのはだな、つまり、ある動詞を手助けするもう一つの動詞のことだ。例えばの話、わたしは葡萄園を耕している。それで、わたしは動詞graben《グラーベン》であるから、Ich《イッヒ》 grabe《グラーベ》.となるわけだ。ところがgrabenは独りで葡萄園を耕せない。日は短い。その日のうちに終えられそうもない。どうしたら良いか？　そこで隣人のhaben《ハーベン》を呼んで、こう言う。おいhaben、これを耕すんだが手伝ってくれないか。habenは人の良い隣人だったから、オーケーすると、一緒に手伝ってくれた。お陰で無事、Ich《イッヒ》 habe《ハーベ》 gegraben《ゲグラーベン》.（わたしは耕し終えた）。habenは、従って助動詞である……。またあるとき、grabenはトウモロコシを刈り取ることになった。ところが、独りでは刈り取れない。日は短いから、grabenはその日のうちに終えられないわけだ。どうしたら良いか？　habenを呼ぶわけにはいかない。一度もう助けてもらった後だからな。そこで、もう一人の隣人であるwerden《ベルデン》を思い出した。werdenも親切な人だから、手助けに来てくれて、一緒に働きだした。この調子ならIch《イッヒ》 werde《ベルデ》 graben《グラーベン》.（わたしは刈り終えるだろう）。werdenは、従って助動詞ということになる。みんな、良く分ったかな？」

　わたしたちは一斉に、分りました！　と叫んだものである。

　さて試験となって、先生はわたしの名を呼び、こう言った。

「おい、ちび、動詞schreiben《シュライベン》（書く）を変化させてみなさい」

　わたしは、ぐっと詰ってしまった。それから一気に喋りだした。

あるじ
「schreiben, schreiben, schreiben……。シュライベンは一家の主《あるじ》で、葡萄園を耕します……。それから……それから……えーとそれから、隣りのベルデンを呼びます。ベルデン……ベルデンは来たくないと言っています」

「駄目だ、駄目だ、席に着いて！」

　それで、当然ながら1を貰い、落ちてしまったのである。

　といった次第で、若干の誤解のために、わたしはさらに二、三科目を落とし、当然ながら、同学年を繰り返す羽目となった。

　いまでも覚えているが、試験当日の朝、母はわたしにレース編みのカラーが付いた新しい服を着せ、爪を剪《き》り、髪を梳《す》いてきれいに分け、真新しいハンカチを渡すと、額《ひたい》にキスをしてこう言った。

「息子や、わたしの顔を立ててきておくれ！」

一方、父は、わたしがその手に接吻すると、

「さあ、試験から帰ってきて、及第したことが分れば、この金貨をあげよう」

と言って、真新しい金貨を見せた。

「もし落ちたら、家に帰らなくてもいい。思いっきりぶちのめしてやるからな」

わたしは見事に落第したとき、中学校の入口に立ちつくして、こんなことを思いめぐらしていた。

「ぶたれることは、避けられまい。すると、金貨は手に入らないわけだ。つまり、両損ということ。何とか一方の損害だけにできないものだろうか。ぶたれるのは、落第したのだから仕方ないとしよう。しかし、せめて金貨だけでも手に入れたいものだ！」

すると、直ちに素敵な考えがうかんだので、けんけん跳びをして帰途についた。わたしは父と母の懐へ楽し気にとびこむと、手に接吻をして、こう叫んだ。

「とおったよ、見事に及第したんだ！」

父と母の両頬には、喜びの泪《なみだ》が二筋ながれた。父は手をポケットにつっ込むと、例の真新しい金貨をわたしにくれた。

わたしは、もちろん、後で鞭を食らった。しかし、こうして金貨も食らったのである。まあこんなことは些細な話で、ついでに述べておく。生涯で一度にもせよ、鞭を食らってアルバイトした事件を話したかっただけだ。

この頃、初恋が芽ばえた。べつに不思議な話でもない。落第した生徒の大半はこうして恋を経験していたし、逆に、

恋をしたために落第していたのだから。

わたしは算数を好んだことは一度もなかったのに、奇怪千万ながら、初恋の相手は数学教師の娘であった。こちらは十二歳、彼女は九歳で、小学校の三年だった。激しい恋で、二人は真剣に誓い合った。あるとき、隠れん坊をして遊んでいて、二人が一緒に樽の中へ身をかくしたことがある。母が冬に向けてキャベツを漬ける樽だった。その樽の中で、わたしは彼女に胸のうちを打ち明けたのだ――。こんないとしい思い出があるからだろう、今日でもどこか樽のかたわらを過ぎるとき、わたしの胸が痛むのだ。

ある日、わたしたちは学校のあとで待合せをして、一緒に家へ帰ったことがある。わたしは彼女に白パンをやった。毎週、金曜日にプレゼントしていたのだ。木曜日の午後にはアルバイトをして、クロイッツェル銅貨を稼いでいたからで、この日も彼女に白パンを渡すと、わたしは真剣にこう訊ねた。

「ペルサ――というのが彼女の名前だった――どう思う、お前に結婚を申し込んだら、お父さん許してくれるかな」

彼女は赤くなると、視線を落とし、当惑しながら、手にもっている物差しを三つに折ってしまった。

「駄目だと思うわ」

小声で答えた。

「なぜだい？」

驚いて問い返したわたしの目には、泪があふれ出た。

「だって、あんた、お父さんの授業では、できないんですもの」

そこでわたしは、これからは夜も昼も算数問題をやって、きっと成績をあげてみせると誓った。わたしは勉強した。勉強はしたが、恋の奴《やっこ》が算数問題をやるやり方でしかしなかったから、当然のことに、なにも頭に入らなかった。それまでは2点だったのに、こうして猛勉強したにも拘らず、いまや1点という落ち込みようだった。

つぎの木曜日、わたしはクロイッツェル銅貨を稼げなかった。しかたがないので、金曜の朝、洋服だんすに身をひそめ、父の服からボタンを二十個ひっちぎると、十パーラでミカ・カズナチェビッチに売って白パンを買い、この日の午後、ふたたびペルサを待つことにした。学校から彼女が出てきたので、わたしは、成績は前より落ちて1を貰っちゃった、と話した。彼女は苦しそうに言った。

「それじゃあ、絶対あんたのお嫁さんにはなれないわ！」

「いや、ならなければ駄目だよ。もしもこの世でなれなくても、あの世では僕のお嫁さんになってくれ」

「どうやってなれるの？」

彼女は好奇心にかられてこう聞いた。

「もしよかったら、一緒に死のう」

「どうやって死ぬの？」

「毒を飲むんだ！」

わたしはきっぱりと断言した。

「いいわ、でも、いつ？」

「あすの午後！」

「あした？　あしたの午後は学校なのよ」

と彼女は思い出した。

「そうだったな」

わたしも、そのことは思い出した。

「僕もあすは駄目だった。休んだりしたら、二十四日も休むことになって、学校を追い出されるかも知れない。それじゃあ、よかったら木曜日の午後にしよう。学校もないし」

彼女は賛成した。

つぎの週の木曜日、午後だった。わたしは家からマッチを一箱盗むと、ペルサと会うために待合せの場所へと向った。あの世へ一緒に行くつもりだった。

二人が彼女の家の前庭に腰をおろしたところで、わたしは箱を取り出した。

「これからどうするの？」

ペルサが訊いた。

「マッチを食べるんだ！」

「どうやって食べるの？」

「こうしてさ」

とわたしは言って、頭の部分を折って捨て、軸の部分だけを口に入れた。

「なんで捨てるの？」

「あれは苦《にが》いからさ」

彼女も肚《はら》を決めたので、わたしたちは一緒に軸を食べはじめた。彼女は三本を呑み込んだところで、目に泪をうかべた。

「もう駄目だわ。いままで木なんか食べたことないんですもの、これいじょう食べられない」

「じゃあ、もう毒がまわったんだ」

「そうかもしれないわねえ」

彼女はそう言った。わたしは食べつづけることにして、九本まで呑み込んだところで、食欲がなくなった。

「つぎはどうするの？」

と彼女。

「自分の家へ帰って、死ぬんだ。こんな庭で死ぬのなんか、恥かしいじゃないか。ぼくたちは良家の出なんだから、庭で死ぬなんて、恥だよ」

「そうよ！」

そう彼女が言って、わたしたちは別れたのである。

その後の顚末はつぎのようなものだった。彼女は家へ入ると、母親にベッドに寝かせてくれと頼んだ。死ぬというわけである。その際、自分は毒をあおいだと告白した。つまりマッチの軸を二本、呑んだと告げた。彼女の母親は、良家の母親だったにも拘らず、こう言った。

「庭で棒切れを食らったんだから、家の中でも食らわしてやる！……」

それからどうなったかは、書かなくてもお分りだろう。

この仕置きがあってから、ペルサはわたしをひどく憎んで、わたしの初恋もそれ迄だった。

二番目の恋は、さらに不運だった。わたしは輔祭の娘に惚れてしまい、ラブレターをしたためたところ、輔祭の娘が落手するかわりに、彼が受け取ってしまった。それで、ある大祭日だったと思うが、ミサの後、わたしは扉のかげでぶちのめされた。

三番目の恋は、覚えていない。どこかの娘に惚れて、彼女も好いてくれたことは知っているが、だれだったか、どんな様子の娘だったか、どうも思い出せない。

四番目の恋は、未亡人が相手だった。わたしは惚れているくせに、告白する勇気がなかった。わたしより二十二歳も年長だったからだろう。もっとも、告白しても無駄だったに違いない。後で耳にしたところによれば、当時、彼女は消防夫に恋していたということだった。

五番目の恋は、文字どおり五番目のスキャンダルだった。だれに惚れたかは、敢えて言うまい。ただ言えることは、そのために、母が職を辞さなければならなかった事実だけである。

六番目の恋をしたのは、初めて剃刀《かみそり》で髭をあたった時期と一致する。本当のところ、わたしには髭の萌《きざ》しすら見えなかったのに、惚れた相手が床屋の娘だったのだ。まいにち髭剃りに出かけ、大鏡の前に腰かけ、しばしばカーテンの隙間からこちらを覗く彼女を鏡越しに眺めるのが楽しみだった。そんなことをしていたため、一度ひどく傷つけられ、二十日ほど顔がひきつったことがある。しかし、――愛はよく耐えた。床屋は自分の娘に対するこちらの思召しに感付いたなとわたしが思ったとき、腹いせのためかシャボンもつけず、いちばん切れ味の悪い剃刀でジョリジョリやりはじめたものだった。まるで、我慢強いといわれるサライェボ衆を皮肉った例の小噺《こばなし》のような具合にである。これには耐えられず、ついに床屋通いを断念したが、恋もそれまでだった。

七番目の恋は、ひどく真面目なものだったが、ご多分にもれず真面目な恋がすべてたどる筋書きをたどった。つまり彼女もわたしを心から愛していながら、いま一人の男に嫁いでしまった。その男のほうが金持だったからだ。

八番目、九番目、十番目の恋は、似たり寄ったりだった。八番目の恋では、わたしが相手に不実を働き、九番目の番では相手がわたしに不実を働き、十番目では、ふたたびわたしが相手を裏切った。

十一番目の恋は、ある婦人が相手だった。わたしたちの恋は長らくつづいたものの、彼女の夫はこの恋に不賛成だった。

十二番目の恋は、とても滑稽だった。この恋のため、わたしは大量のインクと泪を消費しなければならなかった。わたしたちは文通しあった。書いては溜息をつきあった。わたしの自宅には、いまも私設博物館があるが、そこには、この十二番目の恋が保管されている。博物館には、彼女からきた七十六通の書簡、十四本のかさかさな押し花、四枚の写真、彼女の髪の毛、彼女の靴についていた一個の留め金、青いブラウスのボタン一個、白手袋の指が一本、ハンカチ一枚、ピンが一本、などなどが収められている。わたしは、博物館をきちんと整頓した。すべての収蔵品は計量し、登録してある。ところが、こうして仕事をしている間に、彼女は見事に他の男と華燭の典をあげ、わたしが未だ登録番号の5まで達しないうちに、彼女はぶじ五人の子供を産んでいた。ご覧のように、彼女の登録の方が先んじていたことになる。

十三番の恋は——現在の妻に結実した。わたしは昔から、13という数字は不吉であることは知っていた。だが、まさか恋愛関係にまで効力があるとは知らなかった。恋も十三度目となると、結婚という不運にぶつかるものらしい。この定理を知っていたなら、わたしは十三番目をとびこえて、直ちに十四番目の恋へ身をやつしたものを、と悔やまれる。しかし、覆水を盆に返すことはできない。こうした十三番の恋がどういう結末になったかは、聞くだけ野暮というものだろう。僅かの収入と莫大な支出、痩せた妻に太った子供、などなど。

かてて加えて、太古からの真実であるが、夫というのは半人前に過ぎない。半人前の伝記など物される値打もあるまい。といった次第で、結婚式を済ませてからの自分について、わたしは書くつもりがないし、そのことは読者も諒《りょう》とされるものと信ずる。

註

不審人物

001——スヴェトザル・マルコヴィチ（Svetozar Marković 一八四六－七五）はセルビアの社会主義者。チェルヌイシェフスキの影響を受け、セルビアの農村社会の改革を主張した。文学においては、ロマン主義の詩人たちを痛烈に批判し、リアリズム文学の潮流を生みだした。政権に対する批判的言動により逮捕されて、九ヵ月の懲役刑となり、ポジャレヴァツ刑務所に送られる。この間に健康を害し、出所後も回復せず、療養に向かう旅路で客死した。

002——ヴラダン・ジョルジェヴィチ（Vladan Đorđević 一八四四－一九三〇）はセルビアの政治家、医師。ミラン・オブレノヴィチ公の主治医を務め、セルビア赤十字社の創設に関わり、ベオグラード市長、セルビア首相を歴任した。セルビア王立アカデミー会員にも選出されている。『コチャの国境』（一八六三）はセルビアの歴史的事件を主題としたロマンチックな作品である。

003——ヨヴァン・ヨヴァノヴィチ・ズマイ（Jovan Jovanović Zmaj 一八三三－一九〇四）はセルビアのロマン主義詩人、児童文学作家。ゲーテ、ハイネ、レールモントフ、テニスンなど外国文学の翻訳の仕事でも知られる。『ヴィドサヴァ・ブランコヴィチ』（一八六〇）はある詩人の伝説を主題としている。

004——ジュラ・ヤクシッチ（Đura Jakšić 一八三二－七八）はセルビアの画家、ロマン主義詩人。『セルビアの羊飼い』は未完の遺作。

005——ミロヴァン・グリシッチ（Milovan Glišić 一八四七－一九〇八）はセルビアの作家、翻訳家。ゴーゴリの『死せる魂』、『タラス・ブーリバ』、トルストイ『クロイツェル・ソナタ』と『戦争と平和』などの翻訳者として知られる。

006——府主教の園はヒランダル通りに接する区画の呼称。府主教ミハイロ・ヨヴァノヴィチの葡萄畑があった。現在は、コピタル《コピタレヴァ・》の庭園《グラディナ》と呼ばれる。

ブラニスラヴ・ヌシッチ〔1864–1938〕年譜

▼――世界史の事項　●――文化史・文学史を中心とする事項　**太字ゴチの作家『タイトル』**――〈ルリユール叢書〉の既刊・続刊予定の書籍です

一八六四年

十月八日（現在の暦では二十日）、ベオグラードの旧市街でアルキビヤデス（略称アルキビヤド、アルコ）・ヌシャとして生まれる。父ゲオルギヤス（またはジョルジェ）・ヌシャはテッサロニキ生まれのアルーマニア人の商人、母リュビツァ（旧姓カスナル）はブルチコ出身のセルビア人。アルキビヤデスは第四子であった。

▼第二次スリースヴィ戦争（シュレースヴィヒ・ホルシュタイン戦争／デンマーク戦争）〔欧〕▼ロンドンで第一インターナショナル結成〔英〕●ヨヴァノヴィッチ＝ズマイ『薔薇の蕾』〔セルビア〕●テニソン『イーノック・アーデン』〔英〕●J・H・ニューマン『アポロギア』〔英〕●『十九世紀ラルース』第一回配本〔仏〕●ヴェルヌ『地底旅行』〔仏〕●**サンド『ローラ、あるいは水晶の中への旅』**〔仏〕●バルベー・ドールヴィイ『デトゥーシュの騎士』〔仏〕●セギュール夫人『ソフィーのいたずら』〔仏〕●ロンブローゾ『天才と狂気』〔伊〕●レ・ファニュ『アンクル・サイラス』、『ワイルダーの手』〔愛〕●ドストエフスキー『地下室の手記』〔露〕

一八七〇年［六歳］
父が事業に失敗し、スメデレヴォに転居する。スメデレヴォの四年制小学校に入学。
▼普仏戦争〔仏・独〕▼第三共和政〔仏〕●エマソン『社会と孤独』〔米〕●初等教育法制定〔英〕●D・G・ロセッティ『詩集』〔英〕●ヴェルヌ『海底二万里』〔仏〕●ヴェルレーヌ『よき歌』〔仏〕●デ・サンクティス『イタリア文学史』（～七一）〔伊〕●ペレス・ガルドス『フォルトゥナタとハシンタ』〔西〕●ザッハー＝マゾッホ『毛皮を着たヴィーナス』〔墺〕●ディルタイ『シュライアマハーの生涯』〔独〕●ストリンドバリ《ローマにて》初演〔スウェーデン〕●キヴィ『七人兄弟』〔フィンランド〕

一八七四年［十歳］
スメデレヴォの中学校に入学。勉学についていけず一年生を留年する。家庭教師をつけることになる。
▼英のマレー統治始まる。ロンドン女子医学校設立〔英〕▼王政復古のクーデター〔西〕●J・トムソン『恐ろしい都市の夜』〔英〕●ヴェルレーヌ『歌詞のない恋歌』〔仏〕●フローベール『聖アントワーヌの誘惑』〔仏〕●ユゴー『九三年』〔仏〕●マラルメ、「最新流行」誌を編集〔仏〕●ゾラ『プラッサンスの征服』〔仏〕●バルベー・ドールヴィイ『悪魔のような女たち』〔仏〕●ヴェルガ『ネッダ』〔伊〕●アラルコン『三角帽子』〔西〕●**シュトルム『従弟クリスティアンの家で』**、**『三色すみれ』**、**『人形つかいのポーレ』**、**『森のかたすみ』**〔独〕●**ラーベ『ふくろうの聖霊降臨祭』**〔独〕

一八七六年〔十二歳〕

ミハイロ・ディミッチが座長を務める旅回りの一座「コソヴォ」がスメデレヴォにやって来る。初めての観劇に強い感銘を受ける。

▼四月蜂起〔ブルガリア〕▼セルビアとモンテネグロの対トルコ戦争〔欧〕●ベル、電話機を発明〔米〕●フィラデルフィア万国博覧会〔米〕●マーク・トウェイン『トム・ソーヤーの冒険』〔米〕●メルヴィル『クラレル』〔米〕●H・ジェイムズ『ロデリック・ハドソン』〔米〕●オルコット『花ざかりのローズ』〔米〕●L・キャロル『スナーク狩り』〔英〕●ハーディ『エセルバータの手』〔英〕●マラルメ『半獣神の午後』〔仏〕●ゾラ『ウージェーヌ・ルーゴン閣下』〔仏〕●ロンブローゾ『犯罪人論』〔伊〕●自由教育学院の創立(〜一九四〇)〔西〕●ペレス・ガルドス『ドニャ・ペルフェクタ』〔西〕●コッホ、炭疽菌を発見〔独〕●ヴァーグナー《ニーベルングの指環》四部作初演〔独〕●シュトルム『水に沈む』〔独〕●ヤコブセン『マリーイ・グルベ夫人』〔デンマーク〕

一八七七年〔十三歳〕

ベオグラードのギムナジウムの三年生に入学する。

▼一月一日、ヴィクトリア女王、インド帝国皇帝を宣言〔英〕▼露土戦争(〜七八)〔露・土〕▼西南戦争〔日〕●エジソン、フォノグラフを発明〔米〕●H・ジェイムズ『アメリカ人』〔米〕●ケラー『チューリヒ短編集』〔スイス〕●シャルル・クロ「蓄音機論」〔仏〕ロダン《青銅時代》〔仏〕●ゾラ『居酒屋』〔仏〕●フローベール『三つの物語』〔仏〕●カルドゥッチ『擬古詩集』(〜八九)〔伊〕●

イプセン『**社会の柱**』〔ノルウェー〕●ツルゲーネフ『処女地』〔露〕●ガルシン『四日間』〔露〕●ソロヴィヨフ『神人に関する講義』（〜八一）〔露〕

一八八〇年〔十六歳〕

ソンボルの若者向け雑誌『鳩』の第七号に最初の詩「太陽の光」を発表。

▼英、アフガン王国を保護国化〔英・アフガニスタン〕▼第一次ボーア戦争（〜八一）〔南アフリカ〕●E・バーン・ジョーンズ《黄金の階段》〔英〕●ギッシング『暁の労働者たち』〔英〕●ロダン《考える人》〔仏〕●ヴェルレーヌ『叡智』〔仏〕●ゾラ『ナナ』、『実験小説論』〔仏〕●モーパッサン『脂肪の塊』〔仏〕●ケルン大聖堂完成〔独〕●エンゲルス『空想から科学へ』〔独〕●**ヤコブセン**『**ニルス・リューネ**』〔デンマーク〕●H・バング『希望なき一族』〔デンマーク〕

一八八一年〔十七歳〕

『鳩』（第三号〜第五号）に最初の散文作品「僕の天使」を発表。子供向け雑誌『キンセンカ』に詩を発表。生徒の文芸クラブ「希望」のメンバーとなる。

▼ナロードニキ、アレクサンドル二世を暗殺。アレクサンドル三世即位〔露〕●H・ジェイムズ『ある婦人の肖像』〔米〕●D・G・ロセッティ『物語詩とソネット集』〔英〕●ヴァレス『学士さま』〔仏〕●フランス『シルヴェストル・ボナールの罪』〔仏〕●フローベール『ブヴァールとペキュシェ』〔仏〕●ゾラ『自然主義作家論』〔仏〕●ロティ『アフリカ騎兵』〔仏〕●シュピッ

テラー『プロメートイスとエピメートイス』〔スイス〕●ルモニエ『ある男』〔白〕●ヴェルガ『マラヴァリア家の人びと』〔伊〕●エチェガライ『恐ろしき媒』〔西〕●マシャード・デ・アシス『ブラス・クーバスの死後の回想』〔ブラジル〕

一八八二年〔十八歳〕

二月、創刊されたばかりの絵入り雑誌『セルビアの若者』の編集委員の一人になる。『セルビアの若者』第六号に短編「僕の葡萄園」を発表。ギムナジウムを卒業する。旅回りの一座に参加して夏を過ごす。秋、「ブラニスラヴ」を名前に追加する。ベオグラードの大学校（現在の大学）の法学部に入学。在学中も文学活動や青年運動に積極的に参加する。

▼ドイツ・オーストリア・イタリアの三国同盟成立（～一九一五）〔欧〕●ハウエルズ『ありふれた訴訟事件』〔米〕●ウォルター・ベザント、作家協会設立〔英〕●アミエル『日記』（～八四）〔スイス〕●エティエンヌ＝ジュール・マレー、クロノフォトグラフィを考案〔仏〕●コビュスケン・ヒュト『レンブラントの国』（～八四）〔蘭〕●ヴァーグナー《パルジファル》初演〔独〕●ツルゲーネフ『散文詩』〔露〕●中江兆民訳ルソー『民約訳解』〔日〕

一八八三年〔十九歳〕

秋に詩人ヨヴァン・イリッチの文芸サロンで笑劇『国会議員』の第一稿を朗読する。国立劇場に持ちこまれ、査読者からは高評価を受けた。しかし、社会と政治を諷刺する作品は、体制派の劇場支配人ミロラド・シャプチャニンの判断により上演には至らなかった。

▼クローマー、エジプト駐在総領事に就任〔エジプト〕●スティーヴンソン『宝島』〔英〕●G・A・ヘンティ『ドレイクの旗の下に』〔英〕●ヴィリエ・ド・リラダン『残酷物語』〔仏〕●モーパッサン『女の一生』〔仏〕●ゾラ『ボヌール・デ・ダム百貨店』〔仏〕●コッローディ『ピノッキオの冒険』〔伊〕●ダヌンツィオ『間奏詩集』〔伊〕●メネンデス・イ・ペラーヨ『スペインにおける美的観念の歴史』（〜八九）〔西〕●ニーチェ『ツァラトゥストラかく語りき』（〜八五）〔独〕●リーリエンクローン『副官の騎行とその他の詩集』〔独〕●**フォンターネ『梨の木の下に』**（〜八五）、『シャッハ・フォン・ヴーテノー』〔独〕●エミネスク『金星』〔ルーマニア〕●ビョルンソン『人の力の及ばぬところ』〔ノルウェー〕●フェート『夕べの灯』（〜九一）〔露〕●ガルシン『赤い花』〔露〕

一八八四年〔二十歳〕

秋にグラーツ大学で法学を学ぶ。

▼アフリカ分割をめぐるベルリン会議開催（〜八五）〔欧〕▼甲申の変〔朝鮮〕●ウォーターマン、万年筆を発明〔米〕●マーク・トウェイン『ハックルベリー・フィンの冒険』〔米〕●バーナード・ショー、〈フェビアン協会〉創設に参加〔英〕●**ヴェルレーヌ『呪われた詩人たち』**、『往時と近年』〔仏〕●ユイスマンス『さかしま』〔仏〕●エコゥト『ケルメス』〔白〕●A・ジロー『月に憑かれたピエロ』〔白〕●アラス『裁判官夫人』〔西〕●R・デ・カストロ『サール川の畔にて』〔西〕●ブラームス《交響曲第四番ホ短調》（〜八五）〔独〕●シェンキェーヴィチ『火と剣によって』〔ポーランド〕●カラジャーレ『失われた手紙』〔ルーマニア〕●ビョルンソン『港に町に旗はひるがえる』〔ノルウェー〕●三遊亭円朝『牡丹燈籠』〔日〕

一八八五年［二十一歳］

春にベオグラードに戻る。学生劇団を結成し、自らも舞台に立つ。十一月、セルビアは東ルメリアを併合したブルガリアに宣戦を布告し、スリブニツァの闘いで大敗を喫する。ブラニスラヴは伍長として従軍。従軍経験をもとに『ある伍長の物語』を執筆。

▼インド国民会議［インド］●ハウエルズ『サイラス・ラパムの向上』［米］●スティーヴンソン『子供の歌園』［英］●H・R・ハガード『ソロモン王の洞窟』［英］●ペイター『享楽主義者マリウス』［英］●メレディス『岐路にたつダイアナ』［英］●R・バートン訳『千一夜物語』（〜八八）［英］●エドゥアール・ロッド『死への競争』［スイス］●セザンヌ《サント＝ヴィクトワール山》［仏］●**ヴェルヌ『シャーンドル・マーチャーシュ　地中海の冒険』**［仏］●ゾラ『ジェルミナール』［仏］●モーパッサン『ベラミ』［仏］●マラルメ『リヒャルト・ヴァーグナー、あるフランス詩人の夢想』［仏］●ジュンケイロ『永遠なる父の老年』［ポルトガル］●ルー・ザロメ『神をめぐる闘い』［独］●リスト《ハンガリー狂詩曲》［ハンガリー］●ヘディン、第一回中央アジア探検（〜九七）［スウェーデン］●イェーゲル『クリスチアニア＝ボエーメンから』［ノルウェー］●コロレンコ『悪い仲間』［露］●坪内逍遥『当世書生気質』、『小説神髄』［日］

一八八六年［二十二歳］

ベオグラード大学校を修了。

▼ベルヌ条約成立〔欧〕●バーネット『小公子』〔米〕●オルコット『ジョーの子供たち』〔米〕●H・ジェイムズ『ボストンの人々』、『カサマシマ公爵夫人』〔米〕●スティーヴンソン『ジキル博士とハイド氏』〔英〕●ハーディ『カスターブリッジの郡長』〔英〕●ケラー『マルティン・ザランダー』〔スイス〕●ランボー『イリュミナシオン』〔仏〕●ヴェルレーヌ『ルイーズ・ルクレール』、『ある寡夫の回想』〔仏〕●ヴィリエ・ド・リラダン『未来のイヴ』〔仏〕●モレアス「象徴主義宣言」〔仏〕●ゾラ『制作』〔仏〕●ロティ『氷島の漁夫』〔仏〕●デ・アミーチス『クオーレ』〔伊〕●パルド・バサン『ウリョーアの館』〔西〕●レアル『反キリスト』〔ポルトガル〕●ニーチェ『善悪の彼岸』〔独〕●クラフト＝エビング『性的精神病理』〔独〕●イラーセック『狗頭族』〔チェコ〕●H・バング『静物的存在たち』〔デンマーク〕●トルストイ『イワンのばか』、『イワン・イリイチの死』〔露〕

一八八七年〔二十三歳〕

五月六日の『新べオグラード新聞』に諷刺詩「二人のしもべの葬儀」が掲載される。偽名での掲載であったが、国王であるミラン公を諷刺するものとして逮捕される。不敬罪で二年の刑を受ける。

▼仏領インドシナ連邦成立〔仏〕▼ブーランジェ事件（～八九）〔仏〕▼独露再保障条約締結〔独・露〕●オルコット『少女たちに捧げる花冠』〔米〕●ドイル『緋色の研究』〔英〕●H・R・ハガード『洞窟の女王』、『二人の女王』〔英〕●C・F・マイヤー『ペスカーラの誘惑』〔スイス〕●**モーパッサン**『**モン＝オリオル**』、『オルラ』〔仏〕●ロティ『お菊さん』〔仏〕●ヴェラーレン『夕べ』〔白〕●ペレス＝ガルドス『ドニャ・ペルフェクタ』〔西〕●テンニェス『ゲマインシャフトとゲゼルシャフト』〔独〕●ニーチェ『道徳の系譜』〔独〕●ズーダーマン『憂愁夫人』〔独〕●フォンターネ『セシル』〔独〕●**H・バング**『**化粧漆喰**』〔デンマーク〕●スト

リンドバリ《父》初演〔スウェーデン〕●ローソン『共和国の歌』〔豪〕●リサール『ノリ・メ・タンヘレ』〔フィリピン〕●二葉亭四迷『浮雲』(〜九一)〔日〕

一八八八年〔二十四歳〕

一月、ポジャレヴァツ刑務所に収容される。収容中に諷刺的なエッセイ『紙片』を書く。四月、父親の嘆願書により恩赦が認められ、釈放される。創刊されたばかりの『小新聞』の非常勤編集員となるものの、『小新聞』は年末には発行を停止し、その後、政権の影響下に置かれた。父親の破産もあり、経済的に行き詰まる。十二月、国王と謁見し、在外任務に就くことを許される。喜劇**『不審人物』**、喜劇『庇護』を完成させる。

▼ヴィルヘルム二世即位(〜一九一八)〔独〕●ベラミー『顧りみれば』〔米〕●H・ジェイムズ『アスパンの恋文』〔米〕●ヴェルレーヌ『愛』〔仏〕●ドビュッシー《二つのアラベスク》〔仏〕●ロダン《カレーの市民》〔仏〕●デュジャルダン『月桂樹は伐られた』〔仏〕●バレス『蛮族の眼の下』〔仏〕●E・デ・ケイロース『マイア家の人々』〔ポルトガル〕●ニーチェ『この人を見よ』、『反キリスト者』〔独〕●シュトルム『白馬の騎者』〔独〕●フォンターネ『迷い、もつれ』〔独〕●ストリンドバリ『痴人の告白』(仏版)、『令嬢ジュリー』〔スウェーデン〕●チェーホフ『曠野』、『ともしび』〔露〕●ダリオ『青……』〔ニカラグア〕

一八八九年〔二十五歳〕

三月三十日、『庇護』が国立劇場で上演される。七月、外務省の四等書記官になる。その後、オスマン帝国統治下のスコピエ（現在の北マケドニア）、プリシュティナ（現在のコソヴォ）の領事館で勤務する。

▼パン・アメリカ会議開催［米］▼第二インターナショナル結成［仏］●ハウエルズ『アニー・キルバーン』［米］●J・K・ジェローム『ボートの三人男』［英］●L・ハーン『チタ』［英］●ギッシング『ネザー・ワールド』［英］●パリ万博開催、エッフェル塔完成［仏］●ベルクソン『意識に直接与えられているものについての試論』［仏］●ヴェルレーヌ『並行して』［仏］●E・シュレ『偉大なる秘儀受領者たち』［仏］●ブールジェ『弟子』［仏］●ダヌンツィオ『快楽』［伊］●ヴェルガ『親方・貴族ジェズアルド』［伊］●パラシオ＝バルデス『サン・スルピシオ修道女』［西］●G・ハウプトマン『日の出前』［独］●マーラー《交響曲第一番》初演［ハンガリー］●エミネスク歿、『ミンナ』［ルーマニア］●H・バング『ティーネ』［デンマーク］●ゲレロプ『ミンナ』［デンマーク］●W・B・イェイツ『アシーンの放浪ほかの詩』［愛］●トルストイ『人生論』［露］●森田思軒訳ユゴー『探偵ユーベル』［日］

一八九一年［二十七歳］

六月、ビトラ（現在の北マケドニア）の領事館で勤務する。

▼全ドイツ連盟結成［独］●ビアス『いのちの半ばに』［米］●ハウエルズ『批評と小説』［米］●ノリス『イーヴァネル——封建下のフランスにおける伝説』［米］●メルヴィル歿、『ビリー・バッド』［米］●H・ジェイムズ『アメリカ人』［米］●ドイル『シャーロック・ホームズの冒険』［英］●W・モリス『ユートピアだより』［英］●ワイルド『ドリアン・グレイの画像』［英］●ハーディ『ダーバヴィル家のテス』［英］●ギッシング『三文文士』［英］●バーナード・ショー『イプセン主義神髄』［英］●

ヴェルレーヌ『幸福』、『詩選集』、『わが病院』、『彼女のための歌』〔仏〕●ユイスマンス『彼方』〔仏〕●シュオッブ『二重の心』〔仏〕●モレアス、〈ロマーヌ派〉樹立宣言〔仏〕●ジッド『アンドレ・ヴァルテールの手記』〔仏〕●パスコリ『ミリーチェ』〔伊〕●クノップフ《私は私自身に扉を閉ざす》〔白〕●ホーフマンスタール『昨日』〔墺〕●ヴェーデキント『春のめざめ』〔独〕●S・ゲオルゲ『巡礼』〔独〕●G・ハウプトマン『さびしき人々』〔独〕●ポントピダン『約束の地』(〜九五)〔デンマーク〕●ラーゲルレーヴ『イエスタ・ベルリング物語』〔スウェーデン〕●トルストイ『クロイツェル・ソナタ』〔露〕●マルティ『素朴な詩』〔キューバ〕●マシャード・デ・アシス『キンカス・ボルバ』〔ブラジル〕●リサール『エル・フィリブステリスモ』〔フィリピン〕

一八九三年〔二十九歳〕

五月三十日、プリシュティナの副領事の辞令を受け取る。六月五日、ビトラで知り合ったダリンカと結婚する。プリシュティナに勤務する(九六年末まで)。

▼世界初の女性参政権成立〔ニュージーランド〕●ドヴォルザーク《交響曲第9番「新世界から」》〔米〕●S・クレイン『街の女マギー』〔米〕●ビアス『怪奇な物語』〔米〕●ギッシング『余計者の女たち』〔英〕●デュルケーム『社会分業論』〔仏〕●ヴェルレーヌ『彼女への頌歌』、『悲歌集』、『わが牢獄』、『オランダでの二週間』〔仏〕●プッチーニ《マノン・レスコー》初演〔伊〕●ヘゼッレ『時代の花環』〔白〕●シュニッツラー『アナトール』〔墺〕●ディーゼル、ディーゼル機関を発明〔独〕●カール・ベンツ、二人乗りの四輪車ヴィクトリア発表〔独〕●G・ハウプトマン《織工たち》初演、『ビーバーの毛皮』〔独〕●O・E・ハルトレーベン独訳『月に憑かれたピエロ』〔独〕●ヴァゾフ『軛の下で』〔ブルガリア〕●ムンク《叫び》〔ノルウェー〕●イェイツ『ケルトの薄

明』［愛］●チェーホフ『サハリン島』（〜九四）［露］

一八九四年［三十歳］

長女マルギータ＝ギタが生まれる。

▼二月、グリニッジ天文台爆破未遂事件［英］▼ドレフュス事件［仏］▼日清戦争（〜九五）［中・日］●「イエロー・ブック」誌創刊［英］●キップリング『ジャングル・ブック』［英］●ハーディ『人生の小さな皮肉』［英］●L・ハーン『知られぬ日本の面影』［英］●ドビュッシー《「牧神の午後」への前奏曲》［仏］●ヴェルレーヌ『陰府で』、『エピグラム集』［仏］●**マラルメ『音楽と文芸』**［仏］●**ゾラ『ルルド』**［仏］●P・ルイス『ビリチスの歌』［仏］●ルナール『にんじん』［仏］●フランス『赤い百合』、『エピキュールの園』［仏］●ダヌンツィオ『死の勝利』［伊］●フォンターネ『エフィ・ブリースト』（〜九五）［独］●ミュシャ《ジスモンダ》［チェコ］●イラーセック『チェコ古代伝説』［チェコ］●ペレツ『初祭のための小冊子』（〜九六）［ポーランド］●ジョージ・ムーア『エスター・ウォーターズ』［愛］●バーリモント『北国の空の下で』［露］●ショレム・アレイヘム『牛乳屋テヴィエ』（〜一九一四）［イディッシュ］●シルバ『夜想曲』［コロンビア］●ターレボフ『アフマドの書』［イラン］

一八九六年［三十二歳］

十月十九日、『国会議員』の改訂版がベオグラード国立劇場で上演される。プリシュティナ勤務を終え、ベオグラードに戻る。三幕の喜劇『最初の訴訟』を執筆。長男ストラヒニャ＝バンが生まれる。

▼マッキンリー、大統領選勝利［米］▼アテネで第一回オリンピック大会開催［希］●スティーグリッツ、「カメラ・ノート」誌創刊［米］●ギルバート&サリバン《大公》［英］●大衆的日刊紙「デイリー・メール」創刊［英］●ヘンティ『ロシアの雪の中を』［英］●ウェルズ『モロー博士の島』、『偶然の車輪』［英］●スティーヴンソン『ハーミストンのウィア』［英］●コンラッド『島の流れ者』［英］●ワイルド《サロメ》上演［英］●ハウスマン『シュロップシャーの若者』［英］●L・ハーン『心』［英］●ベックレル、ウランの放射能を発見［仏］●ベルクソン『物質と記憶』［仏］●ルナール『博物誌』［仏］●ヴァレリー『テスト氏との一夜』［仏］●ジャリ《ユビュ王》初演［仏］●プルースト『楽しみと日々』［仏］●ラルボー『柱廊』［仏］●プッチーニ《ラ・ボエーム》初演［伊］●シェンキェーヴィチ『クオ・ヴァディス』［ポーランド］●H・バング『ルズヴィスバケ』［デンマーク］●フレーディング『しぶきとはためき』［スウェーデン］●チェーホフ《かもめ》初演［露］●ダリオ『希有の人びと』、『俗なる詠唱』［ニカラグア］●ブラジル文学アカデミー創立［ブラジル］

一八九七年［三十三歳］

テッサロニキ勤務となる。十月十一日、『最初の訴訟』がベオグラード国立劇場で上演される。批評家、観客からの評判は芳しくなかった。

▼バーゼルで第一回シオニスト会議開催［欧］▼女性参政権協会全国連盟設立［英］▼ヴィリニュスで、ブンド（リトアニア・ポーランド・ロシア・ユダヤ人労働者総同盟）結成［東欧］●H・ジェイムズ『ポイントンの蒐集品』、『メイジーの知ったこと』［米］●テイト・ギャラリー開館［英］●H・エリス『性心理学』（〜一九二八）［英］●**ハーディ『恋の霊　ある気質の描写』**［英］●ウェルズ

『透明人間』〔英〕●ヘンティ『最初のビルマ戦争』〔英〕●コンラッド『ナーシサス号の黒人』〔英〕●マラルメ『骰子一擲』、『ディヴァガシオン』〔仏〕●フランス『現代史』（～一九〇一）〔仏〕●**ジャリ『昼と夜』**〔仏〕●ジッド『地の糧』〔仏〕●ロスタン『シラノ・ド・ベルジュラック』〔仏〕●バレス『根こそぎにされた人々』〔仏〕●ロデンバック『カリヨン奏者』〔白〕●ガニベ『スペインの理念』〔西〕●クリムトら〈ウィーン・ゼツェッシオン（分離派）〉創立〔墺〕●K・クラウス『破壊された文学』〔墺〕●シュニッツラー『死人に口なし』〔墺〕●S・W・レイモント『約束の土地』（～九八）〔ポーランド〕●プルス『ファラオ』〔ポーランド〕●ストリンドバリ『インフェルノ』〔スウェーデン〕●B・ストーカー『ドラキュラ』〔愛〕

一八九八年［三十四歳］

一月、領事館を立ち上げるため、セレス（現在のギリシア）に赴任する。

▼アメリカ、ハワイ王国を併合〔米〕▼米戦艦メイン号の爆発をきっかけに米西戦争開戦、スペインは敗北〔米・西・キューバ・フィリピン〕●H・ジェイムズ『ねじの回転』〔米〕●ノリス『レディ・レティ号のモーラン』〔米〕●ウェルズ『宇宙戦争』〔英〕●コンラッド『青春』〔英〕●ハーディ『ウェセックス詩集』〔英〕●H・クリフォード『黒人種の研究』〔英〕●キュリー夫妻、ラジウムを発見〔仏〕●ゾラ、「オーロール」紙に大統領への公開状「われ弾劾す」発表〔仏〕●ブルクハルト『ギリシア文化史』（～一九〇二）〔スイス〕●ズヴェーヴォ『老年』〔伊〕●文芸誌「ビダ・ヌエバ」創刊（～一九〇〇）〔西〕●ガニベ自殺〔西〕●リルケ『フィレンツェ日記』〔墺〕●T・マン『小男フリーデマン氏』〔独〕●S・ヴィスピャンスキ《ワルシャワの娘》〔ポーランド〕●S・ジェロムスキ『シジフォスの苦役』〔ポーランド〕●カラジャーレ『ムンジョアラの宿』〔ルーマニア〕●H・バング『白い家』〔デンマーク〕

●イェンセン『ヘマラン地方の物語』(～一九一〇)［デンマーク］●ストリンドバリ『伝説』、『ダマスカスへ』(～一九〇一)［スウェーデン］●森鷗外訳フォルケルト『審美新説』［日］

一八九九年［三十五歳］

二女オリヴェラが二歳で死ぬ。国立劇場のコンクールに応募する。最優秀作品は該当なしであったが、ヌシッチの三作品『そうでなくては』、『ショーペンハウアー』、『百合とトウヒ』が上演作品として選ばれる。

▼米比戦争(～一九〇二)［米・フィリピン］▼ドレフュス有罪判決、大統領特赦［仏］▼第二次ボーア戦争勃発(～一九〇二)［英・南アフリカ］●**ノリス『マクティーグ サンフランシスコの物語』**［米］●ショパン『目覚め』［米］●コンラッド『闇の奥』、『ロード・ジム』(～一九〇〇)［英］●A・シモンズ『文学における象徴主義運動』［英］●H・クリフォード『アジアの片隅で』［英］●ラヴェル《亡き王女のためのパヴァーヌ》［仏］●**ジャリ『絶対の愛』**［仏］●ミルボー『責苦の庭』［仏］●ダヌンツィオ『ジョコンダ』［伊］●シェーンベルク《弦楽六重奏曲「浄夜」》［墺］●シュニッツラー《緑のオウム》初演［墺］●K・クラウス、個人誌「ファッケル(炬火)」創刊(～一九三六)［墺］●ホルツ『叙情詩の革命』［独］●ストリンドバリ『罪さまざま』、『フォルクングのサガ』、『グスタヴ・ヴァーサ』［スウェーデン］●アイルランド文芸劇場創立［愛］●イェイツ『葦間の風』、《キャスリーン伯爵夫人》初演［愛］●チェーホフ《ワーニャ伯父さん》初演、『犬を連れた奥さん』、『可愛い女』［露］●トルストイ『復活』［露］●ゴーリキー『フォマ・ゴルデーエフ』［露］●ソロヴィヨフ『三つの会話』(～一九〇〇)［露］●レーニン『ロシアにおける資本主義の発展』［露］●クロポトキン『ある革命家の手記』［露］

一九〇〇年［三十六歳］

二月二十四日に『セムベリヤのイヴォ王子』、五月二十三日に『普通の人』がベオグラード国立劇場で上演され、好評をえる。教育省に職をえる。七月十四日、ベオグラード国立劇場の支配人に任命される。十月から十一月にかけて前年のコンクールで選出された三作品が上演される。

▼労働代表委員会結成［英］▼義和団事件［中］●ドライサー『シスター・キャリー』［米］●ノリス『男の女』［米］●L・ボーム『オズの魔法使い』［米］●L・ハーン『影』［英］●ウェルズ『恋愛とルイシャム氏』［英］●シュピッテラー『オリュンポスの春』（〜〇五）［スイス］●ベルクソン『笑い』［仏］●ジャリ『鎖につながれたユビュ』［仏］●コレット『学校へ行くクローディーヌ』［仏］●プッチーニ《トスカ》初演［伊］●フォガッツァーロ『現代の小さな世界』［伊］●ダヌンツィオ『炎』［伊］●フロイト『夢判断』［墺］●シュニッツラー『輪舞』、『グストル少尉』［墺］●プランク、「プランクの放射公式」を提出［独］●ツェッペリン、飛行船ツェッペリン号建造［独］●ジンメル『貨幣の哲学』［独］●S・ゲオルゲ『生の絨毯』［独］●シェンキェーヴィチ『十字軍の騎士たち』［ポーランド］●S・ジェロムスキ『家なき人々』［ポーランド］●イェンセン『王の没落』（〜〇一）［デンマーク］●ベールイ『交響楽（第一・英雄的）』［露］●バーリモント『燃える建物』［露］●チェーホフ『谷間』［露］●マシャード・デ・アシス『むっつり屋』［ブラジル］

一九〇一年〔三十七歳〕

一月、『ラストコ・ネマニィチ』が上演される。『劇場新聞』を創刊する。十一月『公海』が上演される。

▼マッキンリー暗殺、セオドア・ローズベルトが大統領に〔米〕▼ヴィクトリア女王歿、エドワード七世即位〔英〕▼革命的ナロードニキの代表によってSR結成〔露〕▼オーストラリア連邦成立〔豪〕●ノリス『オクトパス』〔米〕●キップリング『キム』〔英〕●ウェルズ『予想』、『月世界最初の人間』〔英〕●L・ハーン『日本雑録』〔英〕●ヘンティ『ガリバルディとともに』〔英〕●ラヴェル《水の戯れ》●シュリ・プリュドム、ノーベル文学賞受賞〔仏〕●ジャリ『メッサリーナ』〔仏〕●フィリップ『ビュビュ・ド・モンパルナス』〔仏〕●マルコーニ、大西洋横断無線電信に成功〔伊〕●ダヌンツィオ《フランチェスカ・ダ・リミニ》上演〔伊〕●バローハ『シルベストレ・パラドックスの冒険、でっちあげ、欺瞞』〔西〕●フロイト『日常生活の精神病理学』〔墺〕●T・マン『ブッデンブローク家の人々』〔独〕●H・バング『灰色の家』〔デンマーク〕●ストリンドバリ『夢の劇』、『死の舞踏』〔スウェーデン〕●ヘイデンスタム『聖女ビルギッタの巡礼』〔スウェーデン〕●チェーホフ《三人姉妹》初演〔露〕

一九〇二年〔三十八歳〕

一月、ヨヴァン・ドキッチ教授を劇場支配人とし、ヌシッチを劇作家とする辞令が出る。一月十六日に退任を申し出て、年金生活となる。

▼独・墺・スイス共通のドイツ語正書法施行〔欧〕▼ロックフェラー、全米の石油の九〇％を独占〔米〕▼日英同盟締結〔英・

日〕▼コンゴ分割〔仏〕▼アルフォンソ十三世親政開始〔西〕▼キューバ共和国独立〔米・西・キューバ〕●スティーグリッツ、〈フォト・セセッション〉を結成〔米〕●W・ジェイムズ『宗教的経験の諸相』〔米〕●H・ジェイムズ『密林の獣』、『鳩の翼』〔米〕●J・A・ホブソン『帝国主義論』〔英〕●「タイムズ文芸付録」刊行開始〔英〕●ドイル『バスカヴィル家の犬』〔英〕●L・ハーン『骨董』〔英〕●ベネット『グランド・バビロン・ホテル』〔英〕●ジャリ『超男性』〔仏〕●ジッド『背徳者』〔仏〕●ロラント・ホルスト＝ファン・デル・スハルク『新生』〔蘭〕●クローチェ『表現の科学および一般言語学としての美学』〔伊〕●ウナムーノ『愛と教育』〔西〕●バローハ『完成の道』〔西〕●バリェ＝インクラン『四季のソナタ』（～〇五）〔西〕●アソリン『意志』〔西〕●ブラスコ＝イバニェス『葦と泥』〔西〕●レアル・マドリードCF創設〔西〕●リルケ『形象詩集』〔墺〕●シュニッツラー『ギリシアの踊り子』〔墺〕●ホフマンスタール『チャンドス卿の手紙』〔墺〕●モムゼン、ノーベル文学賞受賞〔独〕●インゼル書店創業〔独〕●ツァンカル『断崖にて』〔スロヴェニア〕●レーニン『何をなすべきか？』〔露〕●ゴーリキー『小市民』、《どん底》初演〔露〕●アンドレーエフ『深淵』〔露〕●クーニャ『奥地の反乱』〔ブラジル〕●アポストル『わが民族』〔フィリピン〕

一九〇三年〔三十九歳〕

六月、ノヴィサドのセルビア国立劇場の支配人に招かれる。

▼エメリン・パンクハースト、女性社会政治同盟結成〔英〕▼ロシア社会民主労働党、ボリシェビキとメンシェビキに分裂〔露〕●ラキッチ『詩集』〔セルビア〕●スティーグリッツ、「カメラ・ワーク」誌創刊〔米〕●ノリス『取引所』、『小説家の責任』〔米〕●ロンドン『野性の呼び声』、『奈落の人々』〔米〕●H・ジェイムズ『使者たち』〔米〕●G・E・ムーア『倫理学原理』〔英〕

●G・B・ショー『人と超人』〔英〕●S・バトラー『万人の道』〔英〕●ウェルズ『完成中の人類』〔英●〕ハーディ『覇王たち』(〜〇八)〔英〕●ギッシング『ヘンリー・ライクロフトの私記』〔英〕●ドビュッシー交響詩《海》〔仏〕●**J=A・ノー『敵なる力』**(第一回ゴンクール賞受賞)〔仏〕●ロマン・ロラン『ベートーヴェン』〔仏〕●プレッツォリーニ、パピーニらが「レオナルド」創刊(〜〇七)〔伊〕●ダヌンツィオ『マイア』〔伊〕●A・マチャード『孤独』〔西〕●バリェ=インクラン『ほの暗き庭』〔西〕●リルケ『ロダン論』(〜〇七)、『ヴォルプスヴェーデ』〔墺〕●ホフマンスタール『エレクトラ』〔墺〕●T・マン『トーニオ・クレーガー』〔独〕●デーメル『二人の人間』〔独〕●クラーゲス、表現学ゼミナールを創設〔独〕●ビョルンソン、ノーベル文学賞受賞〔ノルウェー〕●アイルランド国民劇場協会結成〔愛〕●永井荷風訳ゾラ『女優ナ、』〔日〕

一九〇四年〔四十歳〕

ノヴィサドの国立劇場の支配人として、ヴォイヴォディナ各地での巡回劇場を成功させる。

▼英仏協商〔英・仏〕▼日露戦争(〜〇五)〔露・日〕●ロンドン『海の狼』〔米〕●H・ジェイムズ『黄金の盃』〔米〕●**コンラッド『ノストローモ』**〔英〕●L・ハーン『怪談』〔英〕●シング『海へ騎り行く人々』〔英〕●チェスタトン『新ナポレオン奇譚』〔英〕●ミストラル、ノーベル文学賞受賞〔仏〕●J=A・ノー『青い昨日』〔仏〕●ロマン・ロラン『ジャン・クリストフ』(〜一二)〔仏〕●コレット『動物の七つの対話』〔仏〕●リルケ『神さまの話』〔墺〕●プッチーニ《蝶々夫人》〔伊〕●ダヌンツィオ『エレットラ』、『アルチヨーネ』、『ヨーリオの娘』〔伊〕●エチェガライ、ノーベル文学賞受賞〔西〕●バローハ『探索』、『雑草』、『赤い曙光』〔西〕●ヒメネス『遠い庭』〔西〕●フォスラー『言語学における実証主義と観念主義』〔独〕●ヘッセ『ペーター・カーメンツィ

ント』［独］●S・ヴィスピャンスキ《十一月の夜》［ポーランド］●S・ジェロムスキ『灰』［ポーランド］●H・バング『ミケール』［デンマーク］●チェーホフ『桜の園』［露］

一九〇五年［四十一歳］

文学活動二十五周年を祝い、『そうでなくては』が上演される。八月、サラエヴォでの巡回劇場が失敗して損失を出し、支配人を辞任する。九月、ミハイロ・スレテノヴィチと共に子供向けの、子供が演じる劇場「小劇場」を立ち上げる。十二月、ベン・アキバの名前で日刊紙『ポリティカ』にコラム「ベオグラード暮らしより」を書くようになる。

▼ノルウェー、スウェーデンより分離独立［北欧］▼第一次ロシア革命［露］●ロンドン『階級戦争』［米］●キャザー『トロール・ガーデン』［米］●ウォートン『歓楽の家』［米］●バーナード・ショー《人と超人》初演［英］●チェスタトン『異端者の群れ』［英］●ウェルズ『キップス』、『近代のユートピア』［英］●E・M・フォースター『天使も踏むを恐れるところ』［英］●ベネット『五つの町の物語』、『都市の略奪品』［英］●H・R・ハガード『女王の復活』［英］●アインシュタイン、光量子仮説、ブラウン運動の理論、特殊相対性理論を提出［スイス］●ラミュ『アリーヌ』［スイス］●ブルクハルト『世界史的考察』［スイス］●クローチェ『純粋概念の科学としての論理学』［伊］●マリネッティ、ミラノで詩誌「ポエジーア」を創刊（～〇九）［伊］●ダヌンツィオ『覆われたる灯』［伊］●アソリン『村々』、『ドンキホーテの通った道』［西］●ガニベ『スペインの将来』［西］●ドールス『イシドロ・ノネルの死』［西］●リルケ『時禱詩集』［墺］●フロイト『性欲論三篇』［墺］●M・ヴェーバー『プロテスタンティズムの倫理と資本主義の精神』［独］●A・ヴァールブルク、ハンブルクに〈ヴァールブルク文庫〉を創設［独］●ドレスデンに

て〈ブリュッケ〉結成〔〜一三〕〔独〕●T・マン『フィオレンツァ』〔独〕●モルゲンシュテルン『絞首台の歌』〔独〕●シェンキェーヴィチ、ノーベル文学賞受賞〔ポーランド〕●ヘイデンスタム『フォルクング王家の系図』〔〜〇七〕〔スウェーデン〕●ルゴーネス『庭園の黄昏』〔アルゼンチン〕●夏目漱石『吾輩は猫である』〔日〕●上田敏訳詩集『海潮音』〔日〕

一九〇六年〔四十二歳〕

八月、ベオグラードの国立劇場の劇作家に就任する。十月十九日、『世界』上演。好評と酷評とに分かれる。

▼サンフランシスコ地震〔米〕▼一月、イギリスの労働代表委員会、労働党と改称。八月、英露協商締結〔三国協商が成立〕〔英〕●ロンドン『白い牙』〔米〕●ビアス『冷笑家用語集』〔一一年、『悪魔の辞典』に改題〕〔米〕●ゴールズワージー『財産家』〔英〕●ロマン・ロラン『ミケランジェロ』〔仏〕●J・ロマン『更生の町』〔仏〕●クローデル『真昼に分かつ』〔仏〕●シュピッテラー『イマーゴ』〔スイス〕●カルドゥッチ、ノーベル文学賞受賞〔伊〕●ダヌンツィオ『愛にもまして』〔伊〕●ドールス『語録』〔西〕●ムージル『寄宿者テルレスの惑い』〔墺〕●ヘッセ『車輪の下』〔独〕●モルゲンシュテルン『メランコリー』〔独〕●H・バング『祖国のない人々』〔デンマーク〕●ビョルンソン『マリイ』〔ノルウェー〕●ルゴーネス『不思議な力』〔アルゼンチン〕●ターレボフ『人生の諸問題』〔イラン〕●島崎藤村『破戒』〔日〕●内田魯庵訳トルストイ『復活』〔日〕●岡倉天心『茶の本』〔日〕

一九〇七年〔四十三歳〕

四月、劇場支配人ミハイロ・マルコヴィチとの意見の対立から劇作家を辞任する。『ポリティカ』への寄稿文の選集『べン・アキバ』を出版するものの、ヨヴァン・スケルリッチから酷評される。五月三十日から六月一日にかけて、セルビア報道協会の大集会を会長として取り仕切る。モンテネグロ公ニコラからツェティニエに王立劇場を創設することについての助言を求められる。国立劇場のコンテストで、『秋の雨』が戯曲部門第一位に、『血の貢ぎ物』が史劇部門第三位に選ばれる。十一月に『血の貢ぎ物』が上演される。

▼英仏露三国協商成立［欧］▼第二回ハーグ平和会議［欧］●ロンドン『道』［米］●W・ジェイムズ『プラグマティズム』［米］●キップリング、ノーベル文学賞受賞［英］●コンラッド『密偵』［英］●シング《西の国のプレイボーイ》初演［英］●E・M・フォースター『ロンゲスト・ジャーニー』［英］●R・ヴァルザー『タンナー兄弟姉妹』［西］●グラッセ社設立［仏］●ベルクソン『創造的進化』［仏］●クローデル『東方の認識』、『詩法』［仏］●コレット『感傷的な隠れ住まい』［仏］●デュアメル『伝説、戦闘』［仏］●ピカソ《アヴィニヨンの娘たち》［西］●A・マチャード『孤独、回廊、その他の詩』［西］●バリェ゠インクラン『紋章の鷲』［西］●リルケ『新詩集』（～〇八）［墺］●S・ゲオルゲ『第七の輪』［独］●レンジェル・メニヘールト《偉大な領主》上演［ハンガリー］●ストリンドバリ『青の書』（～一二）［スウェーデン］●M・アスエラ『マリア・ルイサ』［メキシコ］●夏目漱石『文学論』［日］

一九〇八年［四十四歳］

ハンガリー、スイス、フランスを旅し、ルポルタージュを書く。夏、『ポリティカ』紙の記者としてテッサロニキ、ビトラ、スコピエに赴き、青年トルコ人革命による現地の動静を伝える。一幕の史劇『ハジ・ロヤ』を発表。十月、オーストリア゠ハンガリー帝国がボスニア・ヘルツェゴヴィナを併合する。ヌシッチは反対のデモの先頭に立つ。十二月『ハジ・ロヤ』が国立劇場で上演される。

▼優生教育協会発足〔英〕▼ブルガリア独立宣言〔ブルガリア〕●フォードT型車登場〔米〕●ロンドン『鉄の踵』〔米〕●モンゴメリー『赤毛のアン』〔カナダ〕●F・M・フォード「イングリッシュ・レヴュー」創刊〔英〕●A・ベネット『老妻物語』〔英〕●チェスタトン『正統とは何か』、『木曜日の男』〔英〕●フォースター『眺めのいい部屋』〔英〕●ドビュッシー《子供の領分》〔仏〕●ラヴェル《マ・メール・ロワ》(〜一〇)〔仏〕●ソレル『暴力論』〔仏〕●ガストン・ガリマール、ジッドと文学雑誌「NRF」(新フランス評論)を創刊(翌年、再出発)〔仏〕●J・ロマン『一体生活』〔仏〕●ラルボー『富裕な好事家の詩』〔仏〕●メーテルランク『青い鳥』〔白〕●プレッツォリーニ、文化・思想誌「ヴォーチェ」を創刊(〜一六)〔伊〕●クローチェ『実践の哲学――経済学と倫理学』〔伊〕●バリェ゠インクラン『狼の歌』〔西〕●ヒメネス『孤独の響き』〔西〕●G・ミロー『流浪の民』〔西〕●シェーンベルク《弦楽四重奏曲第二番》(ウィーン初演)〔墺〕●K・クラウス『モラルと犯罪』〔墺〕●シュニッツラー『自由への道』〔墺〕●ヴォリンガー『抽象と感情移入』〔独〕●オイケン、ノーベル文学賞受賞〔独〕●S・ジェロムスキ『罪物語』〔ポーランド〕●バルトーク・ベーラ《弦楽四重奏曲第1番》〔ハンガリー〕●レンジェル・メニヘールト《感謝せる後継者》上演(ヴォジニッツ賞受賞)〔ハンガリー〕●ヘイデンスタム『スウェーデン人とその指導者たち』(〜一〇)〔スウェーデン〕

一九〇九年〔四十五歳〕

一月、『秋の雨』が国立劇場で上演される。九月、ゴーリキの『どん底』に着想をえた『神の背後』が上演される。

▼モロッコで反乱、バルセロナでモロッコ戦争に反対するゼネスト拡大「悲劇の一週間」、軍による鎮圧〔西〕●F・L・

ライト《ロビー邸》〔米〕●スタイン『三人の女』〔米〕●E・パウンド『仮面』〔米〕●ロンドン『マーティン・イーデン』〔米〕●ウィリアム・カーロス・ウィリアムズ『第一詩集』〔米〕●ウェルズ『アン・ヴェロニカの冒険』、『トノ・バンゲイ』〔英〕●G・ブラック《水差しとヴァイオリン》〔仏〕●ジッド『狭き門』〔仏〕●コレット『気ままな生娘』〔仏〕●マリネッティ、パリ「フィガロ」紙に『未来派宣言』(仏語)を発表〔伊〕●バローハ『向こう見ずなサラカイン』〔西〕●リルケ『鎮魂歌』〔墺〕●カンディンスキーらミュンヘンにて〈新芸術家同盟〉結成〔独〕●T・マン『大公殿下』〔独〕●**レンジェル・メニヘールト**《**颱風**》上演〔ハンガリー〕●ラーゲルレーヴ、ノーベル文学賞受賞〔スウェーデン〕●ストリンドバリ『大街道』〔スウェーデン〕●セルゲイ・ディアギレフ、「バレエ・リュス」旗揚げ〔露〕●M・アスエラ『毒草』〔メキシコ〕

一九一〇年〔四十六歳〕

『ポリティカ』を離れ、『トリビューン』紙を立ち上げる。十一月二十六日に書いた記事が、不敬罪にあたるとして裁判を受け、三カ月の有罪判決を受ける(服役させられることはなかった)。

▼エドワード七世歿、ジョージ五世即位〔英〕▼ポルトガル革命〔ポルトガル〕▼メキシコ革命〔メキシコ〕▼大逆事件〔日〕●バーネット『秘密の花園』〔米〕●ロンドン『革命、その他の評論』〔米〕●ロンドンで〈マネと印象派展〉開催(R・フライ企画)〔英〕●ラッセル、ホワイトヘッド『プリンキピア・マテマティカ』(〜一三)〔英〕●E・M・フォースター『ハワーズ・エンド』〔英〕●A・ベネット『クレイハンガー』〔英〕●**ウェルズ**『**ポリー氏**』、『〈**眠れる者**〉**目覚める**』〔英〕●ペギー『ジャンヌ・ダルクの愛徳の聖史劇』〔仏〕●ルーセル『アフリカの印象』〔仏〕●アポリネール『異端教祖株式会社』〔仏〕●クローデル『五大賛歌』〔仏〕●ボッチョー

ニほか『絵画宣言』〔伊〕●ダヌンツィオ『可なり哉、不可なり哉』〔伊〕●G・ミロー『墓地の桜桃』〔西〕●K・クラウス『万里の長城』〔墺〕●リルケ『マルテの手記』〔墺〕●H・ワルデン、ベルリンにて文芸・美術雑誌「シュトルム」を創刊（～三二）〔独〕●ハイゼ、ノーベル文学賞受賞〔独〕●クラーゲス『性格学の基礎』〔独〕●モルゲンシュテルン『パルムシュトレーム』〔独〕●ルカーチ・ジェルジ『魂と形式』〔ハンガリー〕●フレーブニコフら〈立体未来派〉結成〔露〕●谷崎潤一郎『刺青』〔日〕

一九一一年〔四十七歳〕

二月、『世界をめぐる旅』が国立劇場で上演される。『セルビア文学通信』には酷評されたものの、観客の受けがよく、一九一四年五月までに三十二回上演されることとなった。

▼イタリア・トルコ戦争（～一二）〔伊・土〕●ロンドン『スナーク号航海記』〔米〕●ドライサー『ジェニー・ゲアハート』〔米〕●ウェルズ『ニュー・マキャベリ』〔英〕●A・ベネット『ヒルダ・レスウェイズ』〔英〕●コンラッド『西欧の目の下に』〔英〕●チェスタトン『ブラウン神父物語』（～三五）〔英〕●ビアボーム『ズーレイカ・ドブスン』〔英〕●N・ダグラス『セイレーン・ランド』〔英〕●ロマン・ロラン『トルストイ』〔仏〕●J・ロマン『ある男の死』〔仏〕●ジャリ『フォーストロール博士の言行録』〔仏〕●ラルボー『フェルミナ・マルケス』〔仏〕●メーテルランク、ノーベル文学賞受賞〔白〕●プラテッラ『音楽宣言』〔伊〕●ダヌンツィオ『聖セバスティアンの殉教』〔伊〕●バッケッリ『ルドヴィーコ・クローの不思議の糸』〔伊〕●バローハ『知恵の木』〔西〕●S・ツヴァイク『最初の体験』〔墺〕●ホフマンスタール『イェーダーマン』、『ばらの騎士』〔墺〕●**M・ブロート『ユダヤの女たち――ある長編小説』**〔独〕●フッサール『厳密な学としての哲学』〔独〕●ウンセット『イェンニー』〔ノルウェー〕

●セヴェリャーニンら〈自我未来派〉結成［露］●アレクセイ・N・トルストイ『変わり者たち』［露］●A・レイェス『美学的諸問題』［メキシコ］●M・アスエラ『マデーロ派、アンドレス・ペレス』［メキシコ］●西田幾多郎『善の研究』［日］●青鞜社結成［日］●島村抱月訳イプセン『人形の家』［日］

一九一二年［四十八歳］

九月、新しいバージョンの『国会議員』が国立劇場で上演される。その数日後に総動員令が出され、ヌシッチは専門家としてオスマン帝国地域に派遣される。十月八日、第一次バルカン戦争がはじまる。十一月、セルビア軍が支配下に置いたビトラで、地域の責任者として治安の維持に努める。

▼ウィルソン、大統領選勝利［米］▼タイタニック号沈没［英］▼中華民国成立［中］●ラキッチ『新詩集』［セルビア］●キャザー『アレグザンダーの橋』［米］●W・ジェイムズ『根本的経験論』［米］●ロンドンで〈第二回ポスト印象派展〉開催（R・フライ企画）［英］●コンラッド『運命』［英］●D・H・ロレンス『侵入者』［英］●ストレイチー『フランス文学道しるべ』［英］●ユング『変容の象徴』［スイス］●サンドラール『ニューヨークの復活祭』［スイス］●デュシャン《階段を降りる裸体、No・2》［仏］●ラヴェル《ダフニスとクロエ》［仏］●フランス『神々は渇く』［仏］●リヴィエール『エチュード』［仏］●クローデル『マリアへのお告げ』［仏］●ボッチョーニ『彫刻宣言』［伊］●マリネッティ『文学技術宣言』［伊］●ダヌンツィオ『ピザネル』、『死の瞑想』［伊］●チェッキ『ジョヴァンニ・パスコリの詩』［伊］●A・マチャード『カスティーリャの野』［西］●アソリン『カスティーリャ』［西］●バリェ゠インクラン『勲の声』［西］●シュンペーター『経済発展の理論』［墺］●シェーンベルク《月に憑かれたピエロ》

［墺］●シュニッツラー『ベルンハルディ教授』［墺］●カンディンスキー、マルクらミュンヘンにて第二回〈青騎士〉展開催（〜一三）、年刊誌「青騎士」発行（一号のみ）［独］●G・ハウプトマン、ノーベル文学賞受賞［独］●T・マン『ヴェネツィア客死』［独］●M・ブロート『アーノルト・ベーア』［独］●アレクセイ・N・トルストイ『足の不自由な公爵』［露］●ウイドブロ『魂のこだま』［チリ］●石川啄木『悲しき玩具』［日］

一九一三年［四十九歳］

二月、ビトラを後任に託して、スコピエに移動する。六月、第二次バルカン戦争が起きる。十月、スコピエに国立劇場を創設して初代の支配人に就任する。

▼第二次バルカン戦争（〜八月）［欧］▼マデーロ大統領、暗殺される［メキシコ］●ニューヨーク、グランドセントラル駅竣工［米］●ロンドン『ジョン・バーリコーン』［米］●キャザー『おゝ開拓者よ！』［米］●ウォートン『国の慣習』［米］●フロスト『第一詩集』［米］●ショー《ピグマリオン》（ウィーン初演）［英］●ロレンス『息子と恋人』［英］●ストラヴィンスキー《春の祭典》（パリ初演）［仏・露］●G・ブラック《クラリネット》［仏］●リヴィエール『冒険小説論』［仏］●J・ロマン『仲間』［仏］●マルタン・デュ・ガール『ジャン・バロワ』［仏］●アラン＝フルニエ『モーヌの大将』［仏］●プルースト『失われた時を求めて』（〜二七）［仏］●コクトー『ポトマック』（〜一九）［仏］●アポリネール『アルコール』、『キュビスムの画家たち』［仏］●ラルボー『A・O・バルナブース全集』［仏］●サンドラール「シベリア鉄道とフランス少女ジャンヌの散文」（『全世界より』）［スイス］●ラミュ『サミュエル・ブレの生涯』［スイス］●ルッソロ『騒音芸術』［伊］●パピーニ、ソッフィチと「ラチェルバ」を創刊（〜一五）［伊］

●アソリン『古典作家と現代作家』［西］●バローハ『ある活動家の回想記』（〜三五）［西］●バリェ＝インクラン『侯爵夫人ロサリンダ』［西］●シュニッツラー『ベアーテ夫人とその息子』［墺］●クラーゲス『表現運動と造形力』、『人間と大地』［独］●ヤスパース『精神病理学総論』［独］●フッサール『イデーン』（第一巻）［独］●フォスラー『言語発展に反映したフランス文化』［独］●カフカ『観察』、『火夫』、『判決』［独］●デーブリーン『タンポポ殺し』［独］●トラークル『詩集』［独］●シェーアバルト『小惑星物語』［独］●ルカーチ・ジェルジ『美的文化』［ハンガリー］●ストラヴィンスキー《春の祭典》（パリ初演）［露］●シェルシェネーヴィチ、未来派グループ〈詩の中二階〉を創始［露］●マンデリシターム『石』［露］●マヤコフスキー『ウラジーミル・マヤコフスキー』［露］●**ベールイ『ペテルブルグ』**（〜一四）［露］●ウイドブロ『夜の歌』、『沈黙の洞窟』［チリ］●タゴール、ノーベル文学賞受賞［印］

一九一四年［五十歳］

一月、スコピエの「トルコ劇場」（オスマン帝国時代に建設された建物）で最初の演劇が上演される。二月、火の不始末により劇場が焼け落ち、場所を変えて公演を続ける。プリズレン、プリシュティナ、コソヴスカ・ミトロヴィツァなどで公演を開く。六月、サラエヴォ事件が起こる。七月、第一次世界大戦が始まる。十月、オーストリア＝ハンガリー帝国軍によりベオグラードが占領される。

▼サライェヴォ事件、第一次世界大戦勃発（〜一八）［欧］▼大戦への不参加表明［西］●E・R・バローズ『類猿人ターザン』［米］●スタイン『やさしいボタン』［米］●ノリス『ヴァンドーヴァーと野獣』［米］●ヴォーティシズム機関誌「ブラスト」、

「ニュー・リパブリック」、「リトル・レビュー」創刊〔英〕●スタイン『やさしいボタン』〔米〕●ウェルズ『解放された世界』〔英〕●**ラミュ『詩人の訪れ』**、**『存在理由』**〔スイス〕●ラヴェル《クープランの墓》〔仏〕●J＝A・ノー『かもめを追って』〔仏〕●ジッド『法王庁の抜け穴』〔仏〕●ルーセル『ロクス・ソルス』〔仏〕●ブールジェ『真昼の悪魔』〔仏〕●サンテリーア『建築宣言』〔伊〕●オルテガ・イ・ガセー『ドン・キホーテをめぐる省察』〔西〕●ヒメネス『プラテロとわたし』〔西〕●ゴメス・デ・ラ・セルナ『グレゲリーアス』、『あり得ない博士』〔西〕●ベッヒャー『滅亡と勝利』〔独〕●ジョイス『ダブリンの市民』〔愛〕●ウイドブロ『秘密の仏塔』〔チリ〕●ガルベス『模範的な女教師』〔アルゼンチン〕●夏目漱石『こころ』〔日〕

一九一五年〔五十一歳〕

夏、娘マルギータ－ギタが結婚する。十月、義勇兵として戦闘に参加していた未成年の息子ストラヒニャ－バンの死亡の知らせを受ける。同月、プリズレンに避難し、そののちモンテネグロに至る。ツェティニェを経て、南部の沿岸都市ウルツィニに到着する。この年の経験はのちに『一九一五──ある民族の悲劇』にまとめられた。

▼ルシタニア号事件〔欧〕▼三国同盟破棄〔伊〕●セシル・B・デミル『カルメン』〔米〕●グリフィス『国民の創生』〔米〕●キャザー『ヒバリのうた』〔米〕●D・H・ロレンス『虹』（ただちに発禁処分に）〔英〕●コンラッド『勝利』〔英〕●V・ウルフ『船出』〔英〕●モーム『人間の絆』〔英〕●F・フォード『善良な兵士』〔英〕●N・ダグラス『オールド・カラブリア』〔英〕●ロマン・ロラン、ノーベル文学賞受賞〔仏〕●ルヴェルディ『散文詩集』〔仏〕●ヴェルフリン『美術史の基礎概念』〔スイス〕●アソリン『古典の周辺』〔西〕●カフカ『変身』〔独〕●デーブリーン『ヴァン・ルンの三つの跳躍』（クライスト賞、フォンターネ賞受賞）〔独〕●T・マン

『フリードリヒと大同盟』〔独〕●クラーゲス『精神と生命』〔独〕●ヤコブソン、ボガトゥイリョーフら〈モスクワ言語学サークル〉を結成（〜二四）〔露〕●グスマン『メキシコの抗争』〔メキシコ〕●グイラルデス『死と血の物語』、『水晶の鈴』〔アルゼンチン〕●芥川龍之介『羅生門』〔日〕

一九一六年［五十二歳］

ウルツィニから船でマルセイユに向かう。マルセイユからニースに入り、その後、夫婦でパリに滞在する。

▼スパルタクス団結成〔独〕●グリフィス『イントレランス』〔米〕●S・アンダーソン『ウィンディ・マクファーソンの息子』〔米〕●O・ハックスリー『燃える車』〔英〕●ゴールズワージー『林檎の樹』〔英〕●A・ベネット『この二人』〔英〕●ユング『無意識の心理学』〔スイス〕●サンドラール『リュクサンブール公園での戦争』〔スイス〕●文芸誌「シック」創刊（〜一九）〔仏〕●バルビュス『砲火』〔仏〕●ダヌンツィオ『夜想譜』〔伊〕●ウンガレッティ『埋もれた港』〔伊〕●パルド＝バサン、マドリード中央大学教授に就任〔西〕●文芸誌「セルバンテス」創刊（〜二〇）〔西〕●バリェ＝インクラン『不思議なランプ』〔西〕●G・ミロー『キリスト受難模様』〔西〕●アインシュタイン『一般相対性理論の基礎』を発表〔墺〕●クラーゲス『筆跡と性格』、『人格の概念』〔独〕●カフカ『判決』〔独〕●ルカーチ・ジェルジ『小説の理論』〔ハンガリー〕●レンジェル・メニヘールト、パントマイム劇「中国の不思議な役人」発表〔ハンガリー〕●ヘイデンスタム、ノーベル文学賞受賞〔スウェーデン〕●ジョイス『若い芸術家の肖像』〔愛〕●ペテルブルクで〈オポヤーズ〉（詩的言語研究会）設立〔露〕●M・アスエラ『虐げられし人々』〔メキシコ〕●ウイドブロ、ブエノスアイレスで創造主義宣言〔チリ〕●ガルベス『形而上的悪』〔アルゼンチン〕

一九一七年〔五十三歳〕

パリから南仏のバルバストに移動するものの、土地になじめず、再びパリに戻る。ジュネーヴに行き、赤十字に参加する。

▼ドイツに宣戦布告、第一次世界大戦に参戦〔米〕▼労働争議の激化に対し非常事態宣言。全国でゼネストが頻発するが、軍が弾圧〔西〕▼十月革命、ロシア帝国が消滅しソヴィエト政権成立。十一月、レーニン、平和についての布告を発表〔露〕●ピュリッツァー賞創設〔米〕●E・ウォートン『夏』〔米〕●V・ウルフ『二つの短編小説』〔英〕T・S・エリオット『二つの短編小説』〔英〕●サンドラール『奥深い今日』〔スイス〕●ラミュ『大いなる春』〔スイス〕●ピカビア、芸術誌「391」創刊〔仏〕●ルヴェルディ、文芸誌「ノール＝シュド」創刊（〜一九）〔仏〕●アポリネール《ティレジアスの乳房》上演〔仏〕●M・ジャコブ『骰子筒』〔仏〕●ヴァレリー『若きパルク』〔仏〕●**ウナムーノ『アベル・サンチェス』**〔西〕●G・ミロー『シグエンサの書』〔西〕●ヒメネス『新婚詩人の日記』〔西〕●芸術誌「デ・ステイル」創刊（〜二八）〔蘭〕●S・ツヴァイク『エレミヤ』〔墺〕●フロイト『精神分析入門』〔墺〕●モーリッツ・ジグモンド『炬火』〔ハンガリー〕●クルレジャ『牧神パン』、『三つの交響曲』〔クロアチア〕●ゲレロプ、ポントピダン、ノーベル文学賞受賞〔デンマーク〕●レーニン『国家と革命』〔露〕●プロコフィエフ《古典交響曲》〔露〕●A・レイェス『アナウァック幻想』〔メキシコ〕●M・アスエラ『ボスたち』〔メキシコ〕●フリオ・モリーナ・ヌニェス、フアン・アグスティン・アラーヤ編『叙情の密林』〔チリ〕●キローガ『愛と死と狂気の物語集』〔アルゼンチン〕●グイラルデス『ラウチョ』〔アルゼンチン〕●バーラティ『クリシュナの歌』〔印〕

一九一八年〔五十四歳〕

スイスで数カ月過ごす。イタリアに住む娘夫婦をたびたび訪れる。セルビアが占領から解放されると、ガリポリを経て、ドゥブロヴニクからサラエヴォ、そののちベオグラードに至る。鉄道が復旧するとすぐにスコピエに向かい、劇場の再開のために尽力する。十二月、新国家「セルビア人、クロアチア人、スロヴェニア人王国」が建国される。

▼一月、米国ウィルソン大統領、十四カ条発表▼二月、英国、第四次選挙法改正（女性参政権認める）▼三月、スペインインフルエンザ（スペイン風邪）が大流行（～二〇）▼三月、ブレスト＝リトフスク条約。ドイツ、ソヴィエト＝ロシアが単独講和▼十一月、ドイツ革命。ドイツ帝政が崩壊し、ドイツ共和国成立。ヴィルヘルム二世、オランダに亡命▼十一月十一日、停戦協定成立し、第一次世界大戦終結。ポーランド、共和国として独立●**アンドリッチ**、「南方文芸」誌を創刊（～一九）、『**エクスポント（黒海より）**』〔セルビア〕●キャザー『マイ・アントニーア』〔米〕●O・ハックスリー『青春の敗北』〔英〕●E・シットウェル『道化の家』〔英〕●W・ルイス『ター』〔英〕●ストレイチー『ヴィクトリア朝偉人伝』〔英〕●トリスタン・ツァラ、ダダ宣言〔スイス〕●ラルボー『幼ごころ』〔仏〕●アポリネール『カリグラム』、『新精神と詩人たち』〔仏〕●コクトー『雄鶏とアルルカン』〔仏〕●**ルヴェルディ**『**屋根のスレート**』、『**眠れるギター**』〔仏〕●デュアメル『文明』（ゴンクール賞受賞）〔仏〕●サンドラール『パナマあるいは七人の伯父の冒険』、『殺しの記』〔スイス〕●ラミュ「兵士の物語」（ストラヴィンスキーのオペラ台本）〔スイス〕●文芸誌「グレシア」創刊（～二〇）〔西〕●ヒメネス『永遠』〔西〕●シェーンベルクら〈私的演奏協会〉発足〔墺〕●シュピッツァー『ロマンス語の統辞法と文体論』〔墺〕●K・クラウス『人類最後の日々』（～二二）〔墺〕●シュニッツラー『カサノヴァの帰還』〔墺〕

●デーブリーン『ヴァツェクの蒸気タービンとの戦い』〔独〕●T・マン『非政治的人間の考察』〔独〕●H・マン『臣下』〔独〕●ルカーチ・ジェルジ『バラージュと彼を必要とせぬ人々』〔ハンガリー〕●ジョイス『亡命者たち』〔愛〕●M・アスエラ『蝿』〔メキシコ〕●キローガ『セルバの物語集』〔アルゼンチン〕●魯迅『狂人日記』〔中〕

一九一九年〔五十五歳〕

一月、劇場を再開する。七月、ヌシッチの一幕の喜劇『二人の泥棒』がベオグラード国立劇場で上演される。十月、スコピエ国立劇場支配人を辞任し、新国家の教育省芸術局の局長に就任。

▼パリ講和会議〔欧〕▼合衆国憲法修正第十八条（禁酒法）制定、憲法修正第十九条（女性参政権）可決〔米〕▼アメリカ鉄鋼労働者ストライキ〔米〕▼ストライキが頻発、マドリードでメトロ開通〔西〕▼ワイマール憲法発布〔独〕▼第三インターナショナル（コミンテルン）成立〔露〕▼ギリシア・トルコ戦争〔希・土〕▼三・一独立運動〔朝鮮〕▼五・四運動〔中国〕●ツルニャンスキー『イタカの抒情』〔セルビア〕●パルプ雑誌「ブラック・マスク」創刊（～五一）〔米〕●S・アンダーソン『ワインズバーグ・オハイオ』〔米〕●ケインズ『平和の経済的帰結』〔英〕**●コンラッド『黄金の矢』**〔英〕●V・ウルフ『夜と昼』、『現代小説論』〔英〕●T・S・エリオット『詩集――一九一九年』〔英〕●モーム『月と六ペンス』〔英〕●シュピッテラー、ノーベル文学賞受賞〔スイス〕●サンドラール『弾力のある十九の詩』、『全世界より』、『世界の終わり』〔スイス〕●ガリマール社設立〔仏〕●ブルトン、アラゴン、スーポーとダダの機関誌「文学」を創刊〔仏〕●ベルクソン『精神エネルギー』〔仏〕●ジッド『田園交響楽』〔仏〕●コクトー『ポトマック』〔仏〕●デュアメル『世界の占有』〔仏〕●ローマにて文芸誌「ロンダ」創刊（～二三）〔伊〕●バッケッリ『ハムレッ

ト』〔伊〕●ヒメネス『石と空』〔西〕●ホフマンスタール『影のない女』〔墺〕●ホイジンガ『中世の秋』〔蘭〕●グロピウス、ワイマールにバウハウスを設立（〜三三）〔独〕●カフカ『流刑地にて』、『田舎医者』〔独〕●ヘッセ『デーミアン』〔独〕●クルティウス『新しいフランスの文学開拓者たち』〔独〕●シェルシェネーヴィチ、エセーニンらと〈イマジニズム〉を結成（〜二七）〔露〕●M・アスエラ『上品な一家の苦難』〔メキシコ〕●有島武郎『或る女』〔日〕

一九二〇年［五十六歳］

局長として、サラエヴォの国立劇場の創設を支援したり、オシエク（クロアチア）の国立劇場で朗読を披露したりするなど、新国家の九つの劇場を定期的に訪れる。セルビア作家協会を設立する。

▼国際連盟発足（米は不参加）〔欧〕●**アンドリッチ『アリヤ・ジェルゼレズの旅』**、**『不安』**〔セルビア〕●ピッツバーグで民営のKDKA局がラジオ放送開始〔米〕●フィッツジェラルド『楽園のこちら側』〔米〕●E・ウォートン『エイジ・オブ・イノセンス』（ピュリッツァー賞受賞）〔米〕●ドライサー『ヘイ、ラバダブダブ！』〔米〕●ドス・パソス『ある男の入門――一九一七年』〔米〕●S・ルイス『本町通り』〔米〕●パウンド『ヒュー・セルウィン・モーバリー』〔米〕●E・オニール《皇帝ジョーンズ》初演〔米〕●D・H・ロレンス『恋する女たち』、『迷える乙女』〔英〕●ウェルズ『世界文化史大系』〔英〕●O・ハックスリー『レダ』、『リンボ』〔英〕●E・シットウェル『木製の天馬』〔英〕●クリスティ『スタイルズ荘の怪事件』〔英〕●クロフツ『樽』〔英〕●H・R・ハガード『古代のアラン』〔英〕●マティス〈オダリスク〉シリーズ〔仏〕●アラン『芸術論集』〔仏〕●デュ・ガール『チボー家の人々』（〜四〇）〔仏〕●ロマン・ロラン『クレランボー』〔仏〕●コレット『シェリ』〔仏〕●デュアメル『サラヴァンの生涯と

冒険』(〜三二)〔仏〕●チェッキ『金魚』〔伊〕●文芸誌「レフレクトル」創刊〔西〕●バリェ＝インクラン『ボヘミアの光』、『聖き言葉』〔西〕●R・ヴィーネ『カリガリ博士』〔独〕●ユンガー『鋼鉄の嵐の中で』〔独〕●デーブリーン『ヴァレンシュタイン』〔独〕●S・ツヴァイク『三人の巨匠』〔墺〕●ハムスン、ノーベル文学賞受賞〔ノルウェー〕●アレクセイ・N・トルストイ『ニキータの少年時代』(〜二二)、『苦悩の中を行く』(〜四一)〔露〕●グスマン『ハドソン川の畔で』〔メキシコ〕

一九二三年〔五十九歳〕

一月、ベオグラード国立劇場五十周年に『捨て子』が上演される。五月、**『不審人物』**が初めて上演される。『世界大戦』が上演される。再び年金生活に入る。

▼仏・白軍、ルール占領〔欧〕▼ハーディングの死後、クーリッジが大統領に〔米〕▼プリモ・デ・リベーラ将軍のクーデタ、独裁開始(〜三〇)〔西〕▼ミュンヘン一揆〔独〕▼ローザンヌ条約締結、トルコ共和国成立▼関東大震災〔日〕●ウォルト・ディズニー・カンパニー創立〔米〕●「タイム」誌創刊〔米〕●ラヴジョイ、「観念史クラブ」を創設〔米〕●S・アンダーソン『馬と人間』、『多くの結婚』〔米〕●キャザー『迷える夫人』〔米〕●ハーディ『コーンウォール女王の悲劇』〔英〕●D・H・ロレンス『アメリカ古典文学研究』、『カンガルー』〔英〕●**コンラッド『放浪者あるいは海賊ペロル』**〔英〕●T・S・エリオット『荒地』(ホガース・プレス刊)〔英〕●J・ロマン『ル・トルーアデック氏の放蕩』〔仏〕●ラディゲ『肉体の悪魔』〔仏〕●ジッド『ドストエフスキー』〔仏〕●ラルボー『恋人よ、幸せな恋人よ……』〔仏〕●コクトー『山師トマ』、『大胯びらき』〔仏〕●モラン『夜とざす』〔仏〕●F・モーリヤック『火の河』、『ジェニトリクス』〔仏〕●コレット『青い麦』〔仏〕●サンドラール『黒色のヴィーナス』〔ス

イス〕●バッケッリ『まぐろは知っている』〔伊〕●ズヴェーヴォ『ゼーノの意識』〔伊〕●オルテガ・イ・ガセー、「西欧評論」誌を創刊〔西〕●ドールス『プラド美術館の三時間』〔西〕●ゴメス・デ・ラ・セルナ『小説家』〔西〕●リルケ『ドゥイーノの悲歌』、『オルフォイスに寄せるソネット』〔墺〕●フランクフルト社会研究所設立〔独〕●カッシーラー『象徴形式の哲学』（〜二九）〔独〕●ルカーチ『歴史と階級意識』〔ハンガリー〕●ロスラヴェッツら〈現代音楽協会〉設立〔露〕●M・アスエラ『マローラ』〔メキシコ〕●グイラルデス『ハイマカ』〔アルゼンチン〕●ボルヘス『ブエノスアイレスの熱狂』〔アルゼンチン〕●バーラティ『郭公の歌』〔インド〕●菊池寛、「文芸春秋」を創刊〔日〕

一九二四年〔六十歳〕

生誕六十年、文筆活動四十年の祝賀委員会が結成され、委員長にはセルビア王立アカデミーの会長ヨヴァン・ツヴィイッチが就く。ヌシッチはアカデミー会員への選出を期待したものの、候補にもあがらなかった。

▼ロサンゼルスへの水利権紛争で水路爆破（カリフォルニア水戦争）。ロサンゼルス不動産バブルがはじける。ロサンゼルスの人口が百万人を突破〔米〕▼中国、第一次国共合作〔中〕●**アンドリッチ『短編小説集』**〔セルビア〕●ガーシュイン《ラプソディ・イン・ブルー》〔米〕●セシル・B・デミル『十戒』〔米〕●ヘミングウェイ『われらの時代に』〔米〕●スタイン『アメリカ人の創生』〔米〕●オニール『楡の木陰の欲望』〔米〕●E・M・フォースター『インドへの道』〔英〕●T・S・エリオット『うつろな人々』〔英〕●I・A・リチャーズ『文芸批評の原理』〔英〕●F・M・フォード『ジョウゼフ・コンラッド——個人的回想』、『パレーズ・エンド』（〜二八、五〇刊）〔英〕●サンドラール『コダック』〔スイス〕●ルネ・クレール『幕間』〔仏〕●ブルトン『シュ

ルレアリスム宣言』、雑誌「シュルレアリスム革命」創刊（〜二九）〔仏〕●P・ヴァレリー、V・ラルボー、L＝P・ファルグ、文芸誌「コメルス」を創刊（〜三二）〔仏〕●サン＝ジョン・ペルス『遠征』〔仏〕●**ルヴェルディ『空の漂流物』**〔仏〕●ラディゲ『ドルジェル伯の舞踏会』〔仏〕●M・ルブラン『カリオストロ伯爵夫人』〔仏〕●ダヌンツィオ『鎚の火花』（〜二八）〔伊〕●A・マチャード『新しい詩』〔西〕●ムージル『三人の女』〔墺〕●シュニッツラー『令嬢エルゼ』〔墺〕●デーブリーン『山・海・巨人』〔独〕●T・マン『魔の山』〔独〕●カロッサ『ルーマニア日記』〔独〕●ベンヤミン『ゲーテの親和力』（〜二五）〔独〕●ネズヴァル『パントマイム』〔チェコ〕●バラージュ『視覚的人間』〔ハンガリー〕●アレクセイ・N・トルストイ『イビクス、あるいはネヴゾーロフの冒険』〔露〕●トゥイニャーノフ『詩の言葉の問題』〔露〕●ショーン・オケーシー《ジュノーと孔雀》初演〔愛〕●A・レイェス『残忍なイピゲネイア』〔メキシコ〕●文芸雑誌「マルティン・フィエロ」創刊（〜二七）〔アルゼンチン〕●ネルーダ『二十の愛の詩と一つの絶望の歌』〔チリ〕●宮沢賢治『春と修羅』〔日〕●築地小劇場創設〔日〕

一九二五年〔六十一歳〕

一月、サラエヴォの国立劇場の支配人に就任する（二八年三月まで）。サラエヴォで、『二人の泥棒』、『捨て子』、『そうでなくては』などが上演される。

▼ロカルノ条約調印〔欧〕●チャップリン『黄金狂時代』〔米〕●「ニューヨーカー」創刊〔米〕●S・アンダーソン『黒い笑い』〔米〕●キャザー『教授の家』〔米〕●ドライサー『アメリカの悲劇』〔米〕●ドス・パソス『マンハッタン乗換駅』〔米〕●フィッツジェラルド『偉大なギャッツビー』〔米〕●ルース『殿方は金髪がお好き』〔米〕●ホワイトヘッド『科学と近代世界』〔英〕●A・ウェ

イリー『源氏物語』英訳〔〜三三〕［英］●**コンラッド『サスペンス』**［英］●V・ウルフ『ダロウェイ夫人』［英］●O・ハックスリー『くだらぬ本』［英］●クロフツ『フレンチ警部最大の事件』［英］●R・ノックス『陸橋殺人事件』［英］●H・リード『退却』［英］●サンドラール『金』［スイス］●ラミュ『天空の喜び』［スイス］●M・モース『贈与論』［仏］●ジッド『贋金づくり』［仏］●ラルボー『罰せられざる悪徳・読書——英語の領域』［仏］●F・モーリヤック『愛の砂漠』［仏］●**ルヴェルディ『海の泡』**、『大自然』［仏］●モンターレ『烏賊の骨』［伊］●ピカソ《三人の踊り子》［西］●アソリン『ドニャ・イネス』［西］●オルテガ・イ・ガセー『芸術の非人間化』［西］●カフカ『審判』［独］●ツックマイアー『楽しきぶどう山』［独］●クルティウス『新しいヨーロッパにおけるフランス精神』［独］●フォスラー『言語における精神と文化』［独］●フロンスキー『故郷』、『クレムニツァ物語』［スロヴァキア］●エイゼンシュテイン《戦艦ポチョムキン》［露］●アレクセイ・N・トルストイ『五人同盟』［露］●シクロフスキー『散文の理論』［露］●M・アスエラ『償い』［メキシコ］●ボルヘス『異端審問』［アルゼンチン］●梶井基次郎『檸檬』［日］

一九二九年［六十五歳］

冬の間、病に伏せる。国王アレクサンダル一世からの見舞いとして様々な援助がなされ、経済的困難から解放される。

五月、『大臣夫人』が初めて上演され、好評を博す。劇作家としての評価が確立する。十月、『世界大戦』が上演される。国名が「ユーゴスラヴィア王国」に改称される。

▼十月二十四日ウォール街株価大暴落、世界大恐慌に●ツルニャンスキー『流浪』［セルビア］●ニューヨーク近代美術館開館［米］●ヘミングウェイ『武器よさらば』［米］●フォークナー『響きと怒り』、『サートリス』［米］●ヴァン・ダイン『僧正殺

人事件』〔米〕●ナボコフ『チョールブの帰還』〔米〕●D・H・ロレンス『死んだ男』〔英〕●E・シットウェル『黄金海岸の習わし』〔英〕●H・グリーン『生きる』〔英〕●ラミュ『葡萄栽培者たちの祭』〔スイス〕●学術誌「ドキュマン」創刊（編集長バタイユ、〜三〇）〔仏〕●クローデル『繻子の靴』〔仏〕●J・ロマン『船が……』〔仏〕●ジッド『女の学校』（〜三六）〔仏〕●コクトー『恐るべき子供たち』〔仏〕●**ルヴェルディ『風の泉、一九一五－一九二九』、『ガラスの水たまり』**〔仏〕●ダビ『北ホテル』〔仏〕●ユルスナール『アレクシあるいは空しい戦いについて』〔仏〕●コレット『第二の女』〔仏〕●ジロドゥー『アンフィトリオン三八』〔仏〕●モラーヴィア『無関心な人々』〔伊〕●ゴメス・デ・ラ・セルナ『人間もどき』〔西〕●リルケ『若き詩人への手紙』〔墺〕●**S・ツヴァイク**『ジョゼフ・フーシェ』、**『過去への旅』**〔墺〕●ミース・ファン・デル・ローエ《バルセロナ万国博覧会のドイツ館》〔独〕●デーブリーン『ベルリン・アレクサンダー広場』〔独〕●レマルク『西部戦線異状なし』〔独〕●アウエルバッハ『世俗詩人ダンテ』〔独〕●クラーゲス『心情の敵対者としての精神』（〜三三）〔独〕●フロンスキー『蜜の心』〔スロヴァキア〕●アレクセイ・N・トルストイ『ピョートル一世』（〜四五）〔露〕●ヤシェンスキ『パリを焼く』〔露〕●**グスマン『ボスの影』**〔メキシコ〕●ガジェゴス『ドニャ・バルバラ』〔ベネズエラ〕●ボルヘス『サン・マルティンの手帖』〔アルゼンチン〕●小林多喜二『蟹工船』〔日〕

一九三〇年〔六十六歳〕

九月、『前置き』が上演されるものの不評に終わる。ヌシッチは以降、この作品を選集に収録したり、他の劇場で上演したりしなかった。この年度に軍学校の招聘で、レトリックの授業を行う。健康上の理由ですべてを行なうことはできなかった。

▼ロンドン海軍軍縮会議〔英・米・仏・伊・日〕▼国内失業者が千三百万人に〔米〕▼プリモ・デ・リベーラ辞任。ベレンゲール将軍の「やわらかい独裁」開始〔西〕●マクシモヴィッチ『緑の騎士』〔セルビア〕●S・ルイス、ノーベル文学賞受賞〔米〕●フォークナー『死の床に横たわりて』〔米〕●ドス・パソス『北緯四十二度線』〔米〕●マクリーシュ『新天地』〔米〕●ハメット『マルタの鷹』〔米〕●ナボコフ『ルージンの防御』〔米〕●H・クレイン『橋』〔米〕●J・M・ケイン『われらの政府』〔米〕●D・H・ロレンス『黙示録論』〔英〕●**セイヤーズ『ストロング・ポイズン』**〔英〕●E・シットウェル『アレグザンダー・ポープ』〔英〕●W・エンプソン『曖昧の七つの型』〔英〕●カワード『私生活』〔英〕●リース『マッケンジー氏と別れてから』〔英〕●サンドラール『ラム』〔スイス〕●ブニュエル／ダリ『黄金時代』〔仏〕●ルネ・クレール『パリの屋根の下』〔仏〕●コクトー『阿片』〔仏〕●**ルヴェルディ『白い石』**、『危険と災難』〔仏〕●マルロー『王道』〔仏〕●コレット『シド』〔仏〕●アルヴァーロ『アスプロモンテの人々』〔伊〕●シローネ『フォンタマーラ』〔伊〕●プラーツ『肉体と死と悪魔』〔伊〕●オルテガ・イ・ガセー『大衆の反逆』〔西〕●A・マチャード、M・マチャード『ラ・ロラは港へ』〔西〕●フロイト『文化への不満』〔墺〕●ムージル『特性のない男』（〜四三、五二）〔墺〕●ヘッセ『ナルチスとゴルトムント』〔独〕●T・マン『マーリオと魔術師』〔独〕●ブレヒト《マハゴニー市の興亡》初演〔独〕●クルティウス『フランス文化論』〔独〕●**アイスネル『恋人たち』**〔チェコ〕●エリアーデ『イサベルと悪魔の水』〔ルーマニア〕●フロンスキー『勇敢な子ウサギ』〔スロヴァキア〕●T・クリステンセン『打っ壊し』〔デンマーク〕●ブーニン『アルセーニエフの生涯』〔露〕●アストゥリアス『グアテマラ伝説集』〔グアテマラ〕●ボルヘス『エバリスト・カリエゴ』〔アルゼンチン〕

一九三一年〔六十七歳〕

六月、『心のない女』が上演される。ゲッツァ・コーン社から二十五巻本選集の出版が始まる（三五年まで）。

▼アル・カポネ、脱税で収監〔米〕▼金本位制停止。ウェストミンスター憲章を可決、イギリス連邦成立〔英〕▼スペイン革命、共和政成立〔西〕●**アンドリッチ『短編小説集二』**〔セルビア〕●キャザー『岩の上の影』〔米〕●フォークナー『サンクチュアリ』〔米〕●ドライサー『悲劇のアメリカ』〔米〕●オニール《喪服の似合うエレクトラ》初演〔米〕●フィッツジェラルド『バビロン再訪』〔米〕●ハメット『ガラスの鍵』〔米〕●E・ウィルソン『アクセルの城』〔米〕●V・ウルフ『波』〔英〕●H・リード『芸術の意味』〔英〕●デュジャルダン『内的独白』〔仏〕●ニザン『アデン・アラビア』〔仏〕●ギユー『仲間たち』〔仏〕●サン＝テグジュペリ『夜間飛行』（フェミナ賞受賞）〔仏〕●ダビ『プチ・ルイ』〔仏〕●**G・ルブラン『回想』**〔仏〕●サンドラール『今日』〔スイス〕●パオロ・ヴィタ＝フィンツィ『偽書撰』〔伊〕●ケストナー『ファビアン』、『点子ちゃんとアントン』、『五月三十五日』〔独〕●H・ブロッホ『夢遊の人々』（〜三二）〔独〕●ツックマイアー『ケーペニックの大尉』〔独〕●フロンスキー『パン』〔スロヴァキア〕●カールフェルト、ノーベル文学賞受賞〔スウェーデン〕●ボウエン『友人と親戚』〔愛〕●バーベリ『オデッサ物語』〔露〕●グスマン『民主主義の冒険』〔メキシコ〕●O・オカンポ、「スール」を創刊〔アルゼンチン〕●アグノン『嫁入り』〔イスラエル〕●ヘジャーズィー『ズィーバー』〔イラン〕

一九三二年〔六十八歳〕

九月、『ミスター・ドル』が上演される。軍学校の講義録を『レトリカ』としてまとめる作業に従事する（出版は三四年）。

▼ジュネーブ軍縮会議〔米・英・日〕▼イエズス会に解散命令、離婚法・カタルーニャ自治憲章・農地改革法成立〔西〕▼総選挙でナチス第一党に〔独〕●ドゥーチッチ『都市とキマイラ』〔セルビア〕●ヘミングウェイ『午後の死』〔米〕●マクリーシュ『征服者』（ピュリッツァー賞受賞）〔米〕●ドス・パソス『一九一九年』〔米〕●**キャザー『名もなき人びと』**〔米〕●フォークナー『八月の光』〔米〕●コールドウェル『タバコ・ロード』〔米〕●フィッツジェラルド『ワルツは私と』〔米〕●E・S・ガードナー『ビロードの爪』（ペリー・メイスン第一作）〔米〕●O・ハックスリー『すばらしい新世界』〔英〕●H・リード『現代詩の形式』〔英〕●シャルル＝アルベール・サングリア『ペトラルカ』〔スイス〕●J・ロマン『善意の人びと』（〜四七）〔仏〕●F・モーリヤック『蝮のからみあい』〔仏〕●セリーヌ『夜の果てへの旅』〔仏〕●ベルクソン『道徳と宗教の二源泉』〔仏〕●S・ツヴァイク『マリー・アントワネット』〔墺〕●ホフマンスタール『アンドレアス』〔墺〕●ロート『ラデツキー行進曲』〔墺〕●クルティウス『危機に立つドイツ精神』〔独〕●クルレジャ『フィリップ・ラティノヴィチの帰還』〔クロアチア〕●ボウエン『北方へ』〔愛〕●ヤシェンスキ『人間は皮膚を変える』（〜三三）〔露〕●M・アスエラ『蛍』〔メキシコ〕●グスマン『青年ミナ――ナバラの英雄』〔メキシコ〕●グイラルデス『小径』〔アルゼンチン〕●ボルヘス『論議』〔アルゼンチン〕

一九三三年［六十九歳］

二月、セルビア王立アカデミーの正会員となる。四月、プラハの国立劇場で『大臣夫人』の再演があり、ヌシッチもカーテンの前に立つ。五月、『ベオグラードの昔と今』が初めて上演される。十二月、セルビア王立アカデミーで基調講演を行う。

▼ニューディール諸法成立〔米〕▼スタヴィスキー事件〔仏〕▼ヒトラー首相就任、全権委任法成立、国際連盟脱退〔独〕●S・アンダーソン『森の中の死』〔米〕●N・ウェスト『孤独な娘』〔米〕●ヘミングウェイ『勝者には何もやるな』〔米〕●スタイン『アリス・B・トクラス自伝』〔米〕●オニール『ああ、荒野！』〔米〕●**V・ウルフ『フラッシュ　ある犬の伝記』**〔英〕●E・シットウェル『イギリス畸人伝』〔英〕●H・リード『現代の芸術』〔英〕●レオン・ボップ『ジャック・アルノーと小説的総体』〔スイス〕●ルネ・クレール『巴里祭』〔仏〕●シュルレアリスムの芸術誌『ミノトール』創刊（〜三九）〔仏〕●J・マリタン『キリスト教哲学について』〔仏〕●J・ロマン『ヨーロッパの問題』〔仏〕●コレット『牝猫』〔仏〕●マルロー『人間の条件』（ゴンクール賞受賞）〔仏〕●デュアメル『パスキエ家年代記』（〜四五）〔仏〕●クノー『はまむぎ』〔仏〕●〈プレイヤッド〉叢書創刊（ガリマール社）〔仏〕●J・グルニエ『孤島』〔仏〕●ブニュエル『糧なき土地』〔西〕●ロルカ『血の婚礼』〔西〕●T・マン『ヨーゼフとその兄弟たち』（〜四三）〔独〕●ケストナー『飛ぶ教室』〔独〕●ゴンブローヴィッチ『成長期の手記』（五七年『バカカイ』と改題）〔ポーランド〕●エリアーデ『マイトレイ』〔ルーマニア〕●フロンスキー『ヨゼフ・マック』〔スロヴァキア〕●オフェイロン『素朴な人々の住処』〔愛〕●ブーニン、ノーベル文学賞受賞〔露〕●西脇順三郎訳『ヂオイス詩集』〔日〕

一九三四年〔七十歳〕

二月、健康状態が著しく悪化する。ユーゴスラヴィア劇作家協会（Ujed）の会長となる。十月、アレクサンダル一世がマルセイユで暗殺される。十一月、『遺された家族』が初めて上演される。子供向けの物語『ハイドゥクたち』が出版される。

▼アストゥリアス地方でコミューン形成、政府軍による弾圧。カタルーニャの自治停止［西］▼ヒンデンブルク歿、ヒトラー総統兼首相就任［独］▼キーロフ暗殺事件、大粛清始まる［露］●フィッツジェラルド『夜はやさし』［米］●H・ミラー『北回帰線』［米］●ハメット『影なき男』［米］●J・M・ケイン『郵便配達は二度ベルを鳴らす』［米］●クリスティ『オリエント急行の殺人』［英］●ウォー『一握の塵』［英］●セイヤーズ『ナイン・テイラーズ』［英］●**H・リード『ユニット・ワン』**［英］●M・アリンガム『幽霊の死』［英］●リース『闇の中の航海』［英］●ジオノ『世界の歌』［仏］●アラゴン『バーゼルの鐘』［仏］●ユルスナール『死神が馬車を導く』、『夢の貨幣』［仏］●J・ケッセル『私の知っていた男スタビスキー』［仏］●モンテルラン『独身者たち』（アカデミー文学大賞）［仏］●コレット『言い合い』［仏］●H・フォシヨン『形の生命』［仏］●ベルクソン『思想と動くもの』［仏］●バシュラール『新しい科学的精神』［仏］●レリス『幻のアフリカ』［仏］●サンドラール『ジャン・ガルモの秘密の生涯』［スイス］●ラミュ『デルボランス』［スイス］●ピランデッロ、ノーベル文学賞受賞［伊］●アウブ『ルイス・アルバレス・ペトレニャ』［西］●ペソア『歴史は告げる』［ポルトガル］●S・ツヴァイク『エラスムス・ロッテルダムの勝利と悲劇』［墺］●クラーゲス『リズムの本質』［独］●デーブリーン『バビロン放浪』［独］●エリアーデ『天国からの帰還』［ルーマニア］●ブリクセン『七つのゴシック物語』［デンマーク］●A・レイェス『タラウマラの草』［メキシコ］●谷崎潤一郎『文章讀本』［日］

一九三五年［七十一歳］

六月、改訂版『世界をめぐる旅』が上演される。九月、『ユーゴスラヴィア女性解放協会』（*Ujež*）が初めて上演される。女性観が時代遅れであると左翼から批判され、右翼作家とみなされる。十月、『豚』と『文盲』が同時上演され、批評家から一致して強い批判を受ける。ゲッツァ・コーン社から二度目の選集が出版されはじめる（第二次世界大戦中に第二十巻がユーゴイストク社から出て終わる）。

▼三月、ハーレム人種暴動。五月、公共事業促進局（WPA）設立〔米〕▼アビシニア侵攻（～三六）〔伊〕▼ブリュッセル万国博覧会〔白〕▼フランコ、陸軍参謀長に就任。右派政権、農地改革改正法（反農地改革法）を制定〔西〕▼ユダヤ人の公民権剥奪〔独〕▼コミンテルン世界大会開催〔露〕●ガーシュウィン《ポーギーとベス》〔米〕●ヘミングウェイ『アフリカの緑の丘』〔米〕●フィッツジェラルド『起床ラッパが消灯ラッパ』〔米〕●マクリーシュ『恐慌』〔米〕●キャザー『ルーシー・ゲイハート』〔米〕●フォークナー『標識塔』〔米〕●アレン・レーン、〈ペンギン・ブックス〉発刊〔英〕●セイヤーズ『学寮祭の夜』〔英〕●H・リード『緑の子供』〔英〕●N・マーシュ『殺人者登場』〔英〕●ル・コルビュジエ『輝く都市』〔スイス〕●サンドラール『ヤバイ世界の展望』〔スイス〕●ラミュ『人間の大きさ』、『問い』〔スイス〕●**ギユー『黒い血』**〔仏〕●F・モーリヤック『夜の終り』〔仏〕●ジロドゥー《トロイ戦争は起こらないだろう》初演〔仏〕●A・マチャード『ファン・デ・マイレナ』（～三九）〔西〕●オルテガ・イ・ガセー『体系としての歴史』〔西〕●アレイクサンドレ『破壊すなわち愛』〔西〕●アロンソ『ゴンゴラの詩的言語』〔西〕●ホイジンガ『朝の影のなかに』〔蘭〕●デーブリーン『情け容赦なし』〔独〕●カネッティ『眩暈』〔独〕●H・マン『アンリ四世の青春』、『アンリ四世の完成』（～三八）〔独〕●ベンヤミン『複製技術時代の芸術作品』〔独〕●ヴィトリン『地の塩』（文学アカデミー金桂冠賞受賞）〔ポーランド〕●ストヤノフ『コレラ』〔ブルガリア〕●パルダン『ヨーアン・スタイン』〔デンマーク〕●ボイエ『木のために』〔スウェーデン〕●マッティンソン『イラクサの花咲く』〔スウェーデン〕●グリーグ『われらの栄光とわれらの力』〔ノルウェー〕●ボウエン『パリの家』〔愛〕●アフマートワ『レクイエム』（～四〇）〔露〕●ボンバル『最後の霧』〔チリ〕●ボルヘス『汚辱の世界史』〔アルゼンチン〕

●川端康成『雪国』（〜三七）〔日〕

一九三六年〔七十二歳〕

九月、『博士』がサラエヴォで上演される。十二月、『博士』がベオグラードで上演されるが、健康上の理由で出席できなかった。観客からは好評を受ける。

▼合衆国大統領選挙でフランクリン・ローズヴェルトが再選〔米〕▼人民戦線内閣成立（〜三八）〔仏〕▼スペイン内戦（〜三九）。オーウェルを含む多数の作家が参戦。ロルカ、スペイン内戦の犠牲者に〔西〕▼スターリンによる粛清（〜三八）〔露〕▼二・二六事件〔日〕●アンドリッチ『短篇小説集三』〔セルビア〕●ラキッチ『詩集』〔セルビア〕●チャップリン『モダン・タイムス』〔米〕●オニール、ノーベル文学賞受賞〔米〕●ミッチェル『風と共に去りぬ』〔米〕●H・ミラー『暗い春』〔米〕●ドス・パソス『ビッグ・マネー』〔米〕●キャザー『現実逃避』、『四十歳以下でなく』〔米〕●フォークナー『アブサロム、アブサロム！』〔米〕●J・M・ケイン『倍額保険』〔米〕●クリスティ『ABC殺人事件』〔英〕●O・ハックスリー『ガザに盲いて』〔英〕●M・アリンガム『判事への花束』〔英〕●C・S・ルイス『愛のアレゴリー』〔英〕●出版社兼ブッククラブ、ギルド・デュ・リーヴル社設立（〜七八）〔スイス〕●サンドラール『ハリウッド』〔スイス〕●ラミュ『サヴォワの青年』〔スイス〕●ジッド、ラスト、ギユー、エルバール、シフラン、ダビとソヴィエトを訪問〔仏〕●J・ディヴィヴィエ『望郷』〔仏〕●F・モーリヤック『黒い天使』〔仏〕●アラゴン『お屋敷町』〔仏〕●セリーヌ『なしくずしの死』〔仏〕●ベルナノス『田舎司祭の日記』〔仏〕●ユルスナール『火』〔仏〕●ダヌンツィオ『死を試みたガブリエーレ・ダンヌンツィオの秘密の書、一〇〇、一〇〇、一〇〇、一〇〇のページ』（アンジェロ・コクレス名義）〔伊〕●シローネ『パンとぶどう酒』〔伊〕●A・マチャード『ファン・デ・マイレーナ』

〔西〕●ドールス『バロック論』〔西〕●S・ツヴァイク『カステリョ対カルヴァン』〔墺〕●レルネト＝ホレーニア『バッゲ男爵』〔墺〕●フッサール『ヨーロッパ諸科学の危機と超越論的現象学』（未完）〔独〕●K・チャペック『山椒魚戦争』〔チェコ〕●ネーメト・ラースロー『罪』〔ハンガリー〕●エリアーデ『クリスティナお嬢さん』〔ルーマニア〕●クルレジャ『ペトリツァ・ケレンプーフのバラード』〔クロアチア〕●ボルヘス『永遠の歴史』〔アルゼンチン〕

一九三七年〔七十三歳〕

十一月、『**故人**』がベオグラード国立劇場で上演される。

▼ヒンデンブルグ号爆発事故〔米〕▼イタリア、国際連盟を脱退〔伊〕▼フランコ、総統に就任〔西〕●カロザース、ナイロン・ストッキングを発明〔米〕●スタインベック『二十日鼠と人間』〔米〕●W・スティーヴンズ『青いギターの男』〔米〕●ヘミングウェイ『持つと持たぬと』〔米〕●J・M・ケイン『セレナーデ』〔米〕●ナボコフ『賜物』（〜三八）〔米〕●ホイットル、ターボジェット（ジェットエンジン）を完成〔英〕●**V・ウルフ『歳月』**〔英〕●セイヤーズ『忙しい蜜月旅行』〔英〕●E・シットウェル『黒い太陽の下に生く』〔英〕●フォックス『小説と民衆』〔英〕●コードウェル『幻影と現実』〔英〕●ル・コルビュジエ『伽藍が白かったとき』〔スイス〕●アルベール・ベガン『ロマン的魂と夢』〔スイス〕●ギ・ド・プルタレス『奇跡の漁』〔スイス／仏〕●ルノワール『大いなる幻影』〔仏〕●ブルトン『狂気の愛』〔仏〕●マルロー『希望』〔仏〕●**ルヴェルディ『屑鉄』**〔仏〕●ピカソ《ゲルニカ》〔西〕●デーブリーン『死のない国』〔独〕●ゴンブローヴィッチ『フェルディドゥルケ』〔ポーランド〕●エリアーデ『蛇』〔ルーマニア〕●ブリクセン『アフリカ農場』〔デンマーク〕●メアリー・コラム『伝統と始祖たち』〔愛〕●A・レイエス『ゲーテの政治思想』〔メキシコ〕●パス『お前の明るき影の下で』、『人間の根』〔メキシコ〕

一九三八年［七十四歳］

一月十九日、ベオグラードで死去。

▼ブルム内閣総辞職、人民戦線崩壊［仏］▼ミュンヘン会談［英・仏・伊・独］▼「水晶の夜」［独］▼ドイツ、ズデーテンに進駐［東欧］▼レトロマンス語を第四の国語に採択［スイス］▼「絶対中立」の立場に戻り、国際連盟離脱［スイス］●ヘミングウェイ『第五列と最初の四十九短編』［米］●E・ウィルソン『三重の思考者たち』［米］●ヒッチコック『バルカン超特急』［英］●V・ウルフ『三ギニー』［英］●G・グリーン『ブライトン・ロック』［英］●コナリー『嘱望の仇敵』［英］●オーウェル『カタロニア賛歌』［英］●カルネ『霧の波止場』［仏］●サルトル『嘔吐』［仏］●サルトル『嘔吐』［仏］●ラルボー『ローマの色』［仏］●ユルスナール『東方綺譚』［仏］●バシュラール『科学的精神の形成』、『火の精神分析』［仏］●ラミュ『もし太陽が戻らなかったら』［スイス］●バッケッリ『ポー川の水車小屋』（～四〇）［伊］●ホイジンガ『ホモ・ルーデンス』［蘭］●デーブリーン『青い虎』［独］●エリアーデ『天国における結婚』［ルーマニア］●クルレジャ『理性の敷居にて』、『ブリトヴァの宴会』（～六三）［クロアチア］●ベケット『マーフィ』［愛］●ボウエン『心情の死滅』［愛］●グスマン『パンチョ・ビジャの思い出』（～四〇）［メキシコ］●ロサダ出版創設［アルゼンチン］

訳者解題

ブラニスラヴ・ヌシッチの歩みをたどることは十九世紀から二十世紀前半のバルカン史をたどることと慨嘆したくなるくらい、その人生は波乱に満ちている。選集二十五巻をもってしても発表された作品をすべて収めることはできず、戦争で失われた原稿、避難中に置き去りにした原稿、書きかけのままとなった原稿も少なくない。ヌシッチにとって執筆のアイディアは尽きることがなかった。それもそのはず、ヌシッチは日常を観察し、言語化することに天性の才があった。燃えさかる情熱と尋常ではない行動力を持ち、生あるかぎり書き続ける人。自伝、いくつもの伝記のほかに、二巻本の逸話集があり、ヌシッチ自身を主題としたテレビドラマが制作されるほど、エピソードには事欠かない。したがって、その全貌を明らかにすることは私の力の及ぶところではなく、これから記すのはその一端である。

不明な出自

ヌシッチにあっては当然のことながら自らの人生も執筆の素材となる。

わたしは真夜中に生まれました。ですから伝記には「一八六四年十月八日に日の光を見た」とは書けません。「一八六四年十月八日に蠟燭の光を見た」となります。★01

こんな調子で、生年や出生地に諸説あったことやら、自分が生まれたときに助産師が女の子と間違えた話やら、ベオグラードの旧市街にある聖ミハイロ大聖堂の近隣に位置する生家がのちに取り壊されて国立銀行が建てられた話やらが、面白おかしく語られる。そうした話はさておいて、ここでは、本書に収録された短編「自叙伝」に「今日にいたるも、わたしは自分の本当の姓が何というのか知らないのである」と書かれている点について、もう少し詳しくみておこう。

ヌシッチの出生時の名は、アルキビヤデス・ヌシャという。父はゲオルギヤス・ヌシャ（一八二二－一九一六）、母リュビツァ（旧姓カスナル、一八三九－一九〇四）はブルチコ（現在のボスニア）の出身で、アルキビヤデスは第四子であった。「自叙伝」に記されているように、ヌシャというのは、父ゲオ

★01——Бранислав Нушић, *Аутобиографија*, 1963, 19.

ルギヤスの本当の姓ではない。ゲオルギヤスが世話になっていたベオグラードの商店の主人ゲラシム・ヌシャからもらったものである。じつは、ゲオルギヤスには父がいなかった。母ゴチャはアルーマニア人で、ビトラ近郊（現在の北マケドニア、当時はオスマン帝国）の村に生まれた。一説によれば、ゴチャは若いころにアルバニア人かアルーマニア人に浚われ、当局に救出されて帰宅したときには妊娠していた。両親は地元に置いておくことができず、ゴチャはテッサロニキで子供を産んだあと、息子と一緒にゲラシムに身元を引き受けてもらったという。未発表の原稿には次のように記されている。


わたしには姓がない。あの姓は父が奉公していたベオグラードの店の主人のもので、自分の姓がわからない父が流用したものだ。

わたし自身の姓は、だれにもわからない。

それは些細なことだ。わたしは自分がだれかもわからない。まちがいなく、バルカン人ではある。アルバニア人、アルーマニア人、セルビア人の血が流れている。母はセルビア人だ。だから、もっとも多くの割合を占めているのは、セルビア人だ。

マケドニアのプレスパ湖周辺を旅をした。父方がその地域の出身だからだ。でも、何の手がかりもえられなかった。★02

本当の姓が分からず、借り物の姓を名乗ることは、「些細なこと」と記していたとしても、じっさいには、簡単に笑い飛ばせることではなかっただろう。姓とアイデンティティの関係を問う戯曲『故人』には、作家自身の出自をめぐる葛藤があったものと思われる。

文芸との出会い

アルキビヤデスがまだ幼いころ、商売をしていた父ゲオルギヤスが破産をしたために、一家はスメデレヴォに転居した。父の破産について、ヌシッチはいたずらっぽく次のように書いている。

父はベオグラードの裕福な商人でしたが、ちょうどわたしが生まれたころに、破産をし、わたしを含めた全財産をまとめて、スメデレヴォに引っ越しました。その一件について、ずっと父を許せませんでした。金持ちの息子になると思わせてこの世に出てこさせて、実際に出てきて後戻りできなくなってから、貧乏人の一人にすぎないという事実を突きつけるなんて！　ほかにもたくさん子どもがいたのに、わざわざわたしを選んでそんなひどい冗談をしたことも、本

★02――Kosta Dimitrijević, "Prezime "dao" bakalin," *Novosti,* 2014.05.10. [https://www.novosti.rs/dodatni_sadrzaj/clanci.119.html:490981-Prezime-dao-bakalin]

当に許せません。★03

父はスメデレヴォで穀物を商いし、一八七一年にはスメデレヴォ初の銀行の設立メンバーとなった。

学校での勉学は控えめに言って大嫌いだったらしい。学校についてのエピソードは「自叙伝」ではおもしろおかしく記されているが、両親の心配は大きかったものと思われる。父が教師たちに心付けをしたおかげで、一八七四年に無事に小学校を卒業するものの、中学では三科目で試験に落第し、一年生を留年することになった。父は息子をパンチェボの有名な商会に送りこみ徒弟修業をさせようとしたが、息子は厳しさに耐えられず、たった三日で逃げ帰ってきてしまう。しかたなく一年生をやり直すこととし、今度は家庭教師がつけられた。家庭教師として雇われたジュラ・コニョヴィチはオーストリア＝ハンガリー帝国統治下のヴォイヴォディナからスメデレヴォに避難してきた若者で、美術を教えていたが、弁舌に長け、文学にも親しんでいた。このころのセルビアはオスマン帝国内で自治権を有する「セルビア公国」として、ミラン公が親政を行なっていた。一八七五年にヘルツェゴヴィナでオスマン帝国に対する大規模な農民反乱が起こると、やがてボスニアにも広がって、セルビア各地でも反乱を支持する集会が開かれるようになる。コニョヴィチはこうした集会で、ヨヴァン・ヨヴァノヴィチ・ズマイやジュラ・ヤクシッチの詩を読み解いてみせたという。若きアルキビヤデスはコニョヴィチの影響を受け、愛国精神と文学への関心を深めた。

ちょうどそのころ、ミハイロ・ディミッチが座長を務める旅回りの一座「コソヴォ」がスメデレヴォにやって来た。父が劇団に助力をしていたため、アルキビヤデスは全演目を無料で見ることができた。演目の多くはヘルツェゴヴィナの蜂起を想起させる歴史劇で、愛国心を刺激するものだった。影響されたアルキビヤデスは、一座がスメデレヴォを去ったあと、借金の返済の代わりとして残された舞台道具を用い、学友たちと芝居を上演する。コソヴォ一座が演じた「リュビッチの戦い」（一八一五年の第二次セルビア蜂起でセルビア軍が大敗を喫した戦い）の演目のほかに、自作の喜劇『赤ひげ』も上演された。愛国心が高まった十二歳の少年は、ついに、両親に別れの手紙を書き、青年義勇団と一緒にボスニア・ヘルツェゴヴィナへ向かおうとする。しかし、すぐに当局に捕まり、父から厳しく罰せられる結果となった。その年、セルビアとモンテネグロはオスマン帝国に宣戦を布告するものの大敗して休戦せざるをえなくなる。しかし、露土戦争（七七年－七八年）を経て、ベルリン条約で独立を獲得した。他方、ボスニア・ヘルツェゴヴィナはオーストリア＝ハンガリー帝国の統治下に置かれることとなった。

七七年、アルキビヤデスはスメデレヴォを離れ、ベオグラードのギムナジウムの三年生に編入学する。本格的に文筆に携わりはじめたのは、このギムナジウム時代である。一八八〇年には、ソンボル

★03——*Аутобиографија*, 17.

の若者向け雑誌『鳩』の第七号に最初の詩「太陽の光」を発表、八一年には同じく『鳩』(第三号–第五号)に最初の散文作品「僕の天使」を発表している。生徒の文芸クラブ「希望」のメンバーともなった。一八八二年二月には、創刊されたばかりの絵入り雑誌『セルビアの若者』の編集委員の一人となり、第六号に短編「僕の葡萄園」を発表した。こうして、ギムナジウム時代を文学とともに過ごした。

従軍、投獄、劇作家の誕生

ギムナジウムを卒業した夏、アルキビヤデスは旅回りの一座に参加して過ごした。秋にはセルビア人の名前である「ブラニスラヴ」を追加し、以後、その名を用いるようになった。父の希望を汲んで、ベオグラードの大学校(現在の大学)の法学部に入学するものの、在学中も文学活動や青年運動に積極的に参加している。十九歳のときに、詩人ヨヴァン・イリッチの文芸サロンで喜劇『国会議員』の第一稿を朗読し、激賞された。この原稿は国立劇場に持ちこまれ、文学芸術委員のミロヴァン・グリシッチとラザ・ラザレヴィチによる査読を受けることになる。査読者の二人からは高評価を受けたものの、社会と政治を諷刺する作品は、体制派の劇場支配人ミロラド・シャプチャニンの判断により上演には至らなかった。

一八八二年にセルビア公ミランは王政を宣言し、「セルビア王国」を樹立する。一八八五年十一月、東ルメリアを併合したブルガリアに対し、セルビアが宣戦を布告すると、ヌシッチは伍長として従軍をし、歴史的大敗とされるスリブニツァの戦いを経験することになる。このときの経験をもとに『ある伍長の物語』が執筆された。翌年、ベオグラード大学校を修了している。

一八八七年四月末、二つの葬儀がヌシッチを激怒させることになる。一つはブルガリアとの戦争において勇猛を馳せたミハイロ・カタニッチ少佐の葬儀である。戦場での負傷によって亡くなった英雄の葬儀は、高級士官が一人も参列しない寂しいものだった。ところが、その前々日に行われたもう一つの葬儀には、ミラン国王をはじめとする高官達が揃って参列していた。それは、国王の寵臣の老母の葬儀だった。五月六日、独立系の『新ベオグラード新聞』に諷刺詩「二人のしもべの葬儀」が偽名で掲載される。詩は次のような句で結ばれていた。

セルビアの子どもたち、わかるよな
この教訓はな
いまのセルビアではな
婆さんに栄誉を、英雄に軽蔑をってことさな
だからな、おまえさんらも無駄に苦しむことはないわな
セルビアの子どもたち、婆さんになりな

この詩は国王の逆鱗に触れ、偽名であったにもかかわらず執筆者が特定されて、ヌシッチは不敬罪で逮捕される。下級審では二カ月の刑が宣告されたが、上訴審でより重い二年の刑となった。翌年の一月、ヌシッチはポジャレヴァツ刑務所に収容される。喜劇『庇護』の序文によれば、収容生活にすっかり退屈し、大臣とコネがあるように振る舞って、紙とペンを支給させることに成功したという。収容期間中に書きとめられたエッセイは『紙片』としてまとめられ、のちに出版された。四月、父の嘆願書により恩赦が認められて釈放される。収容期間の経験を生かした『不審人物』、収容期間中に着想した『庇護』を書き上げるのはこの年のことである。刑務所暮らしはヌシッチが劇作家として歩みだすうえで、重要な経験となった。

在外勤務、結婚、そして創作

出所後、創刊されたばかりの『小新聞』の非常勤編集員となるが、『小新聞』は年末には発行を停止し、その後、政権の影響下に置かれた。父親の破産もあり、ヌシッチはすっかり経済的に行き詰まってしまう。法学部卒を生かした公務員の仕事に就くためには国王の寛恕をえなければならない。こうして十二月、自らが揶揄をした国王に謁見することになった。国王がヌシッチに良い感情を抱いていないことを露わにするなか、ヌシッチは用件を切り出す。

「公職に就く許可を頂戴したく、参上いたしました」

「この国で私の言葉に重きが置かれるうちは、そなたが国の仕事をすることはない！」

「存じております、陛下。ですが、お許しを賜ったのではないでしょうか」ヌシッチは勇気を出して言った。

「許してなぞおらぬ！」

「恩赦を賜りましたので、お許しいただけたものと思いました」ヌシッチは粘ってみた。

「恩赦は政治行為にすぎぬ。そなたが恩赦を受けたのは偶然であって、それ以上ではないわ……」

「つまり……？」ヌシッチは言いよどんだ。

「つまり、出ていって、他の仕事を探すがよい」国王はきっぱりと言った。

国王の冷たい対応にがっかりして顔色を失いながら、ヌシッチは御前を失礼しようと、後ずさりを始めた。〔…〕

ヌシッチは後ろに下がるうちに、犬に気づかずにつまづいて、犬のうえに倒れこんでしまった。グレートデンは火傷をしたように跳びあがり、ヌシッチを組み敷いた。困った状況になったヌシッチを見て、国王はにっこりと笑い、ヌシッチが起き上がるのを助けた。その出来事で、つかの間、国王としての威厳とヌシッチに対する厳しい態度が消えさった。国王はヌシッチに、犬は大変温厚で何もしないと説明した。一段落したあと、ヌシッチが退出するまえに、国王はいくらか同情して口調を和らげて、ヌシッチに話した。

「チェダ・ミヤトヴィチ君に任官してもよいと言われたと話すがいい。ただし、セルビア国内ではなく、外国でな。何年か外国で過ごして、政治のことを少し学ぶがいい」[★04]

国王の寛恕をえたヌシッチはさぞかし犬に感謝したことだろう。謁見後すぐに外務大臣のミヤトヴィチに願い出て、ひとまず臨時職員として採用された。謁見から数カ月後にはまだ三十五歳だった国王ミランが突然退位を表明し、十二歳の王子アレクサンダルに王位を譲る。ヌシッチはその後すぐに在外勤務での正職員の職を求め、七月には四等書記官となり、年末には三等書記官としてオスマン帝国統治下のスコピエ（現在の北マケドニア）に赴任した。さらに、ひと月も経たないうちに、今度はプリシュティナ（現在のコソヴォ）で副領事を務めるよう命令を受けている。プリシュティナでの勤務は二カ月程度だったが、コソヴォに関する資料を集め、現代トルコ詩の翻訳を行なったという。ただし、この人事は『小新聞』から、外国語もろくに知らない駆け出しのアルーマニア人を送り込んだとして、厳しく批判された。

一八九一年六月、父方の祖母の出身地の近郊ビトラ（現在の北マケドニア）の領事館に着任する。そして二年後、プリシュティナへの転勤を目前に、「十三番目の恋の相手」（「自叙伝」）となった十六歳の少女と結婚する。妻となったダリンカはシャバツの商人ボジダル・ジョルジェヴィチとツィカ（旧姓ボディ）の娘、ビトラ領事ディミトリィエ・ボディの姪で、伯父夫妻を訪ねてビトラに来たのだった。その後、ヌシッチ夫妻は長女マルギータ＝ギタ、長男ストラヒニャ＝バン、二女オリヴィエラに恵まれる。三人の名前はそれぞれ、中世セルビア王国を謳う民族叙事詩に由来している。二女は夭折した。ヌシッチは子どもたちをたいそう可愛がり、声を荒げることもなかったという。

こののち、ヌシッチは、プリシュティナで三年半、テッサロニキで一年、セレスで二年勤務をしている。オスマン帝国統治下での外交官としての勤務は、神経をすり減らすものだった。その土地に住むセルビア人の保護、文化環境の改善などを目的としていたものの、セルビア領事館を敵対勢力とみなす現地の統治者と良好な関係を作ることは難しく、必然的に、活動は人目を忍ぶものとなった。現地のセルビア人が置かれた状況に心を痛め、領事館があるために住民にさらに迷惑がかかっていると考えて、領事館の廃止を訴えることもあったという。

成功と挫折

その一方で、文筆活動は順調だった。一八九六年十月、『国会議員』の改訂版がベオグラード国

★04——Миливој Предић, *Нушић у причама, књ. I.* Београд : Идеа, 1989, 42-44.

立劇場で上演され、翌年の十月にも三幕の喜劇『最初の訴訟』が同劇場で上演されている。ただし、後者は批評家、観客からの評判は芳しくなかった（『最初の訴訟』の原稿はベオグラード国立劇場に保存されていたが、第一次世界大戦で劇場が破壊され、第三幕の原稿が失われた）。一九〇〇年二月に史劇『セムベリヤのイヴォ王子』がベオグラード国立劇場で上演されて大成功をおさめる。同年五月、国立劇場のコンクールで選出された三作品のうち、『普通の人』が上演される。このころ、ヌシッチは外務省から教育省に出向し、七月には、ベオグラード国立劇場の支配人に任命された。十月から十一月にかけて、残りの二作品『そうでなくては』『百合とトウヒ』に加えて、『ショーペンハウアー』が国立劇場で上演されて、同一劇作家による年間上演本数の最高記録となった。寓話的作品である『百合とトウヒ』は、ちょうどその年に結婚を発表した国王夫妻に捧げられたものとみなされた。二十六歳の若い国王アレクサンダル・オブレノヴィチが結婚した相手ドラガ・マシンは王太后の侍女であったばかりか、国王より九歳年上で再婚であったため、国民の多くはこの結婚を歓迎していなかった。

ベオグラード国立劇場支配人となったヌシッチは、セルビア国内の劇作家の育成と国内作品の上演の充実を目指した。若手作家向けのコンクールの新設をし、演劇に興味を示した王妃ドラガの要請に応じて『劇場新聞』を創刊、さらには劇場の改修にも乗り出す。工事は就任二年目の夏に始まったが、劇場では費用を賄いきれず、個人名での借入を余儀なくされた。しかも、俳優陣との諍いや他の劇作家からの妬みを受け、メディアからの攻撃に晒されるようになる。一九〇二年一月、劇場の専門家ではないヨヴァン・ドキッチ教授を劇場支配人とし、ヌシッチを劇場付作家とする辞令が出ると、反発したヌシッチはすぐに退任を申し出た。

翌一九〇三年五月二十九日、親オーストリア＝ハンガリーの国王アレクサンダル・オブレノヴィチと王妃ドラガが軍事クーデターにより暗殺される。六月には親ロシアのペタル・カラジョルジェヴィチが即位した。オブレノヴィチ家とカラジョルジェヴィチ家は第一次セルビア蜂起以来、何度か王朝の入れ替わりを経験しており、『不審人物』にも描かれているように、どちらの王朝を支持しているかによって職が左右されることがあった。ヌシッチはオブレノヴィチ家と近しいと考えられていたものの、カラジョルジェヴィチ王朝になってからも、外務省教育政治局での勤務が解かれることはなかった。それればかりか、巡回劇団を設立する案を大臣に提出し、採用されている。こうして、ヌシッチはノヴィサドのセルビア国立劇場の支配人となって、ヴォイヴォディナ各地での巡回劇場を成功させた。一九〇五年には、文学活動二十五周年を祝い、『そうでなくては』が巡回上演されている。八月、サラエヴォでの巡回劇場が失敗して損失を出して、ベオグラードに無断で戻り、支配人を辞任する。背景には、ヌシッチが女優に入れあげてしまったというスキャンダルもあったらしい。九月、ミハイロ・スレテノヴィチと共に、子どもが演じる子どものための劇場「小劇場」を立ち上げる。自身の子どもマルギータとストラヒニャもこの劇場で演じたという。

ジャーナリストとしての活動

サラエヴォでの損失を弁済せねばならず、経済的な困難に直面していたヌシッチは、一九〇四年にヴラディスラヴ・リブニカルが創刊したセルビア初の日刊紙『ポリティカ』に声をかけられ、ベン・アキバの名前でコラム「ベオグラード暮らしから」を書くようになる。一九一〇年までに同紙で百以上のコラムを書いた。ベン・アキバというペンネームは、ドイツの作家カール・グツコーの悲劇『ウリエル・アコスタ』(一八五二)に登場するラビの名前に由来している。これ以降、ヌシッチはジャーナリストとしても活動をするようになる。その一方で、一九〇六年八月、ベオグラードの国立劇場の劇作家に就任しており、十月十九日には『世界』が上演された。しかし、翌年四月には劇場支配人ミハイロ・マルコヴィチとの意見の対立から劇作家を辞任している。

一九〇七年、『ポリティカ』への寄稿文の選集『ベン・アキバ』が出版されると、批評家ヨヴァン・スケルリッチは『セルビア文学通信』で批判した。スケルリッチはヌシッチがオブレノヴィチ時代に体制側にいたことを持ち出し、ヌシッチが諷刺すべき対象を見逃しているとする。さらに、女性を笑いものにしたり、まじめに捉えるべき事柄をおもしろおかしく描いたりして、大衆に迎合した卑俗な笑いを提供しているとして、「ヌシッチには精神性の深さもなければ、感情の純粋さもない。政治と社会を諷刺するための道徳的な真正さがない」[★05]と断じた。新聞紙での連載においては、読者に対するサービス精神がより発露される面はあっただろう。しかし、スケルリッチは「ヌシッチのユーモアにおける欠点の原因は、ジャーナリズムのせいばかりとは言えない。ヌシッチ自身がモティーフに乏しく、視野が相当に限られていて、冗談の源がすこぶる浅薄である」[★06]とする。スケルリッチにとって文学とは、大衆の精神性を高めるべきものであった。そのため、ヌシッチの成功は売文にすぎず、社会を堕落させるものに映ったのだろう。これ以後もヌシッチは『セルビア文学通信』から批判と厳しい評価をたびたび受けることになる。

ジャーナリストとしての活動はこの時期がもっとも活発だった。一九〇七年五月三十日から六月一日にかけて、セルビア報道協会の大集会を会長として取り仕切り、翌年には『ポリティカ』紙の創業者リブニカル兄弟とハンガリー、スイス、フランスを旅し、ルポルタージュを書いている。同年夏には『ポリティカ』紙の記者としてテッサロニキ、ビトラ、スコピエに赴き、起きたばかりの青年トルコ人革命による現地の動静を伝えた。

この年の十月、オーストリア＝ハンガリー帝国がボスニア・ヘルツェゴヴィナを併合する。ヌシッチは白馬にまたがって、反対のデモの先頭に立ち、外務省前でオーストリア＝ハンガリー帝国への宣戦布告を求めたという。さらに、愛国的な一幕の史劇『ハジ・ロヤ』(副題は、「セルビア民族の悲劇からの断片」)を発表し、ベオグラード国立劇場で上演されている。

★05——Јован Скерлић, „Хумор и сатира Бранислава Нушића," *Писци и књиге IV*, Београд: Просвета, 1964, 184.
★06——Скерлић, 179.

一九一〇年、『ポリティカ』を離れ、『トリビューン』紙を立ち上げる。十一月二十六日に書いた記事が、不敬罪にあたるとして裁判を受け、三カ月の有罪判決を受けた（服役させられることはなかった）。翌年二月には『世界をめぐる旅』が国立劇場で上演される。相変わらず『セルビア文学通信』には酷評されたものの、観客の受けはよく、一九一四年五月までに三十二回上演されることとなった。

戦争と悲劇

一九一二年、総動員令が出され、ヌシッチは専門家としてオスマン帝国地域に派遣された。まもなく、第一次バルカン戦争がはじまる。ヌシッチはセルビア軍が支配下に置いたビトラで、地域の責任者として治安の維持に務めた。ビトラの任を離れてスコピエに移動をしていた翌年の六月に第二次バルカン戦争が起きる。十月、スコピエに国立劇場を創設して初代の支配人に就任した。そして、スコピエの「トルコ劇場」（オスマン帝国時代に建設された建物）で最初の演劇を上演した。火の不始末により劇場が焼けてしまったあとも、場所を変えて公演を続ける。プリズレン、プリシュティナ、コソヴスカ・ミトロヴィツァなどで公演を開いている。

一九一四年六月、サラエヴォ事件が勃発し、翌月、第一次世界大戦が始まる。その年の十月には、オーストリア＝ハンガリー帝国軍によってベオグラードが占領される。スコピエにも知人が続々と避難をしてきた。一九一五年の夏、娘マルギータ－ギタが結婚する。家族全員が集まってつかの間の祝いを楽しんだものの、幸せな時間からほどなくして、義勇兵として戦闘に参加していた未成年の息子ストラヒニャ－バンがポジャレヴァツ近くでのドイツ軍との交戦で死亡した。十月中旬、負傷した息子が書いたアガ（トルコ語で「隊長」を意味する。父ヌシッチをこう呼んでいた）への手紙が、ヌシッチのもとに届いた。

一九一五年九月三十日

親愛なるアガへ

僕のことを嘆かないで。僕が倒れたのは、祖国を守り、僕らの大きな理想を実現するためだ。僕らみんなが一九〇八年にあれほど声をそろえて唱えたあの理想のね。

死ぬのが残念じゃないとは言わない。何より、未来のセルビアのために自分にできることがあるような気がしていたから。だけど……これが運命だ。

おじいちゃん、お母さん、お父さん、僕を許して。ギタとミマによろしく伝えて。

あなたの息子バンより

僕が死んでいるのをみつけた方にお願いします。この手紙を送り先にかならず届けてください。★07

息子の死を悼む時間は与えられず、敵の攻撃がスコピエ近郊まで迫ってきた。十月二十日、ヌシッチ一家は最後の列車に乗ってスコピエを離れ、プリシュティナに避難する。プリシュティナからさらにプリズレンに移動し、そののちモンテネグロのツェティニェを経て、南部の沿岸都市ウルツィニに至る。この逃避行の間に、『不審人物』の原稿が一度捨てられたことは「序文」に書かれているとおりである。諦めたのは原稿だけではない。九十六歳の老父には徒歩での逃避行は難しく、プリシュティナに残していくしかなかった。その後まもなく父は亡くなっている。この年の経験はのちに『一九一五――ある民族の悲劇』にまとめられた。翌年一月、ウルツィニからマルセイユに向かう。このあと、フランス、スイス、イタリアで過ごしながら帰国の日を待つことになった。

一九一八年、セルビアが占領から解放されると、ガリポリを経て、ドゥブロヴニクからサラエヴォ、そののちベオグラードに帰っている。鉄道が復旧するとすぐにスコピエに向かい、劇場の再開のために尽力した。

新国家と名声、そして病

一九一八年十二月に新国家「セルビア人、クロアチア人、スロヴェニア人王国」(二九年に「ユーゴスラヴィア王国」に改称)が建国されてほどなく、ヌシッチは新しい国家の新設された教育省芸術局の局長となる。局長として、サラエヴォの国立劇場の創設を支援したり、オシエク(クロアチア)の国立劇場で朗読を披露したりするなど、新国家にある九つの劇場を定期的に訪れた。

一九二三年にベオグラード国立劇場五十周年に『捨て子』が上演され、さらに『不審人物』が初めて上演されて、ヌシッチの名声は高まっていく。一九二四年には生誕六十年、文筆活動四十年の祝賀委員会が結成され、委員長にはセルビア王立アカデミーの会長ヨヴァン・ツヴィイッチが就いた。ヌシッチはアカデミー会員への選出を期待したものの、「下卑た要素」と「質の低い」ユーモアを理由に、候補に挙げられることもなかったという。

一九二五年から二八年にかけてはサラエヴォの国立劇場の支配人に就任している。体調が不安定となり、一九二九年の冬の間は病に伏せってすごした。国王アレクサンダル一世からの見舞いとして様々な援助がなされたという。五月、『大臣夫人』が初めて上演され、好評を博す。この成功をもって、劇作家としての評価は確たるものとなった。一九三〇年度には軍学校の招聘で、レトリックの授業を行う。健康上の理由ですべてを行なうことはできなかったものの、講義内容は『レトリカ』としてまとめられ、のちに出版された。一九三一年にはゲッツァ・コーン社から選集の出版が始まり、三五年までかかって二十五巻が出版された。一九三三年には、念願だったセルビア王立アカデミーの正会員となっている。四月、プラハの国立劇場で『大臣夫人』の再演があり、ヌシッチもカー

★07——Рашко В. Јовановић, *Бранислава Ђ. Нушић – живот и дело*, Београд : Службени гласник, 2014, 32.

テンの前に立ったという。一九三四年にはふたたび健康状態が著しく悪化するものの、ユーゴスラヴィア劇作家協会（Ujed）の会長となる。ところが、一九三五年に、『ユーゴスラヴィア女性解放協会』（*Ujež*）が初めて上演されると、女性観が時代遅れであると左翼から批判され、右翼作家とみなされた。十月、『豚』と『文盲』が同時上演され、批評家から一致して強い批判を受ける。ゲッツァ・コーン社から二度目の選集が出版されはじめる（第二次世界大戦中に第二十巻がユーゴイストク社から出版され、以降は出版されなかった）。一九三七年十一月、『故人』が上演されるが、体調不良により、自分で観に行くことは叶わなかった。長い闘病のあと、一九三八年一月十九日、ベオグラードの自宅で生涯を閉じた。死の七日前にサラエヴォ国立劇場の支配人ステヴァン・ブラクスに送った手紙には次のように書かれていたという。

僕は数奇な運命だ。左翼は僕を作家とみなさず、ブルジョワのおしゃべり、軽薄なやつにすぎないと言う。右翼は僕を共産主義者の一味だと思っている。僕は、右でも左でもない。たぶん、それが僕の間違いなんだ。★08

収録作品について

◉『不審人物』*Сумњиво лице*

底本は一九六六年の二十五巻本選集を用いた。

ヌシッチの初期作品の一つ。同じ時期の作品『国会議員』、『庇護』が早々に上演されたのに対し、『不審人物』は一九二三年まで日の目を見なかった。その経緯は、作家自身による「序文」に詳しい。ゴーゴリの『検察官』をもとにして書かれた作品は、地方官僚の卑しい野心と奉仕精神の欠如を滑稽に描くものだったが、不安定なセルビアの政治体制のもとでは発表することができなかった。郡長（kapetan）は、群役所の長であり、行政と警察を司っている。『検察官』との大きな違いは女性登場人物の主体性にある。じゃじゃ馬娘の粗暴な振る舞いは、他の登場人物同様に、その田舎性が笑いの対象として描かれたと思われる。とはいえ、マリツァは家父長制に不本意ながらも従うのではなく、自らの意志をはっきりと主張し、またそれを実現させるための行動力を有している。現代では、彼女は笑いを飛び越えて、共感の対象となりうる存在である。女性のたくましさと男性のひ弱さとの対比は、「不審人物」を逮捕する場面でも明確に示されている。

◉**『故人』***Покојник*

底本は一九六六年の二十五巻本選集を用いた。

★08 —— Vasa D. Mihailovich and others eds., *Modern Slavic Literatures II*, New York : Federick Ungar Puglishing Co., 1976, 651.

晩年、病気で伏せることの多かったヌシッチは、冬の間に何度か生死の境をさまよい、そして『故人』が手元に残されたという。ヌシッチは『故人』がそれほど成功するとは見込んでおらず、観客の間に笑いが生まれたとしても「苦く、もろいものだろう」[★09]と予感していた。一九三七年十一月十八日にベオグラード国立劇場で初演があった際、「大喜びした観客の大爆笑はなかった。しかし、『故人』は批評家たちからは肯定的に評価された。そのなかには、長年、ヌシッチの野心は大衆を楽しませることにしかないと批判していた批評家たちもいた」[★10]。一九三八年一月十四日にはザグレブの国立劇場でも上演されて成功を収めた。その知らせは病床のヌシッチをいたく喜ばせたという。

ヌシッチは『故人』の主人公はだれかと問われ、次のように答えた。「実は、この作品には主人公はいない。この作品で描きたかったのは、現代社会の悪い面だ。それを一人の人物に集中させることはできなかった。それに、もしそんなことをしたら、その人物は悪を背負った人間だとすぐにわかってしまう。私の目的は、社会をそう描きだすことだった」[★11]。

たしかに、本作に登場する人物には共感できる者はいない。たとえば一方的な被害者であるはずのマリッチには、真実に直面する勇気がない。修羅場を避けて現実逃避をし、偶然を利用して、卑劣な人びとに自分は死んだと思わせる。数年後、仕返しをしようと企むものの、逮捕の危険を感じるやすぐに諦めて、また逃げてしまう。自分を陥れる者たちの悪徳を嘆くマリッチだが、マリッチ自身の弱さがその状況を作り出したとも考えうる。だが、それにしても、スパソィエのように、嘘を嘘で塗り固めていけば「真実」にできるという人物は、いつの世にでも存在するものだろうか。少なくとも、二十一世紀を生きる私たちは、そうした人物が、戯曲のなかだけではなく、現実に存在することをよく知っている。

◉「自叙伝」Аутобиографија

底本は不明。本書への収録にあたっては、Бранислав Нушић, *Приповетке*, Београд: PortaLibris, 2018を参照した。原作の初出は一九一七年と思われる。

セルビアではより長い同名の書籍がよく読まれているが、本作はそのコンパクト版ともいうべき短編である。日本語への翻訳はユーゴスラヴィア文学研究の泰斗、田中一生氏による。一九七九年に刊行された『世界短篇名作選　東欧編』(蔵原惟人監修、新日本出版社)に収録され、長らく、日本語で読める唯一のヌシッチ作品だった。セルビアでもあまり知られていないコンパクト版がどのように見出されたのかはわからない。しかし、同名の書籍版の主要部分は不足なくこちらに含まれており、氏の眼力にあらためて驚かされる。

★09――Милан Ђоковић, *Бранислав Нушић*, Београд: Нолит, 1964, 52.
★10――Јовановић, *Бранислав Ђ. Нушић*, 47.
★11――Ђоковић, 52.

本翻訳は企画からずいぶんと時間が経ってしまった。とはいえ、ヌシッチの戯曲が持つ意義はその間、薄れるどころか強まるばかりに感じられる。人間を克明に捉えるヌシッチの作品が時代を超えて読み継がれるのは、人間がいつの世もそれほど変わらないことを意味しているのかもしれない。私たちも、ヌシッチの作品を読みながら、現実をときには滑稽なものとして笑いとばし、ときには苦々しげに顔をしかめながら、生きていくよりほかはないのだろう。辛抱強く待ってくださった幻戯書房の中村健太郎氏に心より感謝申し上げる。

なお、本書の刊行にあたっては、共立女子大学総合文化研究所の出版助成を受けた。

二〇二四年七月

奥彩子

参考文献

▶ *Сабрана дела Бранислава Нушића 1-25*, Београд : Новинско-издавачко предузеће ЈЕЖ, 1966.

▶ Бранислав Нушић, *Приповетке*, Београд: PortaLibris, 2018.

▶ Коста Димитријевић, *Нушић-Чаробњак смеха,* Београд : Народна књига, 1965.

▶ Kosta Dimitrijević, “Prezime “dao” bakalin,” *Novosti*, 2014.05.10.
[https://www.novosti.rs/dodatni_sadrzaj/clanci.119.html:490981-Prezime-dao-bakalin]

▶ Милан Ђоковић, *Бранислав Нушић*, Београд : Нолит, 1964.

▶ Велибор Глигорић, *Бранислав Нушић,* Београд : Просвета, 1964.

▶ Bora Glišić, *Nušić njim samim,* Beograd : Vuk Karadžić, 1966.

▶ Рашко В. Јовановић, *Бранислава Ђ. Нушић – живот и дело,* Београд : Службени гласник, 2014.

▶ Рашко В. Јовановић, *Један други Нушић*, Београд : Фондација за развој културе и стваралаштва „Нушић“, 2021.

▶ Milenko Misailović, *Komediografija Branislava Nušića*, Beograd : Univerzitet umetnosti u Beogradu, 1983.

▶ Синиша Пауновић, *Писци изблиза*, Београд : Просвета, 1958.

▶ Миливој Предић, *Нушић у причама I-II*. Београд : Идеа, 1989.

▶ Јован Скерлић, *Писци и књиге I-VI*, Београд : Просвета, 1964.

▶ Vasa D. Mihailovich and others eds., *Modern Slavic Literatures II*, New York : Federick Ungar Puglishing Co., 1976.

［著者略歴］

ブラニスラヴ・ヌシッチ［Branislav Nušić 1864–1938］

セルビア（旧ユーゴスラヴィア）の作家。ベオグラードの商家に生まれる。スメデレヴォの小学校、中学校、ベオグラードのギムナジウムを経て、ベオグラード大学校の法学部を卒業。その間、一八八五年にセルビア＝ブルガリア戦争に義勇兵として参戦したが、卒業後まもない八七年、反王朝的な風刺詩を著して投獄される。のちに外交官となり、オスマン帝国支配下のビトラ、プリシュティナ、テッサロニキの領事館に勤めた。その後教育省に移り、一九〇〇年ベオグラード国立劇場の支配人に転出。劇場との結びつきは生涯続き、ノヴィ・サド、スコピエ、サライェヴォ各劇場の支配人に就任した。一九三三年にはセルビア王立アカデミー会員に選出された。

［訳者略歴］

奥彩子［おく・あやこ］

共立女子大学教授。専門はユーゴスラヴィア文学。著書に、『境界の作家ダニロ・キシュ』（松籟社）、共著に、『東欧の想像力』、『世界の文学、文学の世界』、（以上、松籟社）、『世界文学アンソロジー――いまからはじめる』（三省堂）、翻訳にダニロ・キシュ『砂時計』（松籟社）、ドゥブラヴカ・ウグレシッチ『きつね』（白水社）、共訳に、デイヴィッド・ダムロッシュ『世界文学とは何か』（国書刊行会）など。

田中一生［たなか・かずお］

一九三五年、北海道生まれ、二〇〇七年東京歿。早稲田大学露文科を卒業後、ベオグラード大学に留学、ビザンチン美術およびユーゴスラビア文学を研究（一九六二－六七）。訳書に、ウィンテルハルテル『チトー伝』（徳間書店）、クレキッチ『中世都市ドゥブロヴニク』（彩流社）、アンドリッチ『ゴヤとの対話』『サラエボの女』（恒文社）、『イェレナ、いない女　他十三篇』（共訳、幻戯書房）シュチェパノビッチ『土に還る』（恒文社）、カラジッチ『ユーゴスラビアの民話Ⅰ』（共訳、恒文社）、ペタル二世ペトロビッチ＝ニェゴシュ『山の花環　小宇宙の光』（共訳、幻戯書房）など。

〈ルリユール叢書〉

不審人物《ふしんじんぶつ》　故人《こじん》　自叙伝《じじょでん》

二〇二四年九月六日　第一刷発行

著者　ブラニスラヴ・ヌシッチ
訳者　奥　彩子・田中一生
発行者　田尻　勉
発行所　幻戯書房
郵便番号一〇一－〇〇五二
東京都千代田区神田小川町三－十二　岩崎ビル二階
電話　〇三（五二八三）三九三四
FAX　〇三（五二八三）三九三五
URL　http://www.genki-shobou.co.jp/
印刷・製本　中央精版印刷

落丁本、乱丁本はお取り替えいたします。
本書の無断複写、複製、転載を禁じます。
定価はカバーの裏側に表示してあります。

©Ayako Oku, Kazuo Tanaka 2024, Printed in Japan
ISBN978-4-86488-305-4　C0397

〈ルリユール叢書〉発刊の言

厖大な情報が、目にもとまらぬ速さで時々刻々と世界中を駆けめぐる今日、かえって〈遅い文化〉の意義が目に入りやすくなってきました。例えば、読書はその最たるものです。それというのも読書とは、それぞれの人が自分のリズムで本を読み、日々の生活や仕事、世界が変化する速さとは異なる時間を味わう営みでもあります。人間に深く根ざした文化と言えましょう。

本はまた、ページを開かないときでも、そこにあって固有の時間を生みだすものです。試しに時代や言語など、出自を異にする本が棚に並ぶのを眺めてみましょう。ときには数冊の本のなかに、数百年、あるいは千年といった時間の幅が見いだされるかもしれません。そうした本の背や表紙を目にすることから、すでに読書は始まっています。

気になった本を手にとり、一冊また一冊と読んでいくと、目には見えない書物同士の結び目として「古典」と呼ばれる作品があることに気づきます。先人の知を尊重し、これを古典として保存、継承していくなかで書物の世界は築かれているのです。かつて盛んに翻訳刊行された「世界文学全集」も、各国文学の古典を次代の読者へと手渡し、共有する試みでした。

古今東西の古典文学は、書物という形をまとって、時代や言語を越えて移動します。〈ルリユール叢書〉は、どこかの書棚でよき隣人として一所に集う——私たち人間が希望しながらも容易に実現しえない、異文化・異言語・異人同士が寛容と友愛で結びあうユートピアのような——〈文芸の共和国〉を目指します。

また、それぞれの読者にとって古典もいろいろです。私たちは、そのつど本を読みながら、時間をかけた読書の積み重ねのなかで、自分だけの古典を発見していくのです。〈ルリユール叢書〉は、新たな古典のかたちをみなさんとともに探り、育んでいく試みとして出発します。

Reliure〈ルリユール〉は「製本、装丁」を意味する言葉です。
ルリユール叢書は、全集として閉じることのない
世界文学叢書を目指し、多種多様な作品を綴じながら、
文学の精神を紐解いていきます。
一冊一冊を読むことで、読者みずからが〈世界文学〉を
作り上げていくことを願って——

［**本叢書の特色**］

❖名作の古典新訳から異端の知られざる未発表・未邦訳まで、世界各国の小説・詩・戯曲・エッセイ・伝記・評論などジャンルを問わず紹介していきます（刊行ラインナップをご覧ください）。

❖巻末には、外国文学者ならではの精緻、詳細な作家・作品分析がなされた「訳者解題」と、世界文学史・文化史が見えてくる「作家年譜」が付きます。

❖カバー・帯・表紙の三つが多色多彩に織りなされた、ユニークな装幀。

〈ルリユール叢書〉刊行ラインナップ

［以下、続刊予定］

ジュネーヴ短編集	ロドルフ・テプフェール［加藤一輝＝訳］
心霊学の理論	ユング＝シュティリング［牧原豊樹＝訳］
汚名柱の記	アレッサンドロ・マンゾーニ［霜田洋祐＝訳］
ニーベルンゲン	フリードリヒ・ヘッベル［磯崎康太郎＝訳］
エネイーダ	イヴァン・コトリャレフスキー［上村正之＝訳］
不安な墓場	シリル・コナリー［南佳介＝訳］
撮影技師セラフィーノ・グッビオの手記	ルイジ・ピランデッロ［菊池正和＝訳］
笑う男［上・下］	ヴィクトル・ユゴー［中野芳彦＝訳］
ロンリー・ロンドナーズ	サム・セルヴォン［星野真志＝訳］
スリー	アン・クイン［西野方子＝訳］
ユダヤ人の女たち ある小説	マックス・ブロート［中村寿＝訳］
失われたスクラップブック	エヴァン・ダーラ［木原善彦＝訳］
箴言と省察	J・W・v・ゲーテ［粂川麻里生＝訳］
パリの秘密［1～5］	ウージェーヌ・シュー［東辰之介＝訳］
黒い血［上・下］	ルイ・ギユー［三ツ堀広一郎＝訳］
梨の木の下に	テオドーア・フォンターネ［三ッ石祐子＝訳］
殉教者たち［上・下］	シャトーブリアン［高橋久美＝訳］
ポール＝ロワイヤル史概要	ジャン・ラシーヌ［御園敬介＝訳］
水先案内人［上・下］	ジェイムズ・フェニモア・クーパー［関根全宏＝訳］
ノストローモ［上・下］	ジョウゼフ・コンラッド［山本薫＝訳］
雷に打たれた男	ブレーズ・サンドラール［平林通洋＝訳］
化粧漆喰《ストゥク》	ヘアマン・バング［奥山裕介＝訳］

＊順不同、タイトルは仮題、巻数は暫定です。＊この他多数の続刊を予定しています。